Bibliothèque approuvée.

LES
FABLIAUX
DU MOYEN AGE,

PARMI LESQUELS SE LISENT

LES AVENTURES DE TYL L'ESPIÈGLE,
GRISÉLIDIS,
LE ROMAN DU RENARD, ETC.;

COLLIGÉS

PAR JACQUES LOYSEAU.

Orné de 6 grandes Gravures

PARIS

PÉRISSE FRÈRES, ÉDITEURS DE LA BIBLIOTHÈQUE APPROUVÉE

RUE DU PETIT-BOURBON-SAINT-SULPICE, 18;

LYON, MÊME MAISON, GRAND'RUE MERCIÈRE, 33.

———

FABLIAUX

DU MOYEN AGE.

1724

APPROBATION.

NOUS, MARIE-JOSEPH-FRANÇOIS-VICTOR MONYER DE PRILLY, par la Miséricorde divine et la grâce du Saint-Siége Apostolique, évêque de Châlons,

La société de la BIBLIOTHÈQUE APPROUVÉE ayant soumis à notre approbation un volume intitulé *Les Fabliaux du moyen âge*, parmi lesquels se lisent les aventures de Tyl l'Espiègle, le Roman du Renard, etc., par Jacques Loyseau ; nous avons fait examiner ce livre, d'où l'on a écarté assez heureusement les mauvaises doctrines et les choses répréhensibles des poètes du passé ; et, sur le compte qui nous en a été rendu, nous pensons que ce volume peut offrir aux curieux une lecture agréable et sans danger.

Châlons, le 26 décembre 1845.

† M. J. F. V., ÉVÊQUE DE CHALONS.

Par Monseigneur,

LEYDIER, can. sec.

IMPRIMÉ PAR PLON FRÈRES, 36, RUE DE VAUGIRARD.

(Page 32.)   Imprimé par PLON frères.

BRIFAUT A LA FOIRE D'ABBEVILLE.

LES

FABLIAUX

DU MOYEN AGE

PARMI LESQUELS SE LISENT

LES AVENTURES DE TYL L'ESPIÈGLE,
GRISÉLIDIS,
LE ROMAN DU RENARD, ETC.;

COLLIGÉS

PAR JACQUES LOYSEAU.

PARIS

PÉRISSE FRÈRES, ÉDITEURS DE LA BIBLIOTHÈQUE APPROUVÉE
RUE DU PETIT-BOURDON-SAINT-SULPICE, 18;
LYON, MÊME MAISON, 33, GRAND'RUE MERCIÈRE.

1846

INTRODUCTION.

Cinq cents ans ne sont pas si longs qu'ils en ont la mine, comme dit un vieux proverbe. Aussi, en 1346, avec des connaissances plus étroites, il est vrai, on n'avait guère moins d'esprit que de nos jours. On n'était pas moins joyeux; et les mœurs, chez les bonnes gens, n'étaient pas pires. S'il y avait des cœurs sans vergogne, des têtes sans cervelle, des âmes déloyales, des paroles impudentes, des diseurs condamnables, des poètes méprisés, de grossiers quolibets et d'inconvenants récits, nulle de ces plaies ne nous manque, bien que nous ayons plus de politesse et des dehors mieux crépis.

En 1346 donc, le manoir dé Scaïlmont (mont des écailles, nom occasionné par un des faits de

1

ce déluge universel que les philosophes les plus hérissés sont bien forcés de saluer maintenant à droite et à gauche), le manoir de Scaïlmont, pays de Séneffe en la comté de Hainaut, était possédé par de dignes et spirituels seigneurs, qui étaient chevaliers et n'en marchaient pas plus vains.

La dame Jacinthe en était la suzeraine. Le chevalier Adolphe, son époux, chéri du prince, hantait fréquemment la cour. Mais il revenait aux beaux jours à son manoir. Il y ramena, pour la fête des Rois, son frère Victor, moine de la Rédemption, qui ne vivait que de son dévouement à la cause de Dieu et au salut de tous. Avec lui vinrent aussi le chevalier Joseph, le baron de Wasmes, grand redresseur de torts; le chevalier Petrus de Zèle, étincelant d'esprit et de gaieté; le bailli Antoine de Soignies, qui aimait peu les coups de lance; le sire de Séneffe, le chevalier de Manage, le chevalier Maximilien, lequel choyait un peu la table; le sire du Fayt, et quelques autres.

Le soir de la fête des Rois, après les vêpres, on se mit à table pour le souper, qui avait lieu à cinq heures, selon le sage axiome de ce temps :

Lever à cinq, dîner à neuf,
Souper à cinq, coucher à neuf,
Font vivre d'ans nonante-neuf.

Le doyen bénit le repas, qui fut gai quoique décent, animé quoiqu'il ne s'y dît rien qui. pût choquer les abbés et les dames. Quand parurent au dessert les vins épicés, il fut proposé par l'un des convives, au moment où l'on allait tirer le gâteau muni de la fève, que durant les huit jours où la présente réunion devait occuper le manoir hospitalier, chacun des hôtes serait tenu chaque soir de raconter des fabliaux ou de récréer la société de quelques joyeux devis.

En si honnête maison, une proposition telle devait être accueillie. Elle le fut d'emblée; et le gâteau des Rois ayant été départi, la fève échut à dame Jacinthe, qui, ainsi saluée reine, déclara que, de sa pleine puissance et bon plaisir, elle enjoignait à tout conteur de ne point user de laids propos, comme en faisaient souvent les trouvères et ménestrels, gens peu fermes en leurs mœurs, rebelles en leur langage, infectés pour la plupart de la dépravation des Frérots, des Vaudois et des autres hérétiques, prompts à cacher le vide de leur esprit, en remplaçant le génie qui leur manquait par le scandale, qui a toujours abondé partout.

— Nous désirons, dit le doyen, des récits réjouissants, mais pourtant de tels devis et fabliaux que nul de nous ne puisse rougir de les avoir entendus.

Il fut proclamé unanimement que ces conditions seraient respectées. Des esprits droits ne pouvaient les trouver rigoureuses. Tous sentaient que ce qui offense l'Église ou la pudeur ne peut venir que de bas étage. En effet, le sarcasme et le dénigrement, les choses qui troublent l'atmosphère de l'honnêteté ou qui affligent la religion, ne sont jamais ni de l'esprit, ni de la raison, ni du génie. C'est une trivialité facile que celle qui déride aux dépens du beau, qui agace aux dépens du saint, qui fait rire aux dépens du vrai. On l'a déjà dit, mettez à l'Apollon du Belvédère la queue rouge de Jocrisse, beaucoup de gens se lèveront que vous ferez rire. Mais est-ce un rire bien glorieux? Les poètes burlesques et les poètes indécents ont-ils des admirateurs qui osent lever la tête? Non, grâce à Dieu! et, pour l'honneur de l'esprit humain, vous pouvez constater que les seuls livres qui ne soient pas éphémères sont ceux-là seulement qui respectent la religion et les mœurs; le mépris tue assez vite tous les autres.

Nous allons donc réunir en un léger faisceau les récits qui furent faits au manoir de Scaïlmont, et dont les mémoires qui ont fourni ce préambule ne nous ont laissé que les titres. En les retrouvant dans les divers recueils, nous avons confronté les variantes; et aux scandales {que Legrand d'Aussy, par exemple, affectionne si visiblement dans sa collection, nous avons substitué de plus honnêtes détails, reconstituant toutes choses en leur meilleur sens. C'est ainsi que nous avons déblayé les grossièretés des *Aventures de Tyl l'espiègle,* livre de bruit que désormais tout le monde ici pourra lire. Nous avons trouvé le travail tout fait pour le *Roman du Renard.* On rencontrera dans les appendices la notice de M. J. Collin de Plancy sur ce fabliau fameux, et les curieuses recherches de M. Octave Delpierre sur l'autre. Nous présenterons aussi quelques morceaux comme un travail récent et qui nous est plus entièrement propre.

En somme, nous pensons offrir aux lecteurs de bon ton et de bon goût sinon des récits toujours dignes, au moins des récits qui n'ont rien d'inconvenant. Les fabliaux, il faut en convenir, ont plus de renommée que de valeur réelle, si ce n'était leur naïveté. Ce recueil contient les chefs-d'œuvre du genre.

Si nous n'indiquons pas en tête de chaque pièce le nom du convive qui récite et peut-être qui commente, c'est que ces détails nous paraissent dénués d'importance.

Nous devons dire encore que la plupart des poètes, troubadours, trouvères, ménestrels ou autres, qui ont écrit les pièces qu'on va lire, sont généralement loin de pouvoir être admirés dans toutes leurs œuvres. La plupart en effet se distinguaient ou plutôt se déshonoraient par des doctrines avariées et des mœurs dissolues. Ils écrivaient en raison de leur manière de vivre. Cette triste circonstance a trop souvent marqué certains auteurs ingrats, qui employaient à des fins coupables les facultés qu'ils avaient reçues.

Mais nous nous arrêtons. A l'entrée d'un livre qui ne doit avoir rien de morose, la préface ne peut pas être grondeuse.

FABLIAUX

ET

JOYEUX DEVIS.

LIVRE PREMIER.

I.

LA HOUSSE COUPÉE EN DEUX.

Un riche bourgeois d'Abbeville jouissait d'une fortune assez considérable. Mais étant entré en guerre avec une famille puissante, la crainte qu'il eut d'en être écrasé lui fit prendre le parti de renoncer à sa ville et de venir s'établir à Paris, avec sa femme et son fils. Là il fit hommage au roi et devint *son homme* [1]. Quelque connaissance qu'il

---

[1] Soumis à certains devoirs, en retour desquels il avait droit à la protection royale.

avait en fait de négoce, et dont il profita pour
établir un petit commerce, lui aidèrent encore à
augmenter son pécule. On l'aima bientôt dans le
quartier, parce qu'il était officieux et honnête. Il
est si aisé quand on le veut de se faire chérir! on
n'a besoin pour cela que de bonne volonté; souvent il n'en coûte pas une obole.

Le prud'homme passa ainsi sept années, au
bout desquelles Dieu retira à lui sa femme. Il y
en avait trente qu'ils étaient unis, sans jamais
avoir eu ensemble le moindre différend. Le fils,
pendant plusieurs jours, parut si affligé de cette
perte, que le bourgeois se vit obligé de le consoler.

— Ta mère est morte, lui dit-il, c'est un malheur sans remède. Prions Dieu seulement qu'il
lui fasse miséricorde. Nos pleurs ne nous la rendront pas. Moi-même j'irai bientôt la rejoindre;
il faut s'y attendre : à mon âge, on ne doit plus
se flatter de vivre long-temps. C'est de toi maintenant, beau fils, que dépend ma consolation.
Tous mes parents et amis sont restés en Ponthieu,
je n'ai plus personne ici; tâche de devenir bon
sujet; et si je trouve une fille sage et bien née,
dont la famille puisse me fournir une société
agréable, quelque dot qu'on me demande, je te
la donnerai en mariage, et je finirai près de vous
deux mes vieux jours.

Or dans la même rue que le bourgeois, et tout vis-à-vis de lui, logeaient trois frères chevaliers, gentilshommes de père et de mère, et tous trois estimés pour leur valeur. L'aîné était veuf et avait une fille. Toute cette famille était pauvre, non qu'elle fût née sans fortune ; mais dans un moment de détresse ayant été obligée de recourir à des usuriers, et l'emprunt par l'accroissement rapide des intérêts étant monté à forte somme, ses biens se trouvaient engagés ou saisis. Il ne restait guère au père que la maison qu'il habitait. Elle était si bonne qu'il eût pu aisément la louer vingt livres [1] ; il aurait mieux aimé la vendre ; mais il ne le pouvait, parce que c'était un bien de sa femme, qui de droit revenait à sa fille.

Le bourgeois alla faire aux trois frères la demande de la demoiselle. Ceux-ci, avant de lui répondre, voulurent savoir quelle était sa fortune.

— Tant en argent qu'en effets, répondit-il, je possède quinze cents livres : tout cela a été acquis loyalement. J'en donnerai dès à présent la moitié à mon fils, et il aura l'autre moitié après ma mort.

— Beau sire, reprirent les frères, ce n'est pas là ce qu'il nous faut. Vous promettez aujourd'hui

[1] La livre valait plus de cinquante francs d'aujourd'hui.

de laisser à votre fils, après vous, une moitié de
vos biens, et vous le promettez de bonne foi,
nous n'en doutons pas. Mais d'ici à ce temps-là,
l'envie n'a qu'à vous prendre de vous faire moine
ou templier ; vous donnerez alors tout au couvent,
et vos petits-enfants n'auront rien.

Les trois frères exigèrent donc que le bourgeois
fît, avant de conclure, une donation entière de
tout ce qu'il possédait ; sinon ils se refusaient au
mariage. Le bonhomme, de son côté, ne voulait
point de pareilles conditions ; mais l'amour paternel l'emportant enfin, il y consentit, et, en présence de quelques témoins qui furent convoqués
dans la maison, il renonça solennellement à tout,
sans se réserver seulement une maille pour déjeuner. Ce fut ainsi qu'il se mit dans la dépen-
dance de ses enfants, et qu'il se donna lui-même
le coup mortel. Hélas ! s'il avait su quel sort lui
était destiné, il n'eût eu garde vraiment de s'y
dévouer.

La noce se fit ; et un an après, les jeunes époux
eurent un fils, qui crût en âge, et qui annonça
beaucoup d'esprit et de bonnes qualités. Le vieillard, pendant ce temps, vécut tant bien que mal
à la maison. On l'y souffrait, parce qu'il gagnait
encore quelque chose par son industrie. Mais
avec les années les infirmités s'accrurent ; il de-

vint hors d'état de travailler, et alors on le trouva
incommode. La dame surtout, qui était orgueil-
leuse et fière, ne pouvait le supporter; chaque
jour elle menaçait de se retirer, si on ne le renvoyait, et elle persécuta si fort son mari que l'ingrat, oubliant ce qu'il lui devait, vint signifier à
son malheureux père l'ordre cruel de chercher
ailleurs un asile.

— Beau fils, que me dis-tu? s'écria le vieillard. Quoi! je t'ai donné le fruit de soixante années de sueurs; tu jouis par moi de toutes tes
aises, et pour récompense tu me chasses! Veux-
tu donc me punir de t'avoir trop aimé? Au nom
de Dieu, cher fils, ne m'expose pas à mourir de
faim. Tu sais que je ne peux plus marcher; ac-
corde-moi dans ta maison quelque coin inutile.
Je ne te demande ni un bon lit ni les mets de ta
table : un peu de paille sous cet appentis, du pain
et de l'eau me suffiront. A mon âge il faut si peu
pour vivre! et d'ailleurs, avec mes infirmités et
mes chagrins, je ne te serai pas long-temps à
charge. Si tu veux faire l'aumône en expiation de
tes péchés, eh bien! fais-la à ton père. En est-il
une plus juste? Cher fils, rappelle-toi tout ce
qu'il m'en a coûté de soins pendant trente ans
pour t'élever; songe à la bénédiction que Dieu
promet à ceux qui honoreront ici-bas leurs pa-

rents, et crains qu'il ne te maudisse à jamais, si tu oses devenir toi-même le meurtrier de ton père.

Ce discours touchant émut le fils ; mais il allégua l'aversion de sa femme, et, pour le bien de la paix, il exigea que le vieillard sortît.

— Eh ! où veux-tu que j'aille ? répondit le prud'homme. Des étrangers me recevront-ils, quand mon propre fils me rejette ? Sans argent et sans ressources, il faut donc que je mendie le pain dont j'ai besoin aujourd'hui pour ne pas mourir ?

En parlant ainsi, la face du vieillard était toute baignée de larmes. Il prit néanmoins le bâton qui l'aidait à se soutenir, et se leva en priant Dieu de pardonner à son fils. Mais avant de sortir, il demanda une dernière grâce.

— L'hiver approche, dit-il, et si Dieu me condamne à vivre encore jusqu'à ce temps, je n'ai rien pour me défendre du froid. La robe que je porte est en lambeaux ; en reconnaissance de toutes celles qu'il m'a fallu te fournir pendant ta vie, beau fils, accorde-m'en une des tiennes. Je ne te demande que la plus mauvaise, celle que tu ne veux plus porter.

Cette légère faveur lui fut encore refusée : la femme répondit qu'il n'y avait point à la maison de robe pour lui. Il demanda au moins l'une des deux couvertures qui servaient pour le cheval ; et le fils, voyant alors qu'il ne pouvait s'en défendre, fit signe au jeune enfant d'en apporter une.

Celui-ci n'avait pu voir sans attendrissement les adieux de son respectable aïeul. Il avait dix ans, et je vous ai déjà dit qu'il était plein de bonnes qualités. Il alla prendre à l'écurie la meilleure des housses, la coupa en deux, et vint en apporter la moitié au vieillard.

— Tout le monde veut donc ma mort ? s'écria l'aïeul en sanglotant. J'avais obtenu ce faible soulagement pour ma misère, et on me l'envie !

Le fils ne put s'empêcher de gronder l'enfant d'avoir outrepassé ses ordres.

— Pardon, sire, répliqua le jouvenceau ; mais j'ai soupçonné que vous vouliez faire bientôt mourir votre père, et j'ai voulu seconder vos intentions. L'autre moitié de couverture, au reste, ne sera pas perdue, je la garde pour vous la donner, quand vous serez à votre tour devenu vieux.

Ce reproche si adroit frappa le fils coupable. Il sentit ses torts, et, se prosternant aux pieds de son père en lui demandant pardon, il le fit rentrer dans la maison, lui mit en main tous ses biens, et se conduisit à son égard dans la suite avec le respect et les soins qu'il lui devait.

Retenez bien cette histoire, vous autres pères qui avez des enfants à marier. Soyez plus sages que celui-ci, et n'allez pas comme lui vous jeter en un gouffre dont vous ne pourriez plus sortir. Vos enfants auront pour vous de l'amitié sans doute, et vous devez le croire ; mais le plus sûr cependant est de ne pas vous y fier sans réserve. Qui s'expose à dépendre des autres s'expose nécessairement à bien des larmes.

II.

LE SÉNÉCHAL.

Certain comte de Champagne, nommé Henri, avait pour sénéchal [1] un homme dur, avare et brutal. Il eût crevé de dépit, je crois, s'il eût vu son seigneur faire du bien à quelqu'un. Ce n'était pas, au reste, qu'il fût extrêmement attaché à la personne du Comte ou zélé pour ses intérêts ; le fripon au contraire le volait tant que durait la

[1] Intendant.

journée, et il n'était occupé qu'à escamoter vin, poulets et chapons, pour aller tout seul dans la dépense s'empiffrer comme un pourceau. Mais tel était son caractère : il ne voulait que pour lui seul. Cette humeur revêche occasionnait quelquefois, surtout quand il arrivait des étrangers au château, des scènes divertissantes dont s'amusait le Comte. Ceux qu'elles regardaient n'en riaient pas d'aussi bon cœur; il n'y avait aucun d'eux qui n'eût donné volontiers bien des choses pour voir le bourru corrigé comme il le méritait.

Un jour Henri, qui était noble et généreux, annonça qu'il tiendrait cour plénière, et il la fit publier dans tout son voisinage. Chevaliers, dames, écuyers, il y vint un monde prodigieux. La fête fut somptueuse; partout les portes ouvertes, partout des tables dressées, et la plus grande profusion. Il ne faut pas demander quelle fut dans ce jour l'humeur du sénéchal.

— Ces gueules affamées, disait-il en grondant, n'ont peut-être pas une fois dans l'année mangé tout leur appétit; elles viennent ici se soûler à nos dépens. Courage, messieurs, prenez, demandez, n'ayez pas honte : on voit bien que vous n'êtes pas chez vous.

Dans ce moment entra un bouvier mal peigné, nommé Raoul, qui revenait de la charrue.

— Que vient faire ici ce gredin? demanda l'ordonnateur en colère.

— Eh! parbleu, répondit le villain [1], j'y viens manger, puisqu'on y régale.

Et en même temps il pria le sénéchal de lui faire donner une place, car il n'y en avait pas une seule de vide : tous les siéges étaient pris.

L'autre, furieux, lui allonge de toute sa force un coup de pied dans le derrière : — Tiens, lui dit-il, asseois-toi là-dessus.

Cependant quand il eut réfléchi que si le Comte venait à être instruit de cette violence il pourrait en recevoir des reproches, il voulut apaiser un peu le bouvier et fit signe qu'on lui donnât à manger. Raoul, affectant de rire, mais dans son âme très-résolu d'avoir sa revanche, s'il le pouvait, se retira dans un coin, où il s'arrangea comme il put; et, après avoir bien bu, bien mangé, il passa dans la salle.

Le Comte venait d'y faire entrer les ménétriers et les jongleurs pour amuser l'assemblée; et, afin de les exciter à bien faire, il avait promis sa belle robe neuve d'écarlate à celui d'entre eux qui ferait le plus rire. Tous aussitôt se piquant à l'envi

---

[1] Villain, dans le sens féodal, vient du mot *villa*, dont nous sont restés les mots *village* et *villageois*. Vilain, dans le sens moderne, exprimant une laideur morale ou physique, vient de *vilis*, méprisable.

de se surpasser, on vit les uns conter des fabliaux
ou chanter, les autres faire des tours de passe-
passe, celui-ci contrefaire l'ivrogne, celui-là le
niais, d'autres représenter des querelles de femmes, chacun enfin s'ingénier à qui imaginerait
quelque chose de plus plaisant. Raoul, debout au
milieu de la salle, sa serviette en main, s'amusait
à les regarder et riait de tout son cœur. Mais
quand tout fut fini il s'approcha du sénéchal, qui
était auprès du Comte, se posta derrière lui, et
lui lançant à son tour un tel coup de pied qu'il
lui fit donner du nez en terre, il ajouta :

— Sire, voilà votre serviette et puis votre
siége que je vous rends : rien n'est tel que les
honnêtes gens, voyez-vous; avec eux rien n'est
perdu.

La chute du sénéchal avait fait jeter un cri à
l'assemblée. Les domestiques étaient accourus, et
déjà ils s'apprêtaient à emmener le villain pour
châtier son manque de respect, quand le Comte,
le faisant approcher, lui demanda pourquoi il
avait frappé son officier.

— Monseigneur, répondit Raoul, on m'a dit
que je pouvais faire aujourd'hui bonne chère au
château, et j'y suis venu, puisque c'est un effet de
votre bonté. Mais les autres avaient été plus alertes
que moi. J'ai donc prié votre sénéchal qu'il me

procurât un petit siége ; et lui, qui est fort poli,
m'a fait tout de suite présent d'un coup de pied,
en me disant qu'il me prêtait celui-là. A présent
que j'ai mangé et que je n'ai plus besoin de son
siége, je suis venu le lui rendre ; et je vous prends
à témoin, monseigneur, que je n'ai plus rien à
lui, car, quoique pauvre homme, j'ai de la conscience. Si pourtant il en voulait encore un pour
le louage du sien, il n'a qu'à dire, me voici tout
prêt.

A ces mots, le Comte et les spectateurs éclatè-
rent de rire. Le sénéchal décontenancé ajoutait
au comique de la scène. Enfin, on rit si fort et si
long-temps, que le Comte adjugea sa robe à Raoul,
et que les jongleurs eux-mêmes convinrent qu'il
l'avait gagnée.

III.

LE CONTEUR DU ROI.

Un roi avait un conteur de fabliaux qui l'amusait beaucoup. Un soir qu'il était au lit, il le fit
venir, et lui demanda un conte. Celui-ci, qui mou-

rait d'envie de dormir, fit tous ses efforts pour s'en
dispenser; mais il eut beau faire, il fallut obéir. Il
prit donc son parti, et commença de la sorte :

— Sire, il y avait un homme qui avait cent
sous d'or. Avec son argent il voulut acheter des
moutons; et chaque mouton lui coûta six deniers;
il en eut deux cents; et il s'en revint à son village
avec ses deux cents moutons; et il les chassait
devant lui.

Mais en revenant à son village, il trouva que
la rivière était débordée; car il avait beaucoup
plu, et les eaux s'étaient répandues dans la campagne; et il n'y avait point de pont; et il ne savait comment passer avec ses moutons.

Enfin, à force de chercher, il trouva un bateau;
mais ce bateau était si petit, si petit, qu'il n'y
pouvait passer que deux moutons à la fois....

Alors le conteur se tut.

— Eh bien, quand il eut passé ces deux-là, dit
le Roi, que fit-il?

— Sire, vous savez que la rivière est large,
le bateau fort petit, et qu'il y a deux cents moutons. Il leur faut du temps; dormons un peu
tandis qu'ils passent; demain je vous conterai ce
qu'ils devinrent.....

IV.

LES DEUX GASCONS ET LE NORMAND.

Deux Gascons allaient en pèlerinage. Un Normand, qui se rendait au même terme, s'étant joint à eux dans le chemin, ils firent route ensemble et réunirent même leurs provisions. Mais à une demi-journée du but de leur voyage, les vivres leur manquèrent, et il ne leur resta plus qu'un peu de farine et de beurre, à peu près ce qu'il en fallait pour faire un petit gâteau. Les deux Gascons, de mauvaise foi, complotèrent de le partager entre eux et d'en frustrer leur camarade, qu'à l'air grossier qu'il avait montré ils se flattaient de duper sans peine.

— Il faut que nous prenions notre parti, dit tout haut l'un des Gascons; ce qui ne peut suffire à la faim de trois personnes peut en rassasier une, et je suis d'avis que le gâteau soit pour un seul. Mais afin de pouvoir le manger sans injustice, voici ce que je propose. Couchons-nous tous trois, faisons chacun un somme, et qu'on adjuge le gâteau à celui qui aura eu le plus beau rêve.

Le camarade, comme on s'en doute bien, applaudit à cette idée. Le Normand même l'approuva et feignit de donner pleinement dans le piége. On fit donc le gâteau; on le mit cuire sous la cendre, et on se coucha. Mais nos Gascons étaient si fatigués qu'involontairement bientôt ils s'endormirent. Le Normand, plus malin qu'il n'en avait l'air, n'épiait que ce moment. Il se leva sans bruit, alla manger le gâteau, et revint se coucher.

Cependant un des Gascons s'étant réveillé et ayant appelé ses deux compagnons :

— Amis, leur dit-il, écoutez mon rêve. Je me suis vu transporté par deux anges en enfer. Longtemps ils m'ont tenu suspendu sur l'abîme du feu éternel. Là, j'ai vu les tourments des damnés.....

— Et moi, reprit l'autre, j'ai songé que la porte du ciel m'était ouverte : les archanges Michel et Gabriel, après m'avoir enlevé par les airs, m'ont conduit devant le trône de Dieu; j'ai été témoin de sa gloire.

Et alors le songeur commença à dire des merveilles du paradis, comme l'autre en avait dit de l'enfer.

Le Normand, pendant ce temps, quoiqu'il les entendît fort bien, feignait toujours de dormir. Ils vinrent l'éveiller. Lui, affectant l'espèce de

saisissement d'un homme qu'on tire subitement
d'un profond sommeil, cria avec un ton effrayé :

— Qui est là ?

— Eh ! ce sont vos compagnons de voyage.
Quoi ! vous ne nous connaissez plus ? Allons, le-
vez-vous, et contez-nous votre rêve.

— Mon rêve ! Oh ! j'en ai fait un singulier, et
dont vous allez bien rire. Tenez, quand je vous
ai vus transportés, l'un en paradis, l'autre en enfer, moi j'ai songé que je vous avais perdus et
que je ne vous reverrais jamais. Alors je me suis
levé, et j'ai été manger le gâteau.

V.

GRAISSER LA PATTE.

Une vieille avait deux vaches qui la faisaient
subsister. Elles entrèrent un jour dans les pâturages du seigneur, et y furent saisies par son prévôt. La bonne femme à l'instant courut au château
supplier cet officier de les lui rendre. Il fit entendre qu'il lui fallait de l'argent, et celle-ci, qui
n'avait rien à donner, s'en revint désolée. En

chemin elle rencontra une de ses voisines qu'elle consulta sur son malheur.

— Il faut en passer par ce qu'il demande, lui dit l'autre, et vous résoudre à lui *graisser la patte.*

La vieille, qui était fort simple, n'y entendit pas finesse; prenant le conseil à la lettre, elle mit dans sa poche un morceau de lard et retourna au château.

Le seigneur se promenait devant sa porte, les mains derrière le dos. Elle s'avance doucement sur la pointe du pied et lui frotte les mains avec son lard. Il se retourne pour lui demander ce qu'elle fait :

— Ah! monseigneur, s'écria-t-elle en se jetant à genoux, le prévôt a saisi mes deux vaches dans votre pré, et l'on m'a dit que si je voulais les ravoir il fallait lui graisser la patte. Je venais pour cela; mais comme je vous ai vu à la porte et que vous êtes son maître, j'ai imaginé que vous méritiez bien mieux qu'on graissât la vôtre.

Le seigneur rit beaucoup de la naïveté de la vieille; il lui fit rendre ses vaches, et lui donna même, pour les nourrir, le pré dans lequel elles avaient été saisies.

VI.

LE BACHELIER NORMAND.

Un bachelier de Normandie,
Où maint gentilhomme mendie,

Se trouvant en Champagne, où il suivait un procès, n'avait pour dîner, un certain matin, qu'un petit pain d'une maille. Afin que le pain pût passer plus aisément, il alla au cabaret, et demanda du vin pour un denier. Le tavernier, qui était un homme grossier et bourru, après avoir rempli la mesure au tonneau, vint présenter impoliment un hanap [1] au pauvre gentilhomme, et il y versa le vin avec tant de rudesse qu'il en répandit la moitié. Pour comble d'insolence, il ajouta :

— Vous allez devenir riche, sire bachelier, car vin répandu, c'est signe de bonheur.

Se fâcher contre ce brutal, c'eût été perdre son temps : le Normand s'y prit avec plus d'adresse. Il lui restait encore une maille dans sa bourse : il

---

[1] Tasse à pied, qui avait deux anses ou deux oreilles.

la donne au tavernier, et lui demande un morceau de fromage pour assaisonner son pain. Celui-ci la prend d'assez mauvaise grâce, et monte au cellier chercher ce qu'on lui demande. Le bachelier, pendant ce temps, va au tonneau, en arrache le robinet et laisse couler le vin. L'autre, quand il redescend et qu'il voit son vin ruisseler sur le pavé, court vite boucher le tonneau, et revient en fureur sur le gentilhomme, qu'il saisit par le surcot. Celui-ci, fort et vigoureux, jette le tavernier à la renverse sur ses barils, et si des voisins ne fussent accourus pour les séparer, dans sa colère il l'eût maltraité.

L'affaire fut portée devant le comte Henri de Champagne. Le marchand parla le premier et demanda un dédommagement. Le Prince, avant de condamner le bachelier, voulut savoir ce qu'il avait à répondre. Celui-ci alors raconta son aventure dans la plus exacte vérité; puis en finissant il ajouta :

— Sire, cet homme m'avait dit que vin répandu portait bonheur, et que j'allais devenir riche, moi à qui il n'en avait fait perdre que la moitié d'une mesure. La reconnaissance m'a rendu libéral, et pour l'enrichir plus que moi encore, je lui en ai répandu la moitié d'un tonneau.

Tous les gens du Comte applaudirent. Jamais,

selon eux, n'avait été ouïe en cour si bonne jon-
glerie; et pour marquer le contentement qu'ils en
ressentaient, tous allèrent se ranger autour du
Normand. Henri lui-même riait aux larmes, et il
renvoya les parties en disant :

— Ce qui est répandu est répandu.

VII.

LE CHIEN ET LE SERPENT.

A Rome jadis vivait un homme fort riche qui
était sénéchal de la ville, et qui avait son palais
et sa tour contigus aux murs. Son épouse, dame
respectable d'ailleurs par sa naissance et sa vertu,
depuis neuf ans qu'ils étaient unis ne lui avait
pas encore donné d'héritier. La dixième année
enfin, après une grossesse heureuse, elle accoucha d'un beau garçon, qui combla de joie et le
père et toute la ville; car si le mari était aimé
pour sa loyauté, pour sa justice et sa courtoisie,
l'épouse ne l'était pas moins pour sa piété charita-
ble et sa douceur. Ils ne s'occupèrent plus l'un

et l'autre que de la conservation de cet enfant chéri. Tous les soins que sont capables d'imaginer des parents tendres, il les éprouva ; et, outre la nourrice qui l'allaitait, deux autres femmes encore furent destinées pour lui seul.

Le sénéchal avait chez lui un ours qu'il tenait dans sa cour attaché au perron. Les Romains, le jour de la Pentecôte, voulant se divertir, vinrent le prier de le leur prêter, pendant quelques heures, pour le faire combattre contre des chiens. Il y consentit volontiers, et on emmena l'animal. Le lieu destiné au .combat était une grande prairie le long du Tibre. Chevaliers, bourgeois, femmes et enfants, toute la ville enfin s'y rendit, les uns amenant des chiens de chasse, les autres des braques, ceux-ci des mâtins des rues, ceux-là de gros chiens de boucher. Le sénéchal lui-même, pour amuser son épouse, l'y conduisit. Tous ses domestiques y allèrent, et il ne resta absolument dans l'hôtel que les trois femmes et un jeune chien de douze à treize mois, que son maître aimait beaucoup, et qu'il avait enfermé avant de sortir, de peur que par attachement l'animal fidèle n'eût voulu le suivre aussi.

Mais les femmes, gardiennes de l'enfant, ne se virent pas plutôt seules, que l'ennui les prit. Ces aboiements, ce bruit, ces cris de joie qu'elles entendaient tout près d'elles, venaient les tourmenter. Elles ne purent résister à la curiosité ; et, après avoir couché et endormi l'enfant, elles posèrent le berceau à terre et montèrent toutes trois au haut de la tour pour voir le combat. Hélas! elles ne prévoyaient guère tout ce que cette négligence allait leur coûter de chagrins.

Un gros serpent, qui habitait une des crevasses du mur, sortit pendant ce temps de son trou, et, pénétrant jusqu'à la salle, s'y glissa par la fenêtre. Il vit ce bel enfant plus blanc que la fleur du lis, doucement assoupi, et s'avança pour le dévorer. Le chien était couché sur le lit des gouvernantes ; mais il veillait. A l'aspect du danger, il s'élance au-devant du berceau, se jette sur le monstre, qu'il attaque avec courage, et bientôt tous deux sont couverts de sang. Dans ce conflit le berceau se renverse, mais si heureusement, que l'enfant, sans avoir reçu aucun mal et même sans se réveiller, s'en trouve tout à fait couvert. Enfin, après de longs efforts, le généreux petit animal vient à bout de saisir adroitement son ennemi par la tête. Il la lui écrase et le tue, puis il remonte sur le lit pour veiller encore, car il voyait bien qu'il ne lui était pas possible de relever le berceau.

Quand le combat de l'ours fut fini et que les

spectateurs commencèrent à s'en retourner, les trois femmes descendirent de la tour. A la vue de ce berceau sanglant et renversé, elles crurent que le chien avait étranglé leur nourrisson ; et sans rien examiner, tant elles furent consternées, sans oser attendre le retour des parents, sans songer même à rien emporter de ce qui leur appartenait, elles se sauvèrent à la hâte, dans le dessein de s'enfuir du pays. L'effroi les avait tellement troublées, qu'elles prirent inconsidérément le chemin même par où revenait la mère, et ce fut le premier objet que celle-ci rencontra.

Au désordre qu'annonçait leur visage, elle les arrêta tout épouvantée.

— Où allez-vous ? s'écria-t-elle, qu'est-il arrivé ? Mon enfant est-il mort ? Parlez, ne me cachez rien.

Elles se jetèrent à genoux pour implorer sa miséricorde, et lui avouèrent qu'ayant eu l'imprudence de quitter un moment son fils, le chien pendant ce temps l'avait étranglé. La dame à ces mots tomba de cheval sans connaissance. Le sénéchal, qui la suivait, arriva dans le moment : il la trouva pâle et mourante, et demanda quel accident avait pu la réduire en cet état. A la voix de son mari elle ouvrit les yeux et s'écria :

— Ah ! sire, vous allez partager mon désespoir. Ce que j'aimais le plus après vous, ce fils que mes prières avaient obtenu du ciel et qui faisait votre bonheur et le mien, il est mort : le chien que vous élevez l'a dévoré.

Ces paroles frappèrent le père comme un coup de foudre; il ne répondit rien, et machinalement courut à la chambre de son fils.

A peine eut-il ouvert la porte, que le chien vint sauter à lui pour le lécher et le caresser. Malgré la douleur de ses blessures, le bon animal lui exprimait sa joie par mille cris touchants; on eût dit qu'il était sensible au plaisir d'avoir rendu un service à son maître, et qu'il regrettait de ne pouvoir parler pour lui raconter cette aventure. Le sénéchal le regarde; il lui voit le museau ensanglanté, et dans sa colère aveugle, trompé par ces signes apparents du crime, il tire son épée et lui abat la tête. Il s'appuie ensuite sur le lit des femmes pour déplorer son malheur.

Mais, tandis qu'il se livre au désespoir, l'enfant se réveille et pousse un cri. Le père s'élance pour voler à son secours; il soulève le berceau, et voit, ô douce surprise! son fils qu'il croyait mort et qui lui sourit. Il crie, il appelle : tout le monde accourt. La mère transportée prend dans ses bras l'enfant chéri et ne lui trouve aucune blessure. Des larmes de joie coulent alors de tous les yeux.

On cherche, on examine, on aperçoit enfin, dans un coin de la chambre, le corps du serpent, dont la tête écrasée offrait l'empreinte du combat et le témoignage de la victoire du chien. Il ne fut pas difficile au sénéchal de deviner quel était le sauveur de son fils bien-aimé. Hélas ! pour récompense, il l'avait tué de sa main.....

VIII.

BRIFAUT.

Un paysan des environs d'Abbeville, nommé Brifaut, alla au marché de cette ville vendre dix aunes de toile qu'il avait faites. Il la portait sur son épaule, moitié par-devant, moitié par-derrière.

Un filou tenta de la lui escamoter. Tout en marchant derrière lui, le voleur se la coud sur sa cotte. Quand ils sont dans la foule, il le pousse et le fait tomber; et pendant que le villain se ramasse, l'autre enlève adroitement la toile, qu'il place comme lui sur son épaule, puis il se range parmi les autres paysans.

Brifaut, surpris de ne plus retrouver son paquet, cherche autour de lui et crie : « *Ma toile, ma toile.* » Le filou l'écoutait d'un air fort tranquille ; enfin il lui demande ce qu'il a, pour crier si fort ? Le manant le lui conte.

— Imbécile, répond le voleur, regarde, si tu avais eu l'esprit de la coudre comme moi à ta cotte, on ne te l'aurait pas prise.

IX.

LES TROIS LARRONS.

Mon fabliau ne vous offrira pas aujourd'hui les prouesses brillantes d'un chevalier ; il ne contient que les subtilités de trois filous, d'auprès de Laon, dont les talents associés mirent long-temps à contribution les honnêtes bourgeois.

Deux d'entre eux étaient frères et se nommaient Haimet et Barat. Leur père, qui avait fait le même métier qu'eux, venait de finir par être pendu, sort communément destiné à cette espèce de talent. Le troisième s'appelait Travers. Ils ne tuaient point ; ils se contentaient de filouter, et leur adresse en ce genre tenait du prodige.

Un jour qu'ils se promenaient tous trois dans le bois de Laon, et que la conversation était tombée sur leurs prouesses, Haimet, l'aîné des deux frères, aperçut au haut d'un chêne fort élevé un nid de pie, et il vit la mère y entrer.

— Frère, dit-il à Barat, si quelqu'un te proposait d'aller enlever les œufs sous cette pie sans la faire envoler, que lui répondrais-tu ?

— Je lui répondrais, repartit le cadet, qu'il est fou et qu'il demande une chose qui n'est pas faisable.

— Eh bien ! sache, mon ami, que quand on ne se sent pas en état de l'exécuter, on n'est en filouterie qu'un butor : regarde-moi.

Aussitôt il grimpe à l'arbre. Arrivé au nid, il l'ouvre doucement par-dessous, reçoit les œufs à mesure qu'ils coulent par l'ouverture, et les rapporte, en faisant remarquer qu'il n'y en a pas un seul de cassé.

— Il faut l'avouer, s'écrie Barat, tu es un fripon incomparable ; et si tu pouvais maintenant aller remettre les œufs sous la mère comme tu les en as tirés, tu pourrais te dire notre maître à tous.

Haimet accepte le défi et il remonte. C'était là un piége que lui tendait son frère. Dès que celui-ci l'aperçoit à une certaine hauteur, il dit à Travers :

— Tu viens de voir ce que sait faire Haimet, je veux maintenant te montrer un tour de ma façon.

A l'instant il monte à l'arbre après son aîné, il le suit de branche en branche ; et tandis que l'autre, les yeux fixés sur le nid, tout entier à son projet et attentif au moindre mouvement de l'oiseau pour ne pas l'effaroucher, semblait un serpent qui rampe et qui glisse, l'adroit coquin lui détache sa ceinture, et revient, portant en main ce gage de son triomphe.

Haimet cependant avait remis les œufs, et il s'attendait au tribut d'éloges que méritait un pareil succès.

— Bon, tu nous trompes, lui dit en plaisantant Barat, je gage que tu les as cachés dans ta ceinture.

L'aîné regarde ; il voit que sa ceinture lui manque et il devine sans peine que c'est là un tour de son frère.

— Excellent voleur, dit-il, que celui qui en vole un autre [1].

---

[1] Dans les *Joco-seria Melandri*, un Espagnol et un Allemand se défient à qui fera le tour d'escroquerie le plus adroit. Le premier, comme dans le fabliau, annonce qu'il va ôter les œufs sous

Travers admirait également les deux héros, et ne savait auquel des deux donner la palme. Mais aussi tant d'adresse l'humilia. Piqué de ne point se sentir pour le moment en état de jouter avec eux, il leur dit :

— Mes amis, vous en savez trop pour moi. Vous échapperiez vingt fois de suite que je serais toujours pris. Je vois que je suis trop gauche pour faire quelque chose dans votre métier; adieu, j'y renonce et vais reprendre le mien. J'ai de bons bras, je travaillerai; je vivrai avec ma femme, et j'espère, moyennant l'aide de Dieu, pouvoir me tirer de peine.

Il retourna en effet dans son village, comme il l'avait annoncé. Il devint homme de bien, et il rav illa si heureusement qu'au bout de quelques mois il eut le moyen d'acheter un cochon. L'animal fut engraissé chez lui. Noël venu, il le fit tuer; et l'ayant à l'ordinaire suspendu par les pieds contre la muraille, il partit pour aller aux champs.

Les deux frères, qui ne l'avaient point vu depuis le jour de leur séparation, vinrent dans ce moment lui faire visite. La femme était seule, occu-

---

un oiseau qui couve. Pour monter plus aisément, il laisse au pied de l'arbre son habit, son épée, sa chaîne d'or, etc. Mais, lorsqu'il est au haut, l'Allemand prend le paquet et s'en va.

pée à filer. Elle répondit que son mari venait de sortir et qu'il ne devait rentrer que le soir. Mais vous pensez bien qu'avec des yeux exercés à examiner tout, le cochon ne put guère leur échapper.

— Oh! òh! se dirent-ils en sortant, ce coquin veut se régaler et il ne nous a pas invités! Eh bien! il faut lui enlever son cochon et le manger sans lui.

Là-dessus, les fripons arrangèrent leur complot; et en attendant que la nuit vînt leur permettre de l'exécuter, ils allèrent se cacher dans le voisinage, derrière une haie.

Le soir, quand Travers rentra, sa femme lui parla de la visite qu'elle avait reçue.

— J'ai eu si peur de me trouver seule avec eux, dit=elle, ils avaient si mauvaise mine, que je n'ai osé leur demander ni leur nom ni pourquoi ils venaient. Mais leurs yeux ont fureté partout, et je ne crois pas qu'il y ait ici un clou qui leur ait échappé.

— Ah! ce sont mes deux drôles, s'écria douloureusement Travers; mon cochon est perdu; c'est une affaire faite, et je voudrais à présent pour bien des choses l'avoir vendu.

— Il y a encore un moyen, dit la femme: ôtons-le de sa place et le cachons quelque part pour cette nuit. Demain, quand il fera jour, nous verrons quel parti prendre.

Travers suivit le conseil de sa femme. Il décrocha le cochon, et alla le mettre par terre à l'autre bout de la chambre, sous la maie qui servait à pétrir leur pain : après quoi il se coucha, mais non sans inquiétude.

La nuit venue, les deux frères arrivent pour accomplir leur projet ; et tandis que l'aîné fait le guet, Barat commence à percer le mur [1], à l'endroit où il avait vu le cochon suspendu. Bientôt il s'aperçoit qu'il n'y a plus que la corde.

— L'oiseau est déniché, dit-il, nous venons trop tard.

Travers, que la crainte d'être volé tenait en alarme et empêchait de dormir, croyant entendre quelque bruit, réveilla sa femme et courut à la maie tâter si son cochon y était encore. Il l'y retrouva ; mais comme il craignait aussi pour sa grange et son écurie, il voulut aller partout faire sa ronde, et sortit armé d'une hache. Barat qui l'entendit sortir profita de ce moment ; s'approchant du lit en contrefaisant la voix de Travers :

— Marie, dit-il, le cochon n'est plus à la muraille, qu'en as-tu fait ?

---

[1] Les murailles des maisons de villageois étaient de carreaux de terre, comme c'est encore en plusieurs villages pauvres.

— Tu ne te souviens donc pas que nous l'avons caché sous la maie ? répondit la femme. Est-ce que la peur t'a troublé la cervelle ?

— Non pas, reprit l'autre ; mais je l'avais oublié. Reste là, je vais le ranger.

En disant cela, il va charger le cochon sur ses épaules et l'emporte. —

Après avoir fait sa ronde et bien visité ses portes, Travers rentra.

— Il faut avouer, dit la femme, que j'ai là un mari qui a une pauvre tête ; il oublie depuis tantôt ce qu'il a fait de son cochon.

A ces mots Travers, devinant ce qui vient de se passer, fait un cri.

— Je l'avais annoncé, qu'on me le volerait, dit-il ; adieu, le voilà parti, je ne le verrai plus.

Cependant, comme les voleurs ne pouvaient pas être encore bien loin, il espéra pouvoir les rattraper et courut après eux.

Ils avaient pris, à travers champs, un petit sentier détourné qui conduisait au bois, où ils espéraient cacher leur proie plus sûrement. Haimet allait en avant pour assurer la marche, et son frère, dont le fardeau ralentissait le pas, suivait à quelque distance. Travers eut bientôt atteint celui-ci. Il le reconnut ; et, prenant le ton de voix de l'aîné :

— Tu dois être las, lui dit-il, donne que je le porte à mon tour.

Barat, qui croit entendre son frère, livre à Travers le cochon, et prend les devants. Mais il n'a pas fait cent pas, qu'à son grand étonnement il rencontre Haimet.

— Morbleu, dit-il, j'ai été attrapé. Ce coquin de Travers m'a joué un tour. Mais laisse faire, tu vas voir si je sais réparer ma sottise.

En disant cela, il se dépouille, met sa chemise par-dessus ses habits, se fait une espèce de coiffe de femme, et dans cet accoutrement court à toutes jambes par un autre chemin à la maison de Travers, qu'il attend auprès de la porte. Quand il le voit arriver, il s'avance au-devant de lui, comme si c'eût été sa femme, et lui demande, en contrefaisant sa voix, s'il a rattrapé le cochon.

— Oui, je le tiens ! répond le mari.

— Eh bien ! donne-le-moi, je vais le rentrer, et cours vite à l'étable, car j'y ai entendu du bruit et j'ai peur qu'ils ne l'aient forcée.

Travers lui charge l'animal sur les épaules et va faire une nouvelle ronde. Mais quand il rentre, il est fort étonné de trouver au lit sa femme qui pleurait et se mourait de peur. Il s'aperçoit alors qu'on l'a trompé de nouveau.

Il ne veut point en avoir le démenti ; et comme

si son honneur eût été intéressé à cette aventure, il jure de n'en sortir, d'une manière ou de l'autre, que victorieux.

Il se douta bien que les voleurs, ce voyage-ci, ne prendraient plus le même chemin; mais il soupçonna avec raison que la forêt étant pour eux le lieu le plus proche et le plus sûr, ils s'y rendraient comme la première fois. En effet, ils y étaient déjà; et dans la joie et l'empressement qu'ils avaient de goûter le fruit de leur vol, ils venaient d'allumer du feu au pied d'un chêne pour faire quelques grillades. Le bois était vert et brûlait mal; de sorte qu'afin de le faire aller, il leur fallait ramasser de côté et d'autre des branches mortes et des feuilles sèches.

Travers, qui, à la lueur du feu, n'avait pas eu de peine à trouver ses larrons, profite de leur éloignement. Il se déshabille, monte sur le chêne, se suspend d'une main dans l'attitude d'un pendu; puis, quand il voit les voleurs revenus et occupés à souffler leur feu, d'une voix de tonnerre il s'écrie :

— Malheureux ! vous finirez comme moi.

Ceux-ci troublés croient voir et entendre leur père : ils ne songent qu'à se sauver. L'autre reprend à la hâte ses habits et son cochon, et revient triomphant conter à sa femme sa nouvelle victoire. Elle le félicite, en l'embrassant, sur un coup si hardi et si adroit.

— Ne nous flattons pas trop encore, répondit-il. Les drôles ne sont pas loin ; et tant que le cochon subsistera, j'aurai toujours peur. Mais fais chauffer de l'eau, nous le ferons cuire. S'ils reviennent, nous verrons alors comment ils s'y prendront.

L'une alluma donc du feu, l'autre dépeça l'animal, qu'il mit par morceaux dans le chaudron, et chacun d'eux, pour y veiller, s'assit à un coin de la cheminée.

Mais Travers, que l'inquiétude et le travail de la nuit avaient fatigué, ne tarda pas à s'assoupir.

— Couche-toi, lui dit sa femme, j'aurai soin de la marmite : tout est bien fermé, il n'y a rien à craindre ; et en tout cas, si j'entends du bruit, je t'appellerai.

D'après cette assurance, il se jeta tout habillé sur son lit, où il s'endormit aussitôt. La femme continua quelque temps de veiller au chaudron ; mais enfin le sommeil la gagna aussi, et elle finit par s'endormir sur sa chaise.

Pendant ce temps les larrons, remis de leur première frayeur, étaient revenus au chêne. N'y retrouvant plus ni le pendu ni le cochon, il ne leur avait pas été difficile de deviner le vrai de l'aventure. Ils se crurent déshonorés si Travers, dans ce conflit de stratagèmes, l'emportait sur eux, et ils revinrent chez lui, fortement déterminés à déployer pour la dernière fois tout ce dont ils étaient capables en fait de ruses.

Avant de rien entreprendre, Barat, pour savoir si l'ennemi était sur ses gardes, regarda par le trou qu'il avait fait à la muraille. Il vit d'un côté Travers étendu sur son lit, et de l'autre la femme, dont la tête vacillait à droite et à gauche, dormant près du feu, une écumoire à la main, tandis que le cochon cuisait dans la marmite.

— Ils ont voulu nous éviter la peine de le faire cuire, dit Barat à son frère ; et, après tout, nous avons eu assez de mal pour qu'ils nous l'apprêtent. Sois tranquille, je te promets de t'en faire manger.

Il va couper aussitôt une longue gaule qu'il aiguise par un bout. Il monte sur le toit, et, descendant la gaule par la cheminée, il la pique dans un morceau qu'il enlève.

Le hasard fit que dans ce moment Travers s'éveilla. Il vit la manœuvre, et comprit qu'avec des ennemis si habiles la paix pour lui était préférable à la guerre.

— Amis, leur cria-t-il, vous avez tort de dégrader mon toit ; moi j'ai eu tort de ne pas vous inviter à goûter du cochon. Ne disputons plus de subtilité, ce serait à ne jamais finir : descendez et venez vous régaler avec nous.

Il alla leur ouvrir la porte. On se mit à table, et l'on s'y réconcilia de la meilleure foi du monde.

X.

LE RAYON DE LA LUNE.

Un filou avait formé le projet de voler un bourgeois de sa ville, homme fort riche. Pour cela il grimpa le soir sur le toit, et il y attendit le moment où, tous les domestiques étant endormis, il pourrait sans danger se glisser dans la maison. Mais le maître du logis, quoique couché, l'avait aperçu à la clarté de la lune. C'était un matois rusé, qui résolut de l'attraper.

— Écoute, dit-il tout bas à sa femme, demande-moi par quel moyen j'ai acquis le bien que je possède. Je ferai des façons pour te le dire ; presse-moi beaucoup, insiste et ne me laisse pas reposer que je ne te l'aie avoué ; mais surtout parle haut et le plus haut que tu pourras.

La femme, sans s'informer quel pouvait être le dessein de son mari, lui fit la question qu'il exigeait. Il répondit avec un ton de mystère que c'était là son secret; qu'au reste il importait très-peu à sa moitié de le-savoir, et qu'elle ne devait songer qu'à jouir de l'aisance que lui avait procurée son industrie. Elle revint à la charge selon ce qui lui était recommandé. Lui, de son côté, joua toujours la réserve. Enfin elle le pressa tant que, cédant en apparence à ses importunités, il avoua qu'il avait été voleur, et que c'était ainsi qu'il s'était fait une fortune considérable.

— Quoi! sire, s'écria la femme, vous avez été voleur, et l'on ne vous a jamais soupçonné?

— C'est que j'ai eu un maître habile, un maître tel qu'il n'en existera de long-temps. Il ne dérobait que la nuit; mais au moyen de certaines paroles magiques dont il possédait le secret, il était sûr de voler sans risque. Voulait-il, par exemple, pénétrer quelque part, il prononçait sept fois devant la lune le mot mystérieux, et aussitôt un rayon de cet astre se détachant, il l'enfourchait et se trouvait porté sur le toit, car c'était toujours par le toit qu'il entrait. Voulait-il redescendre, il répétait le mot magique, et s'élançait sur son rayon, qui le reportait doucement à terre. J'ai hérité de son secret, puisqu'il faut vous l'avouer, et, entre nous, je n'ai pas eu besoin de l'employer long-temps.

— Je le crois sans peine, reprit la femme. Vous possédez là un trésor; et si jamais j'ai quelque ami ou parent qui soit embarrassé pour vivre, je veux lui en faire part.

Elle supplia donc son mari de le lui apprendre. Il s'en défendit long-temps, se fit beaucoup prier, déclara qu'il voulait dormir, et convint enfin que le secret consistait à prononcer sept fois le mot *seïl*.

Après cela il souhaita une bonne nuit à sa femme et feignit de ronfler.

Le voleur, qui n'avait pas perdu un mot de toute cette conversation, ne put résister à l'envie d'éprouver le charme. Après avoir sept fois répété le mot *seïl*, il ouvre les bras et s'élance; mais il tombe à terre et se casse une cuisse. Au bruit que fait sa chute, le bourgeois, feignant de se réveiller, crie d'un ton d'effroi :

— Qui est là ?

— Ah! sire, répond le maladroit, c'est un homme que *seïl* n'a pas servi aussi bien que vous.

On alla le saisir aussitôt, et il fut livré aux juges, qui le lendemain lui firent son affaire.

XI.

ES-TU LA ?

Deux frères étaient restés orphelins d'assez bonne heure ; mais ils avaient en outre une terrible maladie : c'était la pauvreté. Je n'en connais point d'aussi difficile à guérir et qui tienne aussi long-temps. Pendant plusieurs années, les deux frères eurent à souffrir ce qui l'accompagne ordinairement, le froid, la soif et la faim. Leur misère enfin devint si pressante qu'il leur fallut songer aux expédients.

Près d'eux habitait un homme riche, qui avait des choux dans son courtil et des moutons dans son étable. Nécessité leur inspira le mauvais dessein de le voler. Ils partirent donc à l'entrée de la nuit, chacun muni d'un sac, et allèrent, l'un forcer la serrure de l'étable pour enlever un mouton, l'autre dans le jardin pour couper des choux. On n'était pas encore couché chez le bourgeois. Il entendit du bruit.

— Il y a là quelque chose, dit-il à son fils ; va

voir ce que c'est, et appelle le chien. Est-ce qu'il ne serait pas dans la cour ?

L'enfant sortit et se mit à crier : *Es-tu là !* C'était le nom du chien.

Le voleur qui crochetait la porte crut que son frère lui demandait s'il était là, et il répondit : Oui, me voici ! Mais de l'autre côté l'enfant s'imaginant avoir entendu le chien parler, rentra dans la maison tout effrayé...

— Sire ! sire !

— Eh bien ! quoi ? Qu'est-ce qu'il y a ?

— Ah ! sire, le chien qui parle !

— Le chien qui parle !

— Oui vraiment, c'est bien sûr, je l'ai entendu : et si vous ne me croyez pas, venez-y vous-même.

Le père alla voir. Il appela de même le chien par son nom ; et le voleur, toujours persuadé que c'était son frère qui avait besoin de lui apparemment pour l'aider à charger, répondit :

— Un moment, j'ai bientôt fait, j'y vais.

Si le prud'homme fut effrayé à son tour, je vous le laisse à penser. Il soupçonna dans tout ceci de la sorcellerie, et envoya aussitôt son fils chez le curé, le prier de venir avec son étole et de l'eau bénite. Le prêtre vêtit à la hâte son surplis et suivit l'enfant. Pour arriver plus vite, ils prirent par le courtil où était le coupeur de choux. Celui-ci entendant marcher, et croyant que son frère revenait le prendre, lui cria :

— As-tu trouvé ?

— Oui ! répondit l'enfant, qui s'imaginait parler à son père.

— Eh bien ! amène, reprit l'autre, j'ai un bon couteau, nous le tuerons tout de suite, de peur qu'il ne crie.

A ces paroles, jugez de l'effroi du bon curé. Il se crut trahi, se sauva. L'homme aux choux cependant avait rempli son sac, son frère vint le rejoindre avec un mouton, et ils rentrèrent chez eux sans méchef.

XII.

GRISELIDIS [1].

En Lombardie, sur les confins du Piémont, on trouve une noble contrée, la terre de Saluces,

---

[1] Ce récit, devenu célèbre, est l'un de ceux qui ont le plus contribué à la réputation de Boccace. On le présente pourtant ici comme on offre quelquefois à une famille d'anciens titres ho-

dont les seigneurs ont porté de tout temps le titre de marquis. De tous ces marquis, le plus noble et le plus puissant fut celui qu'on appelait Gautier. Il était beau, bien fait; mais il avait le défaut d'aimer trop la liberté du célibat, et de ne vouloir, en aucune façon, entendre parler de mariage. Ses barons et ses vassaux en étaient affligés. Ils s'assemblèrent pour conférer entre eux à ce sujet; et, d'après leur délibération, quelques députés vinrent en leur nom lui tenir ce discours :

— Marquis, notre maître et seigneur, l'amour que nous vous portons nous a inspiré la hardiesse de venir vous parler, car tout ce qui est en vous nous plaît, et nous nous réputons heureux d'avoir un tel seigneur. Mais, cher sire, vous savez que

---

norables qui lui ont été dérobés long-temps, et qu'un archiviste probe vient enfin lui rapporter. Leduchat avait déjà dit que *Griselidis* était tiré d'un manuscrit intitulé le *Parement des dames*, et c'est d'après ce témoignage, sans doute, que M. Manni, dans son *Illustrazione del Boccaccio*, en a restitué l'honneur aux Français. La quantité de versions en prose qu'on fit de ce conte au quatorzième siècle prouve la grande réputation qu'il avait dès lors. On en citerait plus de vingt différentes, sous les titres de *Miroir des dames*, *Enseignement des femmes mariées*, *Exemple des bonnes et mauvaises femmes*, etc. Il a été imprimé en gothique, puis remis en vers par Ch. Perrault dans le siècle de Louis XIV, et, en 1749, retraduit en prose avec des changements et des augmentations par mademoiselle de Montmartin.

Noguier prétend (*Histoire de Toulouse*, page 167) que Griselidis n'est point un nom imaginaire, et que ce phénix des femmes a existé vers l'an 1003. Philippe Foresti, historiographe italien, donne aussi son histoire comme véritable.

les années passent en s'envolant et qu'elles ne reviennent jamais. Quoique vous soyez à la fleur de l'âge, la vieillesse néanmoins et la mort, dont nul n'est exempt, s'approchent tous les jours. Vos vassaux, qui jamais ne refuseront de vous obéir, vous supplient donc d'agréer qu'ils cherchent pour vous une dame de haute naissance, belle et vertueuse, qui soit digne de devenir votre épouse. Accordez, sire, cette grâce à vos fidèles sujets, afin que, si votre haute et noble personne éprouvait quelque infortune, dans leur malheur au moins ils ne restassent point sans seigneur.

À ce discours, Gautier attendri répondit affectueusement :

— Mes amis, il est vrai que je me plaisais à jouir de cette liberté qu'on perd dans le mariage, si j'en crois ceux qui l'ont éprouvé. Un autre inconvénient de ce lien encore, c'est que ces enfants que nous désirons si fort, nous ne sommes pas toujours sûrs qu'ils nous rendront heureux. Toutefois, mes amis, je vous promets de prendre une femme, et j'espère de la bonté de Dieu qu'il me la donnera telle que je pourrai avec elle vivre content. Mais je veux aussi que vous me promettiez une chose, c'est que celle que je choisirai, quelle qu'elle soit, fille de pauvre ou de riche, vous la respecterez et l'honorerez comme votre dame, et qu'il n'y aura aucun de vous dans la suite qui blâme mon choix.

Les barons et sujets promirent d'observer fidèlement ce que leur demandait le Marquis leur seigneur. Ils le remercièrent d'avoir déféré à leur requête, et celui-ci prit jour avec eux pour ses noces; ce qui causa par tout le pays de Saluces une joie universelle.

Or, à peu de distance du château, il y avait un village qu'habitaient quelques laboureurs, et que traversait ordinairement le Marquis, quand par amusement il allait chasser. Au nombre de ces habitants était un vieillard appelé Janicola, pauvre, accablé d'infirmités, et qui ne pouvait plus marcher. Souvent dans une malheureuse chaumière repose la bénédiction du ciel. Ce bon vieillard en était la preuve, car il lui restait de son mariage une fille nommée Griselidis, parfaitement belle en tout son aspect, mais d'âme encore plus belle, qui soutenait doucement et soulageait sa vieillesse. Dans le jour, elle allait garder quelques brebis qu'il avait; le soir, lorsqu'elle les avait ramenées à l'étable, elle lui apprêtait son modeste repas, le levait ou le couchait sur son lit, et lui rendait tous les services et tous les soins qu'une fille doit à son père.

Depuis long-temps le marquis de Saluces avait

été informé par la renommée commune de la
vertu, de la piété et de la conduite respectable de
cette fille. Souvent, en allant à la chasse, il lui
était arrivé de s'arrêter pour la regarder, et dans
son cœur il avait déjà déterminé que, si jamais il
lui fallait choisir une épouse, il ne prendrait que
Griselidis.

Cependant le jour qu'il avait fixé pour ses noces
arriva ; le palais se trouvait rempli de dames, de
chevaliers, de bourgeois, de gens de tous les états.
Mais ils avaient beau se demander les uns aux
autres où était l'épouse de leur seigneur, aucun
ne pouvait répondre. Lui alors, comme s'il eût
voulu aller au-devant d'elle, sortit de son palais;
tout ce qu'il y avait de chevaliers et de dames le
suivit en foule.

Il se rendit au village, chez le pauvre homme
Janicola, auquel il dit :

— Janicola, je sais que tu m'as toujours aimé:
j'en exige de toi une preuve aujourd'hui, c'est de
m'accorder ta fille en mariage.

Le pauvre homme, interdit à cette proposition,
répondit humblement :

— Sire, vous êtes mon maître et seigneur, et
je dois vouloir ce que vous voulez.

La jeune fille, pendant ce temps, était debout
auprès de son vieux père, tout intimidée, car

elle n'était pas accoutumée à recevoir un pareil hôte dans sa maison. Le Marquis lui adressant la parole :

— Griselidis, dit-il, je veux vous prendre pour mon épouse : votre père y consent, et je me flatte d'obtenir aussi votre aveu. Mais auparavant, répondez à une demande que je vais vous faire devant lui. Je désire une femme qui me soit soumise en tout, qui ne veuille jamais que ce que je voudrai, et qui, quels que soient mes caprices ou mes ordres, soit toujours prête à les exécuter. Si vous devenez la mienne, consentez-vous à observer ces conditions ?

Griselidis lui répondit :

— Monseigneur, puisque telle est votre volonté, je ne ferai ni ne voudrai jamais que ce qu'il vous aura plu me commander ; et dussiez-vous ordonner ma mort, je vous promets de la souffrir sans me plaindre.

— Il suffit, dit le Marquis.

En même temps il la prit par la main ; et sortant de la maison, il alla la présenter à ses barons et à son peuple :

— Mes amis, voici ma femme, voici votre dame, que je vous prie d'aimer et d'honorer, si vous m'aimez moi-même.

Après ces paroles il la fit mener au palais, où

les matrones la dépouillèrent de ses habits rustiques pour la parer de riches étoffes et de tous les
ornements nuptiaux. Elle rougissait; elle était
toute tremblante, et vous n'en serez pas surpris.
Vous-même, si, après l'avoir vue l'instant d'auparavant dans son village, on vous l'eût montrée
tout à coup avec la couronne en tête, je suis sûr
que vous n'auriez pu vous défendre d'une sorte
d'étonnement.

Le mariage et les noces furent célébrés le jour
même. Le palais retentissait de toutes sortes d'in-
struments. De tous côtés on n'entendait que des
cris de joie, et les sujets, ainsi que leur seigneur,
paraissaient enchantés.

Jusque-là Griselidis s'était fait estimer par une
conduite vertueuse. Dès ce moment, douce, affa-
ble, obligeante, elle se fit aimer encore plus qu'on
ne l'estimait, et, soit parmi ceux qui l'avaient
connue avant son élévation, soit parmi ceux qui
ne la connurent qu'après, il n'y eut personne qui
n'applaudît à sa fortune.

Le temps s'écoula; et Griselidis heureuse accoucha d'une fille, qui promettait d'être un jour
aussi belle que sa mère. Quoique le père et les
vassaux eussent plutôt désiré un fils, il y eut cependant par tout le pays de grandes réjouissances.
L'enfant fut nourrie au palais par sa mère; mais,

dès qu'elle fut sevrée, Gautier, qui depuis long-
temps s'occupait du projet d'éprouver sa femme,
quoique, de jour en jour charmé de ses vertus, il
l'aimât davantage, entra dans sa chambre en affectant l'air d'un homme troublé, et lui tint ce
discours :

— Griselidis, vous n'avez point oublié sans
doute quelle fut votre première condition, avant
d'être élevée à celle d'épouse de votre seigneur.
Pour moi, j'en avais presque perdu la mémoire,
et ma tendre amitié dont vous avez reçu tant de
preuves vous en assurait. Mais depuis quelque
temps, depuis votre accouchement surtout, mes
barons murmurent. Ils se plaignent hautement
d'être destinés à devenir un jour les vassaux de
la petite-fille de Janicola. Je dois ménager leur
amitié, et je me vois forcé de leur faire un sacrifice qui coûte à mon cœur. Je n'ai point voulu
m'y résoudre cependant sans vous en avoir pré-
venue ; je viens donc demander votre aveu et vous
exhorter à cette patience que vous m'avez pro-
mise avant d'être ma femme.

— Cher sire, répondit humblement Griselidis,
sans laisser paraître sur son visage aucun signe
de douleur, vous êtes mon seigneur et mon maître, ma fille et moi nous vous appartenons ; et
quelque chose qu'il vous plaise ordonner de nous,

jamais rien ne me fera oublier l'obéissance et la soumission que je vous ai vouées et que je vous dois.

Tant de modération et de douceur étonnèrent le Marquis. Il se retira avec l'apparence d'une grande tristesse, mais, au fond du cœur, plein d'admiration pour sa femme. Quand il fut seul, il appela un vieux serviteur, attaché à lui depuis trente ans, auquel il expliqua son projet, et qu'il envoya ensuite chez la Marquise.

— Madame, dit le serviteur, daignez me pardonner la triste commission dont je suis chargé ; mais monseigneur demande votre fille.

A ces mots, Griselidis, se rappelant le discours que lui avait tenu le Marquis, crut que Gautier envoyait prendre sa fille pour la faire mourir. Elle étouffa sa douleur néanmoins, retint ses larmes, et, sans faire la moindre plainte, elle alla prendre l'enfant dans son berceau, la regarda long-temps avec tendresse ; puis, lui ayant fait le signe de la croix sur le front, et la baisant pour la dernière fois, elle la livra au sergent.

Celui-ci vint raconter à son maître l'exemple de courage et de soumission dont il venait d'être témoin. Le Marquis fut très-ému, et peu s'en fallut qu'il ne renonçât à sa cruelle épreuve. Cependant il se remit et commanda au vieux serviteur d'aller à Bologne porter secrètement sa fille chez la comtesse d'Empêche, sa sœur, en la priant de la faire élever sous ses yeux, mais de façon que personne au monde, pas même le Comte son mari, ne pût avoir connaissance de ce mystère. Le sergent exécuta fidèlement sa commission. La Comtesse se chargea de l'enfant et la fit élever en secret, comme le lui recommandait son frère.

Depuis cette séparation, le Marquis vécut avec sa femme comme auparavant. Souvent il lui arrivait d'observer son visage et de chercher à lire dans ses yeux, pour voir s'il y démêlerait quelque signe de ressentiment. Mais il eut beau examiner; elle lui témoigna toujours le même dévouement et le même respect.

Quatre années se passèrent ainsi, au bout desquelles elle accoucha d'un garçon qui acheva de combler le bonheur du père et la joie des sujets. Elle le nourrit de son lait comme l'autre. Mais, quand ce fils bien-aimé eut deux ans, le Marquis voulut le faire servir à éprouver encore la patience de Griselidis, à laquelle il vint tenir à peu près les mêmes discours qu'il lui avait tenus autrefois au sujet de sa fille.

Oh! quelle douleur mortelle dut ressentir en ce moment cette femme incomparable, quand, se rappelant qu'elle avait déjà perdu sa fille, elle vit

qu'on allait lui ravir encore ce fils, son unique
espérance ! Quelle est, je ne dis pas la mère tendre, mais même l'étrangère compatissante, qui, à
une telle sentence, eût pu retenir ses larmes et ses
cris ? Reines, princesses, marquises, femmes de
tous les états, écoutez la réponse de celle-ci à son
seigneur et profitez de l'exemple.

— Cher sire, dit-elle, je vous ai juré autrefois, et je vous le jure encore, de ne vouloir jamais que ce que vous voudrez. Quand, en entrant
dans votre palais, je quittai mes pauvres habits,
je me défis à la fois de ma propre volonté pour ne
plus connaître que la vôtre. S'il m'était possible
de la deviner avant qu'elle s'explique, vous ver-
riez vos moindres désirs prévenus et accomplis.
Ordonnez de moi maintenant tout ce qu'il vous
plaira. Si vous voulez que je meure, j'y consens.

Gautier était de plus en plus étonné. Un autre
qui eût moins connu Griselidis eût pu croire que
tant de fermeté d'âme n'était qu'insensibilité ;
mais lui qui, pendant qu'elle nourrissait ses enfants, avait été mille fois témoin des excès de sa
tendresse pour eux, il ne pouvait attribuer son
courage qu'à l'amour qu'elle lui portait. Il envoya,
comme la première fois, son sergent fidèle prendre l'enfant, et le fit porter à Bologne, où il fut
élevé avec sa sœur.

Après deux aussi terribles épreuves, Gautier eût bien dû se croire sûr de sa femme et se dispenser de l'affliger davantage. Mais il est des cœurs soupçonneux que rien ne guérit, qui, lorsqu'une fois ils ont commencé, ne peuvent plus s'arrêter, et pour lesquels la douleur des autres est un plaisir. Non-seulement la Marquise paraissait oublier son double chagrin, mais, de jour en jour, Gautier la trouvait plus soumise ; et néanmoins il se proposait de la tourmenter encore.

Sa fille avait douze ans ; son fils en avait huit. Il voulut les faire revenir auprès de lui, et pria la Comtesse sa sœur de les lui ramener. En même temps il fit courir le bruit qu'il allait répudier sa femme pour en prendre une autre.

Bientôt cette barbare nouvelle parvint aux oreilles de Griselidis. On lui dit qu'une jeune personne de haute naissance et belle comme une fée arrivait pour être marquise de Saluces. Si elle fut consternée d'un pareil événement, je vous le laisse à penser. Cependant elle s'arma de courage et attendit que celui à qui elle devait obéir en voulût ordonner. Il la fit venir, et, en présence de quelques-uns de ses barons, lui parla ainsi :

— Griselidis, depuis plus de treize ans que nous habitons ensemble, je me suis plu à vous avoir pour compagne, parce que je regardais à votre vertu plus qu'à votre naissance. Mais il me faut un héritier : mes vassaux l'exigent ; et je dois prendre enfin une épouse digne de moi. Elle arrive dans quelques jours. Ainsi préparez-vous à céder votre place ; emportez votre douaire, et rappelez-vous tout votre courage.

— Monseigneur, répondit Griselidis, je n'ignore point que la fille du pauvre Janicola n'était pas faite pour devenir votre épouse ; et dans ce palais, dont vous m'avez rendue la dame, je prends Dieu à témoin que tous les jours, en le remerciant de cet honneur, je m'en reconnaissais indigne. Je laisse sans regret, puisque telle est votre volonté, les lieux où j'ai demeuré avec plaisir, et je retourne mourir dans la cabane qui m'a vue naître ; je pourrai rendre encore à mon père des soins que j'étais forcée, malgré moi, de laisser à un étranger. Quant au douaire dont vous me parlez, vous savez, sire, qu'avec un cœur chaste, je ne pus vous apporter que pauvreté et respect. Tous les habillements que j'ai vêtus jusqu'ici sont à vous : permettez que je les quitte et que je reprenne les miens que j'ai conservés. Voici l'anneau dont vous m'avez épousée. Je sortis pauvre de chez mon père, j'y rentrerai pauvre, et ne veux y porter que l'honneur d'être la veuve irréprochable d'un tel époux.

Le Marquis fut tellement attendri de ce discours, qu'il ne put retenir ses larmes et qu'il se vit obligé de sortir pour les cacher. Griselidis quitta ses beaux vêtements, ses joyaux, ses ornements de tête : elle reprit ses habits rustiques et se rendit à son village, accompagnée d'une foule de barons, de chevaliers et de dames qui fondaient en larmes et regrettaient tant de vertu. Elle seule ne pleurait point; elle marchait en silence les yeux baissés.

On arriva ainsi chez le père, qui ne parut pas étonné de l'événement. De tout temps ce mariage lui avait paru suspect, et il s'était toujours douté que tôt ou tard le Marquis, quand il serait las de sa fille, la lui renverrait. Le vieillard l'embrassa tendrement. Sans témoigner ni courroux ni douleur, il remercia les dames et les chevaliers qui l'avaient accompagnée, et les exhorta à bien aimer leur seigneur et à le servir loyalement. Imaginez quel chagrin ressentait intérieurement le bon Janicola, quand il songeait que sa fille, après un si long temps de luxe et d'abondance, allait le reste de sa vie manquer de tout : mais elle ne semblait point s'en apercevoir, et elle-même ranimait le courage de son père.

Cependant le comte et la comtesse d'Empêche, suivis d'un grand nombre de chevaliers et de dames, allaient arriver avec les deux enfants : déjà ils n'étaient plus qu'à une journée de Saluces. Le Marquis, pour consommer sa dernière épreuve, envoya chercher Griselidis, qui vint aussitôt à pied et dans ses habits de paysanne.

— Fille de Janicola, lui dit-il, demain arrive ma nouvelle épouse; et comme personne dans mon palais ne connaît aussi bien que vous ce qui peut me plaire, et que je souhaite la bien recevoir, ainsi que mon frère, ma sœur et toute la chevalerie qui les accompagne, j'ai voulu vous charger de ces soins, et particulièrement de ceux qui la regardent.

— Sire, répondit-elle, je vous ai de telles obligations, que, tant que Dieu me laissera des jours, je me ferai un devoir d'exécuter ce qui pourra vous faire plaisir.

Elle alla aussitôt donner des ordres aux officiers et domestiques. Elle-même aida aux différents travaux, et prépara la chambre nuptiale et le lit destiné à celle dont l'arrivée prochaine l'avait fait chasser. Quand la jeune personne parut, loin de laisser échapper en sa présence, comme on devait s'y attendre, quelque signe d'indignation, loin de rougir des humbles vêtements sous lesquels elle se montrait à ses yeux, elle alla au-devant d'elle, la salua respectueusement, et la conduisit dans la salle d'honneur. Par un instinct secret, dont elle ne devinait pas la raison, elle se plaisait dans la compagnie des deux enfants : elle ne pouvait se lasser de les regarder et louait sans cesse leur beauté.

L'heure du festin arrivée, lorsque tout le monde fut à table, le Marquis la fit venir, et lui montrant cette épouse prétendue qui, à son éclat naturel, ajoutait encore une parure éblouissante, il lui demanda ce qu'elle en pensait.

— Monseigneur, répondit-elle, vous ne pouviez la choisir plus belle et plus honnête; et, si Dieu exauce les prières que je ferai pour vous tous les jours, vous serez heureux avec elle. Mais de grâce, sire, épargnez à celle-ci les douloureux aiguillons qu'a sentis l'autre. Plus jeune et plus délicatement élevée, son cœur n'aurait peut-être pas la force de les soutenir : elle en mourrait.

A ces mots, des larmes s'échappèrent des yeux du Marquis. Il ne put dissimuler davantage, et, admirant cette douceur inaltérable et cette vertu que rien n'avait pu lasser, il s'écria :

— Griselidis, ma chère Griselidis, c'en est trop. J'ai fait, pour vous éprouver, plus que jamais homme sous le ciel n'a osé imaginer, et je n'ai trouvé en vous qu'obéissance, tendresse et fidélité.

Alors il s'approcha de Griselidis, qui, modestement humiliée de ces louanges, avait baissé la tête ; et, l'arrosant de ses larmes, il ajouta en présence de cette nombreuse assemblée :

— Femme incomparable, oui, vous seule au monde êtes digne d'être mon épouse, et vous seule le serez à jamais. Vous m'avez cru, ainsi que mes sujets, le bourreau de vos enfants. Ils n'étaient qu'éloignés de vous. Ma sœur, aux mains de qui je les avais confiés, vient de nous les ramener ; regardez, les voilà. Et vous, ma fille, vous, mon fils, venez vous jeter aux genoux de votre admirable mère.

Griselidis ne put supporter tant de joie à la fois. Elle tomba sans connaissance, et, quand les secours qu'on lui prodigua lui eurent fait reprendre ses sens, elle prit les deux enfants, qu'elle couvrit de ses baisers et de ses larmes, et les tint si long-temps serrés sur son cœur, qu'on eut de la peine à les lui arracher. Tout le monde pleurait dans l'assemblée. On n'entendait que des cris de joie et d'admiration, et cette fête, ce festin qu'avait préparés l'amour du Marquis devinrent pour sa femme un triomphe.

Gautier fit venir au palais de Saluces le vieux Janicola, qu'il n'avait paru négliger jusqu'alors que pour éprouver sa femme, et qu'il honora le

(Page 64.)

Imprimé par PLON frères.

GRISÉLIDIS TOMBA SANS CONNAISSANCE.

reste de sa vie. Les deux époux vécurent encore vingt ans entiers, dans l'union et la concorde la plus parfaite. Ils marièrent leurs enfants, dont ils virent les successeurs ; et après eux leur fils hérita de la terre, à la grande satisfaction de leurs sujets.

XIII.

LE DÉPOSITAIRE.

J'ai ouï conter l'aventure d'un Maure d'Espagne, qui avait entrepris le pèlerinage de La Mecque. Il ramassa dans ce dessein tout ce qu'il avait d'argent, et s'embarqua pour l'Égypte. Mais arrivé là, et au moment d'entrer dans le désert, il pensa que ce serait peut-être de sa part une imprudence de porter plus loin avec lui toute sa fortune, et il crut plus sûr de la déposer jusqu'à son retour entre les mains de quelque honnête homme, d'une probité reconnue. Il prit donc sur cela des informations. On lui parla avec les plus grands éloges d'un vieillard, renommé dans le pays pour sa sagesse et sa loyauté. D'après les témoignages qu'on lui en rendit, il alla trouver le prud'homme et lui confia deux mille besànts.

Il comptait les reprendre à son retour. Mais il fut bien étonné alors quand, se présentant pour les redemander, il entendit cet honnête homme si vanté déclarer qu'il n'avait rien à lui, et soutenir même qu'il ne l'avait jamais vu.

Le pèlerin alla porter plainte devant les juges ; il les somma de lui faire rendre son bien, jura, s'emporta en invectives contre le fripon qui le ruinait ; mais la réputation du vieillard était si bien établie, que, sur la simple déposition de celui-ci, le malheureux vit sa demande rejetée tout d'une voix.

Il s'en retournait, le désespoir dans l'âme, lorsqu'il fut rencontré par une bonne femme, toute courbée par l'âge et appuyée sur un bâton dont elle s'aidait pour marcher. L'air consterné de l'étranger toucha la vieille : elle l'arrêta, et en le saluant au nom de Dieu, elle lui demanda quel était son pays et le sujet de sa douleur ? L'Espagnol raconta naïvement ce qui venait de lui arriver.

— Ami, dit-elle, prends courage. Il est encore des moyens de te faire restituer ton dépôt, et j'espère, avec le secours du Dieu tout-puissant, en venir à bout. Va-t'en acheter dix ou douze coffres ; fais-les emplir de terre ou de sable, comme tu voudras ; mais qu'ils soient forts et garnis de bonnes bandes de fer. Trouve-moi avec cela trois ou quatre personnes de ton pays, dont tu sois sûr, et viens me rejoindre ensuite : je fais mon affaire du reste.

L'Espagnol exécuta ponctuellement ce que lui avait ordonné la vieille. Il revint avec quatre amis et dix grands coffres, si pleins et si lourds, que les porteurs qui en étaient chargés pliaient sous le faix.

— Suivez-moi tous, dit-elle.

Alors elle se rendit au logis du dépositaire, et, faisant rester à la porte les porteurs et l'Espagnol, auquel elle recommanda de ne paraître que quand elle ferait apporter les premiers coffres, elle entra avec les quatre amis chez le bourgeois et lui parla de la sorte :

— Sire, voici de braves gens qui viennent du bon pays d'Espagne et qui s'en vont en pèlerinage. Ils ont avec eux beaucoup de richesses, entre autres dix coffres pleins d'or et d'argent, dont ils se trouvent en ce moment embarrassés. Ils voudraient pour quelque temps les déposer dans des mains sûres ; et moi, qui connais votre probité inaltérable et qui sais combien vous méritez votre réputation, je les ai amenés chez vous, comme chez la personne du monde que je crois la plus propre à remplir leurs vues.

En même temps elle donna ordre qu'on fît entrer deux des coffres ; et je vous laisse à penser quelle était la joie du vieil hypocrite.

Mais tout à coup l'homme aux deux mille besants se présenta, ainsi qu'on en était convenu. A cette vue le fripon fut troublé. Il craignit que si, dans un moment pareil, on venait à lui reprocher une infidélité, les quatre étrangers ne fissent remporter leurs coffres et ne le privassent ainsi de la proie immense qu'il espérait pouvoir s'approprier. Il alla donc au-devant du Maure.

— Eh ! d'où venez-vous ? lui dit-il avec un air bien joué de surprise et de plaisir. Après une si longue absence, je désespérais presque de vous revoir jamais, et je m'inquiétais déjà sur le dépôt que vous m'aviez confié. Je remercie le ciel de vous avoir rendu à mes vœux ; venez maintenant reprendre ce qui vous appartient.

Alors il remit à l'Espagnol ses deux mille besants. Quand celui-ci les eut emportés, la vieille pria le bourgeois de donner ses ordres pour qu'on mît en lieu sûr les premiers coffres ; et pendant ce temps elle sortit avec les quatre amis, sous prétexte de lui faire apporter les autres ; mais il eut beau attendre, ils sont encore à venir.

XIV.

LES BARILS D'HUILE.

Un jeune homme venait, par la mort de son père, d'hériter d'une maison. Résolu de la garder, quoique ce fût son seul bien, il s'arrangea pour vivre sobrement et restreignit sa dépense. Mais il avait un riche voisin à qui la maison convenait fort; et celui-ci, après l'avoir plusieurs fois sollicité inutilement de la lui vendre, n'eut pas honte d'employer une friponnerie pour la lui enlever.

Il vint le trouver un jour.

— Voisin, lui dit-il, rendez-moi un service. J'ai chez moi dix barils d'huile qui m'embarrassent; je voudrais trouver à les placer quelque part, en attendant une occasion favorable pour m'en défaire. Votre cour est libre; permettez que je les y fasse porter : je vous témoignerai ma reconnaissance quand ils en sortiront.

Le jeune homme, qui ne soupçonnait dans cette demande aucune malice, y consentit volontiers. Les tonneaux furent transportés chez lui; on

ferma la porte de la cour en sa présence, et on
lui en remit la clef, dont il eut l'imprudence de
se charger, parce qu'il était franc et sans méchanceté. Or, vous saurez que des dix tonneaux il n'y
en avait que deux qui fussent pleins, les huit autres n'étaient remplis qu'à moitié.

Le voisin les laissa quelque temps dans le lieu
du dépôt; mais l'huile ayant renchéri tout à coup,
il vint chez le jouvenceau demander la clef, suivi
de quelques personnes qu'il donna comme marchands, et qui n'étaient que des fripons payés
pour lui servir de témoins. Sous prétexte de faire
goûter son huile, il débonda les barils et en trouva, comme il s'y attendait bien, huit à moitié vides. Alors il affecta la plus grande colère; il accusa de larcin et d'infidélité le dépositaire, et le
traîna aussitôt devant les juges. Le jeune homme
se trouva tellement confondu de l'aventure, qu'il
ne put rien répondre. Seulement il demanda
terme jusqu'au lendemain; mais son danger, pour
être différé, n'en était pas moins grand.

Il y avait dans la ville un fameux philosophe,
homme de bien, qui vivait selon Dieu et qui em-
ployait ses talents à secourir les malheureux :
aussi l'appelait-on leur père. L'accusé alla lui
conter son malheur et implorer son secours.

— Tranquillisez-vous, répondit le prud'homme;

demain je me rendrai au plaid, et j'espère montrer clairement aux juges lequel de vous deux est l'innocent et lequel est le coupable.

Il tint parole comme il l'avait promis et se rendit à l'audience. Les juges, dès qu'il parut, le reçurent avec distinction ; ils lui donnèrent près d'eux une place honorable. D'abord l'*appelant* exposa ses raisons. On interrogea ensuite le *défendeur* [1] sur ses moyens de défense ; et avant de prononcer, on demanda au philosophe quel était son avis.

— Messieurs, dit le prud'homme, je crois avoir trouvé un moyen sûr de découvrir ici la vérité. Ordonnez qu'on soutire les deux barils pleins : il restera dans chacun une certaine quantité de lie ; qu'on la mesure. Que la même chose se fasse pour les huit demi-vides. S'ils contiennent autant de lie que les premiers, ils ont eu autant d'huile, et par conséquent le dépositaire a été infidèle. Mais s'ils en contiennent moins, il est clair alors qu'ils ont été moins pleins, et que l'accusateur étant de mauvaise foi doit être puni.

Le raisonnement parut juste. On fit l'expérience

[1] L'*appelant*, le *défendeur* ; ces deux termes de plaidoirie sont dans l'original, et ils subsistaient dès lors. On trouve aussi les noms de *procureur* et d'*avocat* dans les canons de trois conciles nationaux tenus au treizième siècle, et dont l'un est de l'année 1238.

et la vérité fut ainsi découverte. Mais quand le jeune homme sortit du plaid, le philosophe l'arrêtant :

— Mon fils, lui dit-il, bien à plaindre est celui qui a mauvais voisin. Je connais le vôtre depuis long-temps ; c'est un méchant homme. Éloignez-vous de lui, croyez-moi ; vendez votre maison : tôt ou tard il vous ferait tomber dans ses piéges.

Le jouvenceau le crut, et il alla s'établir ailleurs où il vécut heureux.

XV.

DU MARCHAND QUI PERDIT SA BOURSE.

Un riche marchand portait dans un sac mille besants, avec un serpent d'or dont les yeux étaient de jagonce [1]. En parcourant la ville, son sac se perdit. Il courut tout de suite au bedeau [2], et fit crier dans les rues que celui qui le lui rapporterait aurait pour récompense cent besants.

[1] Pierre précieuse du genre des grenats.
[2] Huissiers ou sergents qui étaient crieurs publics et faisaient les citations.

Un pauvre homme l'avait ramassé ; mais dès qu'il apprit qu'on le réclamait, il voulut aller le rendre. Sa femme s'y opposa tant qu'elle put. Elle prétendait mal à propos que, puisque Dieu leur avait envoyé cette bonne fortune, il fallait en profiter.

— Non, disait le bon homme, argent dérobé ne fait jamais profit. Soyons honnêtes gens, c'est le moyen d'être estimés ; et puis, après tout, les cent besants [1] qui sont promis ne suffisent-ils pas pour nous mettre à notre aise et nous rendre riches à jamais ?

Il alla donc chez le marchand et lui demanda la récompense annoncée par le bedeau. Mais le marchand, qui était un malhonnête homme et qui eût voulu ne rien donner, ouvrant le sac comme pour voir si tout s'y trouvait, dit qu'il manquait un serpent d'or, attendu qu'il y en avait deux quand il l'avait perdu. Sur cela grande dispute. Les riches de la cité survinrent ; ils ne manquèrent pas de prendre parti pour le marchand, qui était bourgeois comme eux ; et, selon l'ordinaire, de se déclarer contre le pauvre homme, qu'ils accusèrent de larcin et qu'ils conduisirent devant le juge. Le bruit que firent ces

[1] Cent besants valaient environ cinq mille francs.

débats parvint aux oreilles du roi. Il se fit amener les parties et chargea du jugement de ce procès le philosophe dont je vous ai déjà parlé.

Le sage alors appela l'homme pauvre. Il lui fit jurer qu'il n'avait rien pris du sac ; après quoi il prononça ainsi :

— Ce marchand est un homme d'honneur que je n'ai garde de soupçonner assurément. Ses discours ne peuvent manquer d'être vrais, et encore une fois je ne le crois pas capable de demander ce qui ne lui appartiendrait pas. Mais il réclame un sac avec deux serpents : or, celui-ci n'en a qu'un ; ce n'est donc pas le sien, et je lui conseille de le faire de nouveau crier par le bedeau. Quant au sac que voilà, comme il n'a point de maître, il est de plein droit à vous, sire roi ; et je suis d'avis que vous le gardiez jusqu'au moment où viendra se présenter quelqu'un à qui on sera sûr qu'il appartient. Mais cependant cet honnête homme qui a eu la probité de le rapporter a compté sur cent besants : on les lui avait promis, et il est juste qu'il ne sorte pas sans les recevoir [1].

Le roi, ainsi que l'assemblée, approuva cette sentence ; et ce qu'avait proposé le philosophe fut suivi.

---

[1] On ne doit pas être choqué de voir le sage, choisi pour arbitre, adjuger le sac au roi. Les choses perdues et non réclamées appartenaient au haut-justicier sur les terres duquel on les avait trouvées.

XVI.

DU PRUD'HOMME QUI N'AVAIT QU'UN AMI.

Mieux vaut un ami en chemin que deniers en bourse.

Un bourgeois de Rome, considéré pour sa noblesse et son mérite, et savant dans les lois, avait un fils de quinze à seize ans. Le damoiseau annonçait les plus heureuses qualités : il était doux, courtois, serviable, et surtout généreux, ce qui lui avait procuré beaucoup d'amis ; j'entends de ces amis dont le monde est plein, de ces gens qui vivent des sottises d'autrui et qui vous en imposent par leurs protestations séduisantes, jusqu'au moment où vous les mettez à l'épreuve.

Le père vit avec chagrin son fils prendre, dans cette sorte de sociétés perfides, un goût de dépense et de prodigalité propre à le ruiner un jour en peu de temps. Il voulut lui en montrer le danger et lui parla ainsi :

— Beau fils, quelque grand que soit un trésor, il est bientôt dissipé quand on y puise tous les jours. Fais attention à cette maxime et accoutume-toi à l'économie, si tu ne veux pas te préparer une vieillesse malaisée et délaissée de tout le monde. Quoiqu'il ne faille pas trop estimer les richesses, il est bon pourtant de passer pour être à son aise, parce que partout le pauvre est méprisé.

— Vous êtes mon père et mon seigneur, répondit le fils : je vous dois à ce double titre obéissance et respect, et je sens avec reconnaissance le motif qui vous fait parler en ce moment. Mais permettez-moi de vous représenter, sire, que je ne suis point joueur ; que, jusqu'à présent, vous n'avez point entendu parler de libertinage sur mon compte ; que, malgré ma jeunesse, je jouis dans Rome d'une bonne réputation, et que je puis me vanter enfin de ne m'y connaître aucun ennemi. J'ai voulu me procurer des amis, il est vrai, et j'ai cru ne pouvoir trop les acheter, ni faire un meilleur emploi de vos biens. Mais ne m'avez-vous pas appris vous-même à estimer par-dessus tout un ami véritable, et ne m'avez-vous pas dit cent fois qu'il vaut mieux que des tonnes d'or ?

— Tu viens de parler très-sagement, beau fils. Eh bien ! dis-moi maintenant combien tu crois en avoir gagné, dont tu puisses te vanter d'être sûr ?

— Sire, je crois pour le moins pouvoir compter sur dix.

— Dix, cher fils ! Assurément, si cela est, je ne plains point tout ce qu'il t'en a coûté. Hélas ! pour moi qui ai vécu soixante ans, je ne suis pas, à beaucoup près, aussi heureux; malgré tous mes soins, je n'ai pu jusqu'à présent en faire qu'un seul. Il est vrai qu'il est sûr et que je crois pouvoir en répondre. Cependant si tu veux t'en rapporter à moi, je te conseillerai d'éprouver quelques-uns des tiens. Tu ne peux qu'y gagner après tout, puisque tu les connaîtras mieux.

Le père alors suggéra un stratagème que le fils voulut bien consentir à employer; mais ce fut par pure complaisance pour le prud'homme et uniquement pour le satisfaire, tant il se tenait assuré d'avance du succès de l'épreuve.

Ils vont donc tous deux à l'étable égorger un veau. Le fils le met dans un sac, qu'il prend sur ses épaules; et il se rend ainsi vers la brune chez un de ces intimes qui chaque jour le pressaient avec importunité d'employer leurs services. Dès que celui-ci l'aperçoit, il accourt, il l'embrasse, le remercie du plaisir qu'il lui procure et demande s'il n'aura donc pas enfin la satisfaction de lui être utile ?

— Oui, vous le pouvez, répond le damoiseau,

et c'est même à ce dessein que j'accours chez vous. Dieu m'a abandonné pendant un moment; je viens de tuer un homme, sauvez-moi la vie et cachez ce corps, que j'ai enlevé pour qu'on ne puisse pas me convaincre.

En même temps il jeta par terre le sac ensanglanté qu'il portait. Mais l'intime ami, le priant de le reprendre, lui déclara très-nettement qu'en toute autre occasion il n'eût pas mieux demandé que de l'obliger, mais que cette fois-ci il n'était pas d'humeur à se mettre pour lui dans l'embarras.

Il en fut de même du second, du troisième et de tous les dix enfin; de sorte que le damoiseau se vit obligé de revenir chez son père conter, d'un air fort humilié, son aventure.

— Je m'y étais attendu, répondit le prud'homme en souriant. Va maintenant chez mon ami; je me flatte que tu y recevras une autre réponse.

Le jeune homme y alla; et en effet, dès qu'il eut exposé à l'ami son prétendu malheur, celui-ci le mena dans une chambre écartée. Il fit sortir ensuite du logis, sous différents prétextes, sa femme, ses valets et ses enfants; et, après avoir bien fermé toutes les portes :

— Nous voilà libres, dit-il au jeune homme; il

faut maintenant songer au plus pressé et nous débarrasser du mort. J'irai après cela m'informer si votre affaire a transpiré, et en attendant vous resterez caché ici.

Alors il se mit en devoir de creuser une fosse pour enfouir le cadavre; mais le jouvenceau, content de son épreuve, le remercia, lui confessa le stratagème et s'en revint.

— Beau fils, lui dit le père, j'ai entendu dans ma jeunesse un vieux proverbe (et ne l'oublie jamais), c'est que nous ne devons regarder vraiment comme notre ami que celui qui vient à notre secours quand tout le monde nous abandonne.

XVII.

LES DEUX BONS AMIS.

Deux marchands s'aimaient de l'amitié la plus tendre. Ils ne s'étaient pourtant jamais vus, et demeuraient l'un à Bagdad, l'autre en Égypte; mais les rapports fréquents que leur donnait leur commerce, l'estime et la confiance qu'ils s'étaient mutuellement inspirées, les avaient unis aussi intimement que s'ils eussent toujours vécu ensemble.

Cependant le Syrien ne put supporter d'aimer ainsi un inconnu. Il se proposa d'aller visiter et embrasser son ami, et, après l'avoir prévenu de son départ, il se mit en route. L'Égyptien, qui en ce moment allait se marier, fut au comble de la joie; il vint plusieurs lieues au-devant de son ami, et l'emmena loger dans sa propre maison. Là, lui montrant son or, son argent, ses chevaux, ses oiseaux de chasse, toutes ses possessions enfin et les chartes de ses immunités :

— Voici qui est à vous, lui dit-il, et si vous m'aimez, vous en userez comme de votre bien propre.

Afin de mieux amuser son hôte, il invita successivement différentes personnes à sa table. Ce ne furent pendant huit jours que plaisirs et festins. Mais au milieu de ces amusements, le voyageur fut frappé de la beauté de la fiancée de l'Égyptien, et l'impression qu'elle lui fit fut même si vive, que tout à coup il tomba très-dangereusement malade. A l'instant furent mandés les meilleurs physiciens (médecins) du pays. D'abord ils ne purent deviner son mal; mais quand ils l'eurent bien examiné, ils jugèrent, d'après sa mélancolie profonde, qu'il était malade de cœur.

Son ami le conjura tendrement de lui avouer la vérité et de s'ouvrir à lui avec confiance sur un secret important duquel dépendaient ses jours.

— Votre amitié me pénètre le cœur, répondit le mourant; mais je ne puis lui faire l'aveu qu'elle exige de moi. Mon mal est au comble; mais je n'en puis nommer la cause.

En achevant ces paroles, il perdit connaissance et resta plusieurs heures évanoui. On le crut mort. Son ami tomba sur lui pâmé de douleur. La désolation se répandit dans toute la maison : jeunes et vieux, chacun pleurait; et l'homme le plus féroce, s'il se fût trouvé là, n'eût pu s'empêcher de pleurer avec eux.

Cependant le malade revint à lui, et son premier mouvement fut de regarder dans la chambre. L'Égyptien y avait amené sa fiancée, qu'il destinait depuis long-temps à devenir son épouse.

— La voici, s'écria aussitôt le mourant.

La tendresse héroïque de l'ami d'Égypte se dévouant au salut de l'ami de Syrie, il lui céda sa fiancée. Il voulut même, pour ajouter du prix à son sacrifice, doter la jeune dame. Il lui donna des étoffes et de l'argent, lui fit les mêmes avantages que s'il l'avait épousée lui-même, se chargea des noces; et pour les rendre plus agréables, il ne manqua pas d'y appeler les ménétriers, qui chan-

tèrent des *chansons de gestes* et s'efforcèrent
d'égayer la fête.

Quand tous les divertissements furent finis, le
nouvel époux vint prendre congé de son généreux
hôte, et il s'en retourna dans sa patrie avec sa
femme. Ses amis à son arrivée accoururent le féliciter. Il y eut de nouvelles noces qui durèrent
quinze jours. Les deux époux vécurent heureux
et s'aimèrent toute leur vie.

Mais pendant ce temps, de grands malheurs arrivèrent à l'Égyptien. Il essuya des pertes si con-
sidérables, que sa fortune se trouva totalement
anéantie. Dans cette situation cruelle, sans espoir
et sans ressources, il prit le parti d'aller recourir
à son ami de Bagdad, sur la reconnaissance duquel il comptait, après le service qu'il lui avait
rendu. Il fut obligé de faire cette longue route à
pied et d'endurer le froid et le chaud, la soif et
la faim, maux peu connus de lui jusqu'alors. Enfin, après bien des fatigues, il arriva vers le commencement de la nuit à Bagdad. Mais au moment
d'y entrer, l'état de misère où il se trouvait réveilla en lui un sentiment de honte qui l'arrêta.
Il craignit que, s'il allait ainsi dans les ténèbres
se présenter à son ami, celui-ci, qui ne l'avait
jamais vu qu'avec l'appareil de l'opulence, ne le
reconnût peut-être pas ; et il crut mieux faire

d'attendre le jour et d'entrer, pour passer la nuit, dans un temple qu'il aperçut près de là.

A peine se vit-il dans cette noire et vaste solitude, que mille idées désespérantes vinrent l'assiéger.

— Beau sire Dieu, s'écria-t-il, en quelle affreuse situation votre volonté m'a réduit ! Hélas ! mon ancienne aisance me la rend plus douloureuse encore. J'ai eu tout à souhait et me voilà seul, abandonné et manquant de tout ! Ne vaudrait-il pas mieux pour moi, s'il plaisait à votre miséricorde, que je fusse mort ?

Comme il parlait ainsi, une grande rumeur se fit entendre dans le temple. Un assassin venait de s'y réfugier, et les bourgeois le poursuivaient pour le saisir ; ils virent l'Égyptien, le prirent pour le coupable : il fut aussitôt arrêté, garrotté et jeté dans une prison, sans dire un mot pour sa défense ; il croyait que Dieu exauçait sa prière. Le lendemain on le livra au juge, qui le condamna aux fourches patibulaires. Un grand nombre de personnes accoururent au lieu de son supplice, et entre autres cet ami dont il avait sauvé les jours et qu'il venait trouver à travers tant de dangers.

Celui-ci n'avait pas oublié ce qu'il lui devait. Par bonheur il le reconnut. Mais que faire, et surtout dans ce moment, où toute ressource semblait interdite? Il sut en trouver une cependant, ce fut de se dévouer lui-même pour son ami.

— Bonnes gens de Dieu! s'écria-t-il, gardez-vous de faire périr cet homme innocent; je suis plus coupable que lui.

On crut que le bourgeois avait commis le meurtre. On suspendit l'exécution; on arrêta le marchand, et déjà on s'apprêtait à délier l'étranger.

Mais le véritable assassin se trouvait là aussi. Quand il vit garrotter le prud'homme, il sentit des remords.

— Eh quoi! se dit-il à lui-même, cet honnête bourgeois va mourir pour mon crime, et moi, malheureux! moi qui l'ai commis, je vivrai! L'œil de Dieu m'a vu cependant, et s'il ne me punit pas dans cette vie, je ne lui échapperai point dans l'autre, au jour où il jugera toutes les actions, bonnes et mauvaises, et où chacun recevra selon ses œuvres. Non, je ne veux pas charger mon âme d'un second crime; j'aime mieux subir ici le châtiment de la justice humaine en confessant et expiant ma faute, que de m'exposer à la vengeance terrible d'un Dieu qui punit pour jamais.

Il avoua donc son crime et fut conduit aux juges, qui, fort étonnés de cette aventure et embarrassés sur la sentence qu'ils avaient à prononcer, vinrent consulter le roi. Le monarque, aussi surpris qu'eux, manda les trois prisonniers; et, après leur avoir promis leur grâce s'ils voulaient avouer la vérité, il les interrogea lui-même. Chacun d'eux alors raconta naïvement ce qui lui était arrivé, et ils furent renvoyés tous trois libres et absous.

Le Syrien s'en revint avec son ami qu'il venait d'avoir le bonheur de sauver aussi à son tour. Il lui fit servir aussitôt à manger et lui dit :

— Si tu veux vivre ici avec moi, doux ami, je prends à témoin Dieu qui m'entend, que jamais rien ne te manquera, et que tu seras autant que moi-même le maître de tout ce que je possède. Si tu préfères le séjour de ta patrie, je t'offre la moitié de ma fortune, ou plutôt ce qu'il te plaira d'en prendre.

L'Égyptien déclara qu'il aimait mieux s'en retourner, et il partit comblé de biens.

On ne trouverait pas aujourd'hui d'amis pareils à ceux-ci. Le monde va tous les jours en empirant, et il empirera toujours. Heureux celui qui peut trouver un bon ami : il doit en remercier la Providence; mais qu'il le garde bien, car les hommes sont devenus si faux et si traîtres, il y a sur la terre si peu de loyauté, que probablement il aura le dernier.

XVIII

LES JAMBES DE BOIS.

Mes amis, je vous souhaite à ce renouvellement d'année toute sorte de bonheur ; et par les talents astrologiques que l'on me connaît, je vous prédis que si vos vignes cet automne rapportent beaucoup, vous aurez beaucoup de vin à vendre. Je vais pour mes étrennes vous conter une aventure qui m'advint dernièrement.

Je me promenais le long d'un bois, quand je vis venir à moi un villain (que Dieu vous préserve de pareille rencontre !) ; mais il avait deux jambes de bois, et je désire sincèrement pour vous tous le même bonheur. Ceci vous étonne. Un moment d'attention, s'il vous plaît, et vous penserez comme moi, quand vous m'aurez entendu.

Je m'accostai du manant pour causer. Dans la conversation, je lui parlai de son malheur et voulus savoir depuis quand et comment il lui était arrivé.

— Malheur ! s'écria-t-il ; sachez, sire, que je

ne le regarde point comme tel, il s'en faut de beaucoup, et je vous prie même, au contraire, de m'en faire compliment.

Cette façon de parler m'ayant un peu étonné, je le fis expliquer ; il parla ainsi :

— Depuis que je n'ai plus de jambes, je n'ai plus besoin de bas ni de souliers, et d'abord voilà une épargne et par conséquent un grand avantage. Mais ce n'est pas le seul. Quand je marchais, j'avais toujours à craindre de me heurter contre une pierre, de m'enfoncer une épine dans le pied, de me blesser enfin et d'être obligé de garder le lit sans pouvoir travailler. Maintenant pierres et cailloux, boue et neige, tout m'est égal. Le chemin serait pavé d'épines que j'y marcherais sans la plus petite inquiétude. Si je trouve un serpent je peux l'écraser ; si un chien vient me mordre, il ne tient qu'à moi de l'assommer ; me donne-t-on des noix, mon pied les casse ; suis-je auprès du feu, mon pied l'attise ; et après sept ou huit ans, quand mes jambes m'ont rendu tous ces services, je suis encore le maître de m'en chauffer.

Or maintenant, mes amis, je vous demande si tant d'avantages ne méritent pas quelque considération, et si vous n'agiriez pas prudemment peut-être de vous faire couper les deux jambes pour avoir le même bonheur que le villain ?

XIX.

LA BATAILLE DE CHARNAGE ET DE CARÊME.

Le roi Louis avait annoncé cour plénière à Paris pour les fêtes de la Pentecôte, et une multitude infinie de personnes s'y étaient rendues, soit dans le dessein de participer aux plaisirs, soit pour y contribuer. Du nombre de ces derniers furent deux princes puissants, qui arrivèrent chacun avec un cortége nombreux. L'un était *Charnage*, riche en amis, honoré des rois et des ducs, aimé par toute la terre ; et l'autre, *Carême*, prince souverain des étangs, des fleuves et de toutes les mers.

Quoique celui-ci soit peu aimé, quoique peu de gens ressemblent à ceux du Beauvaisis et d'O-lonne, qui pour un poisson donneraient un bœuf, néanmoins, comme il vint escorté d'une grosse suite de saumons et de raies, on le reçut bien. Mais cet accueil fut l'origine d'une querelle fameuse, ainsi que vous l'allez voir. Charnage, choqué de la préférence injuste qu'on donnait à son rival, ne put commander à sa colère, et s'emporta contre lui en menaces et en outrages. Ces discours injurieux furent rapportés à Carême, qui, naturellement fier et hautain, éclata à son tour. Il s'avança vers son ennemi pour le défier, lui déclara la guerre, guerre terrible et sanglante, qui ne devait finir que par la ruine de l'un des deux rivaux.

Tous deux aussitôt se rendirent dans leurs états, afin de hâter par eux-mêmes les préparatifs de cette grande journée et de convoquer leurs vassaux. Carême dépêcha aux siens un hareng qui, avec la rapidité d'une flèche, parcourant les mers, alla conter partout l'insulte faite au roi leur suzerain. Tous, jusqu'à la lourde baleine, promirent d'accourir pour venger son honneur offensé : pas un seul ne s'en dispensa. Qui eût vu l'ardeur générale n'eût pu s'empêcher d'être étonné ; les mers ce jour-là se trouvèrent désertes.

Un émérillon, dans l'autre parti, fut chargé de même d'aller notifier aux feudataires de Charnage la déclaration de guerre. Les grues et les hérons vinrent aussitôt présenter leurs services. Le cygne et le canard offrirent de veiller à l'embouchure des rivières, et promirent de les garder si bien qu'aucun de leurs ennemis ne pourrait passer. Agneaux, porcs, lièvres, lapins, pluviers, outardes

et chapons, poules et butors, les oies grasses enfin, le paon fier de son plumage étincelant, tous,
jusqu'à la douce colombe, se rendirent sous l'é-
tendard de leur souverain. Cette troupe bruyante,
fière de son nombre, célébrait d'avance sa victoire, et partout sur son passage faisait retentir
les airs de ses cris discordants.

Carême, armé de pied en cap, s'avança monté
sur un mulet [1], et portant un fromage en guise
d'écu. Sa cuirasse était une raie, ses éperons une
arête, et son épée une sole tranchante. Ses traits
et ses munitions de guerre consistaient en pois,
marrons, beurre, fromage, lait caillé et fruits secs.

Charnage avait son heaume fait d'un pâté de
sanglier, surmonté d'un paon. Un bec d'oiseau
lui servait d'éperon, et il montait un cerf dont le
bois ramu était chargé de mauviettes.

Dès que les deux généraux s'aperçurent, ils
fondirent l'un sur l'autre et se battirent avec fureur; mais les troupes de chaque parti s'étant
avancées pour les secourir, ils furent bientôt sé-
parés et l'affaire devint générale.

Le premier corps qui eut quelques succès fut
celui des chapons. Il tomba sur les merlans, qu'on
lui avait opposés, et les culbuta si vivement que,

---

[1] Poisson d'eau douce fort connu.

sans les raies armées d'aiguillons , lesquelles sou-
tenues des maquereaux et des flets vinrent rétablir le combat, le désordre peut-être fût devenu
plus considérable.

Les archers de Carême alors commencèrent à
faire pleuvoir sur leurs ennemis une grêle de
figues sèches, de pommes et de noix ; et les bar-
bues aussitôt, les brèmes dorées, les congres
aux dents aiguës s'élancèrent dans leurs rangs
étonnés, tandis que les anguilles frétillantes, s'en-
tortillant dans leurs jambes, les renversaient
sans peine. On remarqua surtout un jeune sau-
mon et un bar courageux, qui firent des prodiges
inouïs de valeur. Non, une semaine entière ne
me suffirait pas pour vous raconter toutes les
prouesses que vit cette brillante journée.

Déjà l'armée aquatique gagnait du terrain, et
la victoire allait se déclarer pour elle ; mais tout
à coup, les canards par leurs cris appelant du secours, deux hérons et quatre émérillons s'élèvent
dans les airs et fondent comme la foudre sur les
vainqueurs. Le butor et la grue viennent les seconder. Tout ce qu'ils attaquent est dévoré, et le
carnage devient terrible. Le bœuf pesant, qui
jusqu'alors avait vu sans s'émouvoir le danger de
son parti, s'ébranle enfin. Il s'avance lourdement,
abat et renverse des files entières, écrase tout ce

qui ose lui résister, et seul jette l'épouvante et le désordre dans toute l'armée.

C'en était fait à jamais de Carême, s'il se fût opiniâtré à combattre plus long-temps. Il céda prudemment au danger et fit promptement sonner la retraite, dans l'espérance qu'il pourrait, pendant les ténèbres, rallier et ranimer ses troupes pour recommencer le lendemain la bataille. La nuit fut employée de part et d'autre à faire de nouvelles dispositions; mais un événement imprévu vint décider pour jamais du sort des deux monarques.

Au point du jour, *Noël*, suivi d'un renfort considérable, arriva au camp de Charnage, et la joie qu'excita sa présence y éclata par des milliers de cris d'allégresse. Ces transports bruyants, qui retentirent jusqu'au camp ennemi, y jetèrent l'alarme. On voulut savoir ce qui les occasionnait, et l'on détacha quelques espions pour s'en éclaircir. Mais quand ceux-ci, de retour, eurent fait leur rapport, à l'inquiétude succédèrent l'abattement et la consternation. En vain Carême par ses discours essaya de réchauffer les courages : la terreur les avait glacés. Chacun jetait ses armes, et de toutes parts on n'entendait que des voix séditieuses crier : *La paix, la paix!*

Forcé donc de traiter malgré lui, et sur le

point de se voir trahi par ses propres soldats, le triste monarque envoya pour négocier un député au vainqueur. Charnage, qu'avaient enorgueilli la victoire de la veille et ses nouvelles espérances, exigea d'abord que son ennemi sortît pour jamais de la chrétienté. Cependant, sur les représentations de ses barons, il entra en accommodement, et, conjointement avec eux, conclut un traité par lequel il consentit que Carême parût quarante jours dans l'année, et deux jours en outre environ dans chaque semaine; mais ce ne fut qu'aux conditions que les chrétiens, en dédommagement, pourraient non-seulement pendant ces jours de pénitence, mais encore pendant tous les autres de l'année indistinctement, joindre au poisson, dans leurs repas, le lait et le fromage; et ce fut ainsi que le roi Charnage rendit le roi Carême son vassal.

XX.

LA BATAILLE DES VINS.

Le gentil roi Philippe [1] aimait le bon vin. Il l'appelait l'ami de l'homme ; et toutes les fois qu'il en rencontrait l'occasion, il ne manquait guère de renouveler l'amitié. Néanmoins, comme il ne voulait point prodiguer la sienne, et comme en tout on doit être prudent et sage, il entreprit un jour de faire un choix, et il envoya par toute la terre chercher ce qu'offraient de meilleur les vignobles les plus renommés. Tous briguèrent avec empressement l'honneur de désaltérer le monarque. Chacun d'eux députa vers lui, et des différents pays du monde on vit arriver à sa table les vins les plus exquis.

Il s'y trouvait en ce moment un docteur anglais, cervelle un peu folle, qui se chargea d'un examen préliminaire. D'abord se présentèrent à lui Beauvais [2], Étampes et Challonne [3] ; mais à peine

[1] Philippe-Auguste.
[2] Beauvais en Saintonge.
[3] Challonne, petit vignoble de l'Anjou.

les eut-il vus qu'il les chassa honteusement de la
salle, et leur défendit d'entrer jamais où se trou-
veraient d'honnêtes gens. Ce début sévère fit une
telle impression sur ceux du Mans et de Tours,
qu'ils tournèrent d'effroi (il est vrai qu'on était
en été), et se sauvèrent sans attendre leur jugement. Il en fut de même d'Argence [1], de Rennes [2] et de Chambeli [3]. Un seul regard que le
docteur par hasard jeta de leur côté, suffit pour
les déconcerter. Ils s'enfuirent aussi et firent
bien : s'ils eussent tardé plus long-temps, je ne
sais trop ce qui leur serait arrivé.

La salle un peu débarrassée par la sortie de
cette canaille, il n'y resta que ce qui était bon,
car le docteur ne voulait pas même souffrir le
médiocre. Clermont et Beauvoisins parurent donc,
et ils furent reçus d'une manière distinguée.
Enhardi par cet accueil favorable, Argenteuil [4]
s'avança d'un air de confiance, et se donna sans
rougir pour valoir mieux que tous ses rivaux ;
mais Pierrefitte, rabattant avec les termes qui
convenaient l'orgueil d'une prétention pareille, se
vanta à son tour de mériter la préférence, et ap-

---

[1] En Languedoc.
[2] Rennes, dans le Maine.
[3] Chambli ou Chablis.
[4] Près Paris, vignoble bien dégénéré.

pela en témoignage Marly, Montmorenci et Deuil,
ses voisins. Auxois de même, pour prouver son
mérite, allégua qu'il avait, avec les vins de Mo-
selle, la gloire d'étancher la soif des Allemands,
de qui il recevait en retour de belles et bonnes
pièces sonnantes. La Rochelle vint enchérir encore sur celui-ci : il se vanta d'abreuver non-
seulement les Flamands, les Normands et les
Bretons, mais encore l'Angleterre, l'Écosse, l'Irlande, le Danemark; et il montra quantité de
bons esterlins qu'il rapportait de ses voyages.
Andeli enfin, Bordeaux, Saintes, Angoulême,
Saint-Jean-d'Angély et le bon vin blanc de Poi-
tiers surtout s'avancèrent pour demander l'honneur du choix; mais Chani, Montrichard, Laçois,
Montmorillon, Buzançois, Châteauroux et Issou-
dun les arrêtant, soutinrent contre eux la gloire
des vins français.

— Si vous avez plus de force que nous, dirent-
ils, nous avons en récompense une finesse et une
sève qui vous manque, et jamais on n'entend ni
les yeux ni la tête nous faire des reproches.

Les autres voulurent répliquer, on se querella.
Ces haleines ambrées et échauffées par la dispute
parfumaient la salle. C'était une jolie quintaine [1]

---

[1] La *quintaine*, exercice qui consistait à lancer des flèches
contre un poteau.

que celle de ces champions disposés au combat.
Il n'y a personne, chevalier ou bourgeois, eût-il
été éclopé ou aveugle, qui ne fût venu là volontiers briser une lance, et je gage même qu'aucun
d'eux n'eût demandé la quarantaine [1].

Le roi, dont toutes ces prétentions et ces querelles ne faisaient que redoubler encore l'irréso-
lution et l'embarras, déclara qu'il voulait faire
lui-même l'essai de tous les aspirants. C'était le
moyen de décider ce grand procès d'une manière
sûre et sans que personne eût à se plaindre. Le
docteur-juge l'imita et voulut goûter aussi ; trouvant alors que le vin valait un peu mieux que la
cervoise de sa patrie, il condamna toute boisson
faite en Flandre, en Angleterre et par delà l'Oise.
A chaque lampée qu'il avalait, car telle était sa
manière de faire l'essai, il disait *Ise goute* [2].
Bref, il goûta si bien qu'on fut obligé de le porter
sur un lit, où il dormit trois jours et trois nuits
sans se réveiller.

Philippe enfin assigna les rangs. Il nomma Chy-
pre empereur, Aquilat roi. Quant aux vins de
France, il choisit parmi eux trois ducs, cinq

---

[1] Un règlement de Philippe-Auguste accordait à tout baron
attaqué en guerre le droit d'exiger un délai de quarante jours
pour se préparer ou se concilier.

[2] C'est bon (en anglais *Is good*

7

comtes et douze pairs. Ah ! qui pourrait s'assurer
d'avoir tous les jours un de ces pairs à sa table
pourrait bien se promettre aussi de n'avoir plus à
craindre aucune maladie. Si cependant, messieurs,
quelqu'un parmi vous est privé de cette consolation, lui conseillerai-je pour cela de se désoler ?
Non, vraiment ; bon ou mauvais, buvons-le tel
que Dieu nous l'a donné et vivons contents.

LIVRE DEUXIÈME.

LES AVENTURES DE TYL L'ESPIÈGLE.

.

I.

TYL L'ESPIÈGLE EN SON ENFANCE[1].

Vers le milieu du treizième siècle, il y avait en Flandre, au bourg de Knesselaere, un bonhomme qui s'appelait Nicolas Tyl. Anna Werbeck était sa femme. Ils avaient long-temps demandé au ciel qu'il leur accordât un fils ; leurs vœux enfin venaient d'être exaucés.

Dès que le petit enfant eût jeté ses premiers cris, son père voulut qu'il fût porté à l'église,

[1] Voyez ci-après, aux Appendices, la Notice de M. Octave Delepierre sur ces aventures célèbres.

pour y être baptisé. On ne sait quel nom lui imposa le prêtre. Mais par la suite, et pour les raisons que l'on verra, on lui donna le surnom d'Ulenspiegel (chez nous l'Espiègle), qui veut dire *miroir du hibou*. Comme cet oiseau fut consacré à Minerve, il se peut que par là on ait voulu entendre *miroir de sagesse*.

Les voisins avaient été invités, avec les parents, à la cérémonie du baptême. En sortant de l'église, la compagnie se rendit au cabaret, où le père du nouveau-né voulut que l'on bût copieusement, tant il avait le cœur en liesse.

Lorsque le jour baissa et qu'il fallut retourner au logis, la sage-femme qui portait l'enfant se mit en tête de la troupe. Comme il fallait passer un méchant pont délabré, l'accoucheuse, déviant dans ses pas, soit à cause de l'obscurité qui commençait à s'épaissir, soit que pour mieux témoigner son contentement elle eût trop bu d'un coup, tomba avec l'enfant dans le fossé, qui heureusement alors était presque sans eau. L'assistance de quelques-uns de la compagnie la tira de là, sans autre mésaventure; et tous étant rentrés à la maison, on fit tiédir de l'eau pour laver la sage-femme et l'enfant. Ainsi s'explique ce qui a été dit par de mauvais plaisants que Tyl l'Espiègle reçut le même jour trois baptêmes; à savoir le baptême

de l'église, le baptême du ruisseau et le baptême
de l'eau chaude.

L'enfant grandit heureusement. Dès qu'il commença à marcher, il montra des dispositions extraordinaires à l'agilité et à la souplesse. Quand
son intelligence se développa, il laissa voir tous les
signes d'un esprit rusé.

Les bonnes gens de Knesselaere hochaient la
tête, n'augurant pas chance heureuse des imagi-
nations fûtées de cet enfant. Mais son père, qui le
chérissait d'un amour aveugle, riait à tous ses
tours, n'en voyant que le côté spirituel et la partie ingénieuse.

Un jour (l'Espiègle pouvait avoir cinq ou six
ans) ses parents étant sortis aux champs, l'avaient
laissé seul gardien du logis. Il survint un voyageur,
qui allait à cheval et cherchait son chemin. Ne
voyant personne dehors, il s'avança jusqu'à la
porte de Nicolas Tyl, laquelle était faite comme il
arrive souvent à la campagne, divisée en deux
vantaux, dont celui d'en bas était fermé, tandis
que celui d'en haut restait ouvert pour donner du
jour à la chambre. Le cavalier poussa la tête de
sa monture dans la baie; et s'y penchant lui-même,
il cria :

— N'y a-t-il personne ici ?

— Il y a, répondit l'enfant, un homme et

demi et une tête de cheval ; car vous êtes à mi-
corps dans la maison, et moi j'y suis tout entier.

Le voyageur se mit à rire ; puis il reprit :

— Et me diriez-vous, mon petit ami, où sont
votre père et votre mère ?

— Mon père, répondit l'enfant, est allé rendre
plus mauvais ce qui l'est déjà ; ma mère est sortie
pour une affaire, dont elle ne retirera que honte
ou dommage.

— Voilà ce que je ne saurais comprendre, dit
l'étranger.

— Mon père travaille, reprit l'Espiègle, à un
sentier qu'on a formé à travers ses blés ; il y
creuse des trous afin qu'on n'y passe plus. Ma
mère est allée emprunter du pain ; de sorte que,
pour elle, si elle en rend trop, ce sera dommage,
si elle en rend trop peu, ce sera honte.

— Mais vous, mon beau fils, qui êtes si habile,
riposta le voyageur, ne pouvez-vous me dire où je
dois prendre mon chemin pour aller à Gand et
ne pas m'égarer ?

— Allez, répliqua l'enfant, par où vont les oies
que vous voyez là-bas.

L'homme piqua son cheval et suivit les oies, qui
le conduisirent à travers une humide prairie et
bientôt se jetèrent, en secouant leurs ailes, dans
un marécage sans issue. Les voyant nager, et ne

sachant les suivre plus loin, il revint sur ses pas.

— Mais, dit-il à son petit indicateur, les oies se sont jetées à l'eau.

— Je vous ai dit, répliqua l'enfant, d'aller par où elles vont et non par où elles nagent...

L'étranger, ne pouvant rien tirer de plus de l'Espiègle, et reconnaissant qu'on le raillerait de se fâcher, prit le parti de chercher ailleurs ses renseignements.

Il s'éloigna donc, très-ébahi de la subtilité de cet enfant [1].

Tyl l'Espiègle n'avait pas huit ans, que déjà la renommée de sa malice remplissait le voisinage. Des plaintes nombreuses arrivaient à son père ; on l'accusait de tant de tours, que le bonhomme commençait à s'en troubler. L'enfant s'excusait, disant qu'il ne faisait mal à personne.

— Mais, ajouta-t-il, cher père, si vous voulez acquérir la preuve que tout ce qu'on vous dit de moi n'est que mauvaise intention, montez sur votre cheval, prenez-moi derrière vous, traversons le bourg, et vous verrez que nous ne passerons nulle part sans que les gens n'aient à gloser sur mon compte.

— C'est bon, répliqua Nicolas Tyl ; je ferai cela.

---

[1] Voyez le fabliau de Marcou et de Salomon, au livre IV.

Le lendemain, il sortit sur son cheval, ayant placé son fils en croupe. Pendant qu'ils traversaient le bourg, l'Espiègle tendait le derrière aux passants. Les bonnes gens disaient tout haut :

— Voyez ce petit malicieux !

— Vous l'entendez, cher père, ripostait aussitôt l'enfant; je ne fais mal, et ils m'appellent malicieux !

— C'est singulier, dit Nicolas.

Il prit son fils, le mit devant lui, sur le cheval, et continua à marcher, surveillant ses mouvements.

L'Espiègle, sans que son père s'en aperçût, se mit à faire à chaque passant une grimace, tirant la langue aussi grande qu'il pouvait; et derechef les gens disaient :

— Voyez le petit vaurien !

— Il faut, dit à part soi Nicolas Tyl, que mon fils soit né sous une influence malheureuse, ou que les gens de céans soient envieux de son grand esprit, puisque, bien qu'il se tienne en repos, on le déteste.

II.

TYL L'ESPIÈGLE DANSE SUR LA CORDE.

A peu de temps de là, Nicolas Tyl, on ne sait pourquoi, quitta son bon pays de Knesselaere et alla s'établir à Coolkerke. C'était le village de sa femme, situé sur un petit canal, entre Damme et Bruges. Peu après les chagrins firent qu'il passa de vie à trépas.

Sa femme, ainsi demeurée veuve, mangea le peu qui lui restait ; le ménage ne tarda pas à tomber dans la misère.

La bonne femme voulait que son fils apprît un métier pour la soutenir. Mais l'enfant ne pouvait se plier à aucun travail ; souvent il s'échappait et courait à Bruges, où la comtesse de Flandre tenait sa cour ; et quand des bateleurs faisaient leur spectacle sur les places, il apprenait d'eux une malice ou quelque tromperie.

Dans ces excursions il se dressa à l'art de danser sur la corde ; il se décida à faire ce métier pour gagner de l'argent.

Un jour que dans le village de Coolkerke il

dansait sur une corde tendue au-dessus de l'eau, et attachée de chaque côté à la barre d'une fenêtre, comme il s'évertuait en tours d'adresse pour amuser les curieux, sa mère vint toute courroucée à l'une des fenêtres et avec un grand couteau elle coupa la corde ; Tyl l'Espiègle tomba dans l'eau, à la grande joie des enfants. Il savait nager assez pour se tirer de là ; supportant l'emportement de sa mère, il garda rancune aux petits garçons qui le raillaient. Mais, cachant ce qu'il méditait, il annonça pour le lendemain des choses plus surprenantes que les tours de ce jour-là.

Le lendemain, qui était un lundi, il revint tendre sa corde au-dessus de l'eau à quelques maisons plus bas, fit des cabrioles, puis dit aux enfants qui le regardaient :

— Voici à présent une chose merveilleuse, pour laquelle il faut que chacun de vous me veuille prêter un soulier.

Ce qui fut fait aussitôt sans défiance. Il rassembla cent-vingt petits souliers, les enfila dans un cordon, dansa un peu avec ce paquet ; puis lâchant un bout du cordon, lança tous les souliers en un monceau, disant :

— Que chacun cherche le sien !

Tous les enfants se précipitèrent avec tant de hâte, qu'ils se renversèrent les uns les autres, criant cha-

cun après son soulier, se les arrachant des mains
et s'allongeant des horions; de sorte que les parents furent obligés de s'entremêler, de se fâcher
bientôt, et que, prenant parti, ils finirent par se
battre pêle-mêle. L'Espiègle les considérait tout
joyeux, et se retira prudemment [1].

Pendant plus de quinze jours, il demeura tranquillement au logis; sa mère espérait qu'il allait
s'amender. — Abandonnez vos mauvaises habitudes, lui dit-elle; car elles vous conduiront à malheureuse fin. Voyez ce que vous y avez gagné; nous
n'avons plus de pain à la maison; il n'y a que le
travail qui fasse vivre.

Ce mot : — Nous n'avons plus de pain, inquiéta

---

[1] On conte que le bandit Schinderhannes, qui détestait les
juifs, rencontra un jour quarante-cinq israélites s'en revenant
de la foire de Kreutznach. — Je suis Schinderhannes, leur dit-il.
Ce nom les arrêta pâles d'épouvante. Il les fouilla; et, reconnaissant qu'ils ne valaient pas la peine d'être dépouillés, il se
borna à leur ordonner d'ôter sur-le-champ leurs souliers et leurs
bas. Quand on lui eut obéi, il forma au bord de la route un seul
tas de toutes les hardes. — A présent, juifs, dit-il, que chacun
de vous reprenne ce qui lui appartient; mais celui qui mettra
les bas ou les souliers d'un autre est un homme mort, et le dernier chaussé sera pendu. Hâtez-vous et décampez.
En achevant ces mots, Schinderhannes avait brandi son large
poignard; ses deux compagnons avaient armé leurs pistolets. Les
pauvres juifs se jetèrent tous ensemble sur le monceau de chaus-
sures. Dans leur précipitation, ils commencèrent à se quereller,
à se lancer des injures, à se heurter et bientôt à en venir aux
coups. Le brigand, riant aux éclats de cette scène burlesque,
lorsqu'il vit la bataille complétement engagée, se retira et disparut.

l'Espiègle ; il se mit à songer au moyen d'y pourvoir. Il se rendit à Bruges ; et entrant dans la maison d'un boulanger : — Envoyez de suite à mon maître, qui donne un grand dîner, dit-il, six pains blancs de trois sous et six pains bis.

— Qui est votre maître ? demanda la femme.

L'Espiègle nomma le seigneur d'un riche hôtel et ajouta : — Que votre garçon vienne avec moi ; mon maître le payera.

Il avait apporté un sac, dans lequel la boulangère mit le pain. Lorsqu'il fut à quelque distance, il laissa tomber dans la boue, par un trou pratiqué au sac, un des pains bis. L'ayant ramassé, il s'arrêta, mit le sac sur une borne, et dit à l'apprenti-boulanger qui l'accompagnait :

— Jamais je n'oserai porter ce pain-là à mon maître ; cours en chercher un autre, je t'attendrai ici.

C'était au détour d'une rue. Le pauvre garçon ne soupçonnant pas la feinte courut à sa boutique et se hâta de revenir avec un pain frais. Mais il ne trouva plus personne.

On alla à l'hôtel indiqué, où, comme le lecteur s'en doute, on ne savait pas ce que le boulanger voulait dire.

III.

TYL L'ESPIÈGLE ET LES VOLEURS.

Un jour que Tyl avait été invité à une ker-
messe [1] , avec sa mère, chez un fermier qui leur
voulait un peu de bien, il but tant au dîner, que,
se sentant pressé du besoin de dormir, il chercha
un lieu où il pût le faire. Au bout du jardin se
trouvaient les magasins d'un juif; et contre la
muraille plusieurs coffres. Il se blottit dans un
grand bahut vide, rabattit le couvercle et s'endormit profondément. Sa mère, ne le voyant plus,
crut qu'il avait regagné le logis et s'en retourna.

Pendant la nuit, deux larrons, qui s'étaient proposé de voler le juif, vinrent rôder autour des
coffres. Les ayant soulevés dans l'ombre, ils se
décidèrent, comme de juste, à enlever le plus pesant, qu'ils jugeaient le meilleur. C'était celui où
se trouvait l'Espiègle. Leur approche l'avait éveillé;
il entendait ce qu'ils se disaient. Ils emportèrent
le coffre; le garnement qui lui donnait du poids

[1] Fête paroissiale d'un village en Flandre.

ne sonna mot. Mais bientôt, profitant de l'obscurité profonde, il leva doucement le couvercle et, allongeant la main, il tira par les cheveux le voleur qui marchait en avant.

Celui-ci se prit à jurer et à tempêter contre son compagnon, l'accusant de lui arracher les cheveux.

— Rêvez-vous en marchant ou si c'est que vous dormez! dit le second voleur. Comment voulez-vous que je vous tire par les cheveux, quand j'ai les deux mains occupées à soutenir le coffre?

Malgré cette raison, le premier voleur changea de place avec le second, que Tyl à son tour empoigna par les crins, lui faisant la même niche.

— Finis tes malices, dit celui-ci; tu m'accusais méchamment, et c'est toi qui m'arraches la tête quand je m'échine à faire ce que tu veux.

Le farceur répéta encore le même manége, réjoui des imprécations et des injures que se lançaient les voleurs. A la fin, ils posèrent leur coffre à terre et se mirent à se gourmer. L'Espiègle profita de cette bagarre pour s'échapper sans être vu, et il rentra à son gîte.

IV.

TYL L'ESPIÈGLE EN SERVICE.

L'Espiègle, quelque temps après, ayant perdu aussi sa mère, s'en alla de Coolkerke, où il avait peu d'amis, et, traversant la Flandre, il ne s'arrêta qu'à Baesrode, sur l'Escaut, près de Termonde. Il n'avait trouvé à se placer ni dans cette ville, ni à Gand, ni à Bruges. Il se présenta au doyen de Baesrode, offrant de faire ses commissions et de le servir en toutes choses, et ne demandant pour salaire que la nourriture. Le doyen, qui justement alors avait besoin d'un aide pour sa vieille servante, voyant un jeune garçon si peu exigeant, avec une mine alerte et dégourdie, le prit à son service et lui dit en l'arrêtant : — Mon fils, si vous vous conduisez bien, vous mangerez le même dîner que nous, et vous n'aurez à faire que demi-besogne. L'Espiègle remercia le bon doyen et entra aussitôt en fonctions.

Comme il y avait deux poulets à rôtir pour le dîner, la servante mit son nouvel aide à la broche, lui recommandant de la tourner avec attention et d'arroser à point les deux poulets. Cette pauvre servante n'avait qu'un œil, et sa figure était telle, que le penchant de Tyl à la malice se réveilla devant la pensée de lui jouer des tours. Lorsque les poulets furent rôtis, il en détacha un et le mangea. L'heure du dîner étant venue, la gouvernante arriva, munie d'un plat d'étain luisant. Voyant qu'il n'y avait plus qu'un poulet, elle demanda ce qu'était devenu le second :

— Ouvrez l'autre œil, répondit l'Espiègle, et vous verrez davantage.

La servante, courroucée, se rendit auprès de son maître :

— Celui que vous avez pris chez vous, dit-elle, me raille de n'avoir qu'un œil, parce que je ne trouve plus qu'un des deux poulets que j'ai donnés à rôtir.

Le mauvais plaisant fut appelé :

— Pourquoi, demanda le doyen, vous moquez-vous de ma servante ? et qu'avez-vous fait de l'autre poulet ?

— Maître, répliqua Tyl d'un air naïf, je lui ai dit seulement que si elle pouvait ouvrir son autre œil, elle verrait mieux. Quant au poulet, je l'ai mangé ; en me prenant à votre service, vous m'avez dit que j'aurais le même dîner que vous.

Le doyen, qui était bon, se mit à rire :

— Passe pour le poulet, dit-il; et faites ce que vous dira ma servante.

Mais le lendemain et les jours suivants, l'Espiègle, chaque fois qu'une chose lui était ordonnée, n'en faisait jamais qu'une partie. Lui commandait-on d'aller puiser un seau d'eau, il ne l'emplissait qu'à moitié. Fallait-il donner deux picotins d'avoine au cheval, il n'en donnait qu'un, et ainsi des autres commissions. Nouvelles plaintes sont faites :

— Que signifie votre mauvaise volonté? dit le doyen; pourquoi ne faites-vous qu'à moitié les choses qu'on vous prescrit?

— Pardon, maître, j'ai cru vous obéir fidèlement. Ne m'avez-vous pas dit que je ne ferais ici que demi-besogne?

Le doyen aurait encore pardonné cela; mais la vieille servante menaçait de s'en aller, si on ne renvoyait pas l'Espiègle; force lui fut donc de sortir; et il partit, emportant deux ailes de cygne, dont le clerc du village se servait pour jouer les anges dans les mystères [1].

---

[1] On jouait, en beaucoup de lieux, au moyen âge, des mystères dramatiques qui représentaient le plus souvent la Nativité ou la Passion de Notre-Seigneur.

V.

TYL L'ESPIÈGLE PROMET DE VOLER.

Le soir même, il arriva à Malines. Il se logea
en une auberge qui portait l'enseigne de la Grue.
Comme il était sans argent, il s'annonça pour un
homme extraordinaire; et le lendemain matin, il
fit crier par toute la ville qu'il monterait sur le
toit des écuries de ladite auberge, lesquelles don-
naient par-devant sur une cour spacieuse, et par
derrière sur une ruelle; que de là il s'envolerait
comme un oiseau, ferait en l'air trois tours à tire-
d'aile et descendrait en la grande place. Les curieux qui voulaient être témoins de ce tour devaient payer. Quand cette nouvelle fut répandue,
la cour de l'auberge ne se trouva plus assez grande
pour contenir la multitude; toute la ville voulait
voir une chose si extraordinaire.

L'heure venue, l'Espiègle ayant mis en poche
l'argent fourni par les spectateurs, monta, par
une échelle, sur le toit des écuries; quelques-uns
disent qu'il avait attaché à ses épaules les ailes de
Baesrode, et qu'il les remua vivement avec ses

bras, comme pour se disposer à s'envoler. La foule regardait attentivement. Après qu'il eût fait trois fois la mine de s'élancer :

— Mes bons amis, dit-il, je ne croyais pas qu'il y eût dans votre ville de plus grands fous que moi ; mais je m'aperçois qu'elle en est pleine ; car vous m'auriez tous assuré que vous alliez vous envoler, que je ne l'aurais pas cru, et voilà que vous croyez tous que je vais faire une chose impossible.

Pendant le violent tumulte que souleva cette harangue, le voleur, se laissant couler par une corde à nœuds qu'il avait préparée là, tomba dans la petite ruelle, disparut et gagna Louvain.

Il se mit au service d'un boulanger. Son air simple et niais le recommanda d'abord, et ensuite couvrit ses premières farces.

Un soir, son maître lui commanda de s'en aller tamiser la farine. Comme pour voir à sa besogne il demandait une lampe, le boulanger ajouta :

— Je n'ai pas coutume de donner des lampes à mes garçons, qui mettraient le feu au logis : il est pleine lune aujourd'hui ; allez et tamisez au clair de la lune.

— C'est bien, dit l'Espiègle.

Il monta à l'étage où était la farine, pendant que son maître allait se coucher. Il prit le sas ou tamis, le remplit, et ouvrant la croisée, il se mit à tamiser par la fenêtre, de manière que la farine tombait dans le jardin, où la lune brillait de tout son éclat; ce qui produisait un bel effet de neige.

Le lendemain matin, quand le boulanger se fut levé pour faire son pain et qu'il vit sa farine à terre : — Qu'est-ce? dit-il; et il appela son garçon, qui s'était couché. — Qu'avez-vous fait? cria-t-il en colère. Vous avez jeté ma farine par la croisée.

— Maître, répondit l'autre, comme vous l'avez dit, j'ai tamisé au clair de la lune.

Le boulanger se démenait, hurlant : — Voilà ma farine perdue!

— Non, maître, riposta le drôle, je vais, si vous le voulez, l'aller laver à la rivière.

Convaincu qu'il avait à faire à un imbécile, le boulanger mit l'Espiègle à la porte.

Il se présenta chez un autre, demandant du service et se disant habile mitron. Le maître le retint. C'était un homme de bonne humeur. Voyant ce garçon éveillé, il prit confiance en lui. Un soir qu'il y avait fête dans la ville, voulant s'aller divertir, il lui dit : — Voilà la pâte; je sors; tu la feras cuire.

L'Espiègle savait bien qu'avec cette pâte il fallait faire des pains et des gâteaux. Mais comme il était mécontent, et qu'il eût voulu sortir aussi, il demanda : — Que ferai-je de cette pâte ?

— La belle question ! tu en feras des chats marins....

C'était une goguenardise. Tyl ne demandait qu'un prétexte ; il ne répliqua rien ; dès qu'il se trouva seul au pétrin, il modela sa pâte en hibous et chats marins et mit au four.

Le lendemain matin, le maître, voyant ces singuliers pains et ces gâteaux de nouvelle forme, prit à la gorge son mitron :

— Coquin, lui dit-il, tu m'as perdu ma pâte ; tu vas me la payer.

— Mais si je la paye, la pâte, répliqua l'autre, la marchandise sera à moi.

Ces paroles calmèrent le boulanger ; le garçon paya la pâte, et, prenant son congé, il emporta les pains.

Il savait que les Louvanistes ont toujours été curieux de choses nouvelles. Et comme c'était la veille de Saint-Nicolas, il se mit à étaler ses gâteaux devant l'église où allaient les jeunes garçons, et il vendit tout avec si grand profit, que le boulanger l'ayant appris, accourut pour en avoir sa part. Mais l'Espiègle se contenta de lui promettre sa pratique pour le lendemain.

VI.

TYL L'ESPIÈGLE EST FORGERON.

Il quitta la ville et s'en fut à Tirlemont. Curieux de connaître les divers métiers, il se mit au service d'un forgeron. Celui-ci le trouva paresseux. Il mettait de la nonchalance à faire agir le soufflet, ce qui ralentissait le travail.

— Garçon, lui dit-il, vous devez me suivre avec le soufflet.

Un moment après, le forgeron sortit. L'Espiègle ayant détaché le soufflet de la forge, le suivit par derrière. Le maître se retournant surpris : — Que faites-vous là ?

— Ce que vous m'avez recommandé, je vous suis avec le soufflet.

C'était un des plaisirs du farceur, de prendre ainsi tout à la lettre.

Le forgeron s'expliqua mieux ; mais il se promit de donner à son garçon un peu plus d'activité. On était dans l'hiver. Au lieu de se lever à quatre heures du matin, selon l'habitude, il se leva à minuit, fit lever l'Espiègle et se mit à l'ouvrage.

Ces manières ne convenaient guère à Tyl, qui demanda pourquoi on l'éveillait si matin ? — Parce que j'aime, répondit le bourgeois, que dans les commencements mes garçons ne dorment que demi-nuit, afin d'animer leur vigilance.

L'Espiègle ne répondit mot ; mais le lendemain, quand on l'eut pareillement appelé à minuit, il attacha son matelas sur son dos, et alla ainsi à la besogne. Les forgerons travaillent la nuit sans autre lumière que le feu de la forge. Le maître ne s'aperçut donc pas d'abord de ce qu'avait fait son garçon ; mais quand le fer rouge battu eut fait jaillir des gerbes d'étincelles, il en tomba sur le matelas ; et l'odeur de roussi fit découvrir la laine qui brûlait.

—. Es-tu enragé, s'écria le maître, de brûler ainsi mon matelas ?

— C'est ma coutume, répondit froidement Tyl, lorsque je n'ai couché que la moitié de la nuit sur mon lit, de faire coucher mon lit sur moi pendant l'autre moitié.

Le Bourgeois de Tirlemont ne voulut pas garder plus long-temps un garçon qui avait de si singulières idées.

Tyl partit, et alla demander du service au comte

d'Héverlé. Ce comte habitait un château fortifié; il était en guerre avec deux de ses voisins; il avait dans son manoir une petite armée de cavaliers et de fantassins, toujours prêts à se mettre en course. Voyant dans le jeune Flamand un garçon leste, il le retint et lui donna les fonctions de guetteur.

On le logea dans une tour au-dessus de la grande porte crénelée; on lui donna un cornet; on lui recommanda d'observer ce qui se passait dans la campagne et de corner dès qu'il verrait l'ennemi.

L'Espiègle était disposé à faire de son mieux; par malheur, comme il était nouveau-venu, on ne pensa pas à lui, on oublia de lui porter son dîner.

Deux heures après, une bande d'ennemis parut; ils se jetèrent sur une métairie qui dépendait du château et en emmenèrent les bœufs. Le Guetteur voyait tout de sa lucarne; mais il ne sonna mot. Un bon homme, qui s'était échappé, vint prévenir le Comte, qui appela l'Espiègle et lui demanda pourquoi il n'avait pas corné.

— Monseigneur, répondit le malin avec un air doucereux, on avait oublié de m'apporter mon dîner; et quand j'ai le ventre creux je n'ai plus de voix.

Le Comte, en lui recommandant de mieux agir, monta à cheval et partit avec ses gens à la poursuite de l'ennemi. Il eut le bonheur de reprendre ce qu'on venait de lui voler ; il enleva encore à la bande en déroute des jambons, des volailles et d'autres provisions qu'elle avait maraudées ailleurs, et rentra dans sa forteresse, ordonnant qu'on préparât du butin conquis un bon souper pour sa troupe.

A la chute du jour, tout le monde se mit à table ; on oublia encore l'Espiègle. Son estomac se révolta ; il entendait les cris de joie de la troupe en liesse, le bruit des plats et des brocs ; l'odeur des ragoûts venait même jusqu'à lui ; il saisit aussitôt son cornet et sonna l'alarme.

Le Comte se leva sur-le-champ, remonta à cheval et sortit avec tous ses gens à la recherche des assaillants ; mais il eut beau courir un quart de lieue et disperser ses cavaliers par tous les chemins, il s'en revint sans avoir rien découvert. Tyl, pendant ce temps-là, était descendu au galop ; il avait copieusement soupé, largement bu et regagné sa tour dans une disposition beaucoup plus joyeuse.

Le Comte lui demanda s'il s'était effrayé de son ombre.

— Monseigneur, dit-il, aux sons que j'ai poussés, l'ennemi a gagné le large, parce qu'il aura vu qu'on faisait bonne garde.

Néanmoins, on ne lui laissa pas un poste qu'il

remplissait si mal ; on l'enrégimenta dans les fantassins armés. Ce n'était pas trop son affaire ; à toutes les sorties, il était le dernier au partir et le premier au retour. Le Comte lui fit encore des reproches.

— Monseigneur, dit-il, j'ai le cœur singulièrement fait ; je n'ai de courage qu'en raison de ce que je mange ; si vous voulez que j'aille le premier aux rencontres et que j'en revienne le dernier, ordonnez que pendant huit jours on me fasse mettre le premier à table, et que j'en sorte le dernier

Il espérait, pendant ce temps, trouver l'occasion bonne pour gagner au large. Mais le Comte lui épargna tant de soins en le mettant à la porte.

VII.

TYL L'ESPIÈGLE A LIÉGE.

D'Héverlé Tyl passa à Liége, où il fit d'abord de si plaisantes choses que le prince-évêque voulut le voir et que toute la cour le prit en amitié. Mais nul ne garnissait sa bourse.

Il avait dans cette ville un voisin fort chiche. Cet homme, ayant tué son cochon, lui dit : — Ce qui m'attriste, c'est qu'ayant reçu de toutes ces bonnes gens d'alentour un morceau de porc frais, lorsqu'ils ont tué aussi leurs cochons, je leur dois aujourd'hui la même offrande : la moitié de la bête va y passer. Vous m'obligeriez en me donnant là-dessus un bon conseil.

— Rien n'est plus facile, dit l'Espiègle ; laissez votre cochon pendu à votre porte jusqu'à minuit ; vous vous lèverez alors ; vous le rentrerez sans qu'on vous voie ; et vous direz demain matin qu'on vous l'a volé.

Le voisin trouva l'avis bon et le mit en pratique.

Mais à minuit, — lorsqu'il s'en vint à petit bruit pour décrocher son cochon, — il ne le trouva plus.

C'était le conseilleur qui l'avait discrètement enlevé avec l'intention d'en faire son profit. Le pauvre homme se désola et chercha jusqu'au jour ; mais du cochon nul vestige.

Il alla heurter à la porte de Tyl, et lui dit : — Voisin, on m'a volé mon cochon.

— C'est cela, répondit l'autre ; dites ainsi à tout le monde.

— Mais vous ne comprenez pas ; ce n'est point

finesse comme je voulais ; on me l'a réellement
dérobé.

— A merveille, voisin, continuez de la sorte,
vous persuaderez tout le monde.

Le voisin eut beau dire et se fâcher, il n'en
sut tirer autre chose ; et le pis fut que l'Espiègle,
ayant divulgué l'avis qu'il avait donné, le bonhomme passa pour un mauvais avare qui inven-
tait une fable.

Mais d'autres tours pires s'ébruitèrent. Le
prince de Liége se fâcha alors contre le plaisant ;
et il le bannit de ses États, lui faisant formelles
défenses de remettre le pied sur les terres de
Liége.

Force fut au garnement de déguerpir ; comme
il avait toutefois à recouvrer quelques créances
sur certains gentilshommes, il revint au bout
d'un mois et fit son entrée à Liége, assis dans
une étroite charrette que traînait un petit cheval
des Ardennes.

D'aventure, il fut rencontré par le médecin du
prince, lequel ne l'aimait pas et s'empressa de
l'aller dénoncer à monseigneur. Le prince mécontent envoya des archers avec ordre d'amener le
contrevenant en son équipage.

— Qui t'a permis, lui dit-il, de rompre ton
ban et de rentrer en nos terres ?

— Je n'ai point rompu mon ban, repartit l'Espiègle, et je n'ai pas le pied sur les terres de Liége, mais bien sur celles de monseigneur le prince-électeur de Cologne. Il fit voir en même temps que sa petite charrette se trouvait garnie de terre apportée de Cologne.

Le prince de Liége ne put s'empêcher de rire en sa barbe. Mais Tyl ayant touché ses florins partit de ce pays [1].

VIII.

TYL L'ESPIÈGLE ET SON PETIT CHAPEAU.

Tyl, à Cologne, tomba bientôt dans une si grande détresse qu'il ne possédait plus que quatre florins. Il avait pour coiffure un petit chapeau de forme triangulaire dont tout le monde se moquait; il résolut de s'en faire une ressource.

Ayant dressé son plan, il vint trouver deux officiers goguenards, qu'il savait pour le quart d'heure munis d'argent.

[1] On attribue à Pappe-Theun, fou de Charles-Quint, et à d'autres, le trait de la petite charrette de l'Espiègle.

— Vous raillez mon bonnet à pointes, leur dit-il ; je veux vous réconcilier avec lui en vous faisant voir à quoi il est bon, et je vous invite à dîner aujourd'hui.

Les deux officiers ne se firent pas prier. L'Espiègle les conduisit dans la meilleure auberge de la ville. Il avait tendu là ses filets ; moyennant ses quatre florins donnés à l'hôtesse, il avait fait ses conventions.

Les trois compères furent bien servis et dînèrent joyeusement. Quatre florins alors payaient un large festin. Les deux officiers étaient étonnés de la générosité de l'Espiègle et surpris de le voir faire si grosse dépense ; leur admiration allait redoubler.

Tyl appela l'hôtesse.

— Combien avons-nous dépensé ? dit-il.

— Quatre florins ! répliqua la bonne femme.

— Quatre florins ! répéta le matois ; — et en disant cela, il mit son petit chapeau sur le pouce de la main droite, le fit tourner quatre fois en l'air, et reprit, en regardant fixement l'hôtesse :

— Quatre florins ! n'est-ce pas cela ? êtes-vous contente ?

— C'est bien cela, mon maître, grand merci.

— Vous ne demandez pas autre chose ?

— Rien de plus, et je me recommande; bien à votre service.

La femme se retira mettant la main dans la poche de son tablier, où elle fit sonner des florins.

— Voilà qui est merveilleux, dirent les officiers.

— Vous voyez que ce petit chapeau n'est pas si ridicule. Aussi, avec le prix qu'on m'en a déjà offert vingt fois, j'aurais une toque d'or.

— Mais pourtant, dit l'un des convives, si on vous en donnait une belle somme, ne le céderiez-vous pas? Ce talisman conviendrait à de pauvres officiers comme nous; avec cela nous aurions sûreté de ne jamais mourir de faim.

Par amitié pour ces messieurs, Tyl se laissa enjôler; il reçut quatre cents florins et livra son petit chapeau. L'acquéreur ravi voulut, dès le soir, en faire l'essai; il se rendit à l'auberge, invita tous ses amis, les régala d'un souper délicat, puis s'efforça de payer en tournant le petit chapeau. Mais l'hôte, avec qui, comme le farceur, il n'avait pas compté d'avance, ne comprit jamais le tour. Il fallut débourser des florins sonnants. Reconnaissant qu'il avait été joué, il courut à la recherche de l'Espiègle, qui avait eu soin de filer.

IX.

TYL L'ESPIÈGLE ET SON CHEVAL.

Avec ses quatre cents florins, Tyl, s'étant équipé à Francfort, entra au service d'un prince-électeur, dont il gagna la confiance. Ce prince avait un beau cheval, qui souvent perdait ses fers, soit qu'il eût la corne un peu tendre, soit que le maréchal qui le ferrait fût malhabile, soit que le cheval fît des pieds trop de mouvements.

Reconnaissant dans son nouveau serviteur un homme adroit, il lui dit : — Toi qui sembles intelligent en tant de choses, prends mon cheval et me le fais ferrer autrement qu'on n'a fait jusqu'ici; je ne veux plus de ces maréchaux, ni de ces fers qui se cassent et dont les morceaux ne valent rien; je veux quelque chose de digne d'un prince.

L'Espiègle emmena le cheval, et s'adressant à un orfévre, il fit faire quatre fers d'or, les fit attacher avec des clous d'argent et s'en revint dire au prince : — Vous n'aurez ici aucun des inconvénients qui vous déplaisent. Le cheval, en effet, paraissait tout joyeux. Sans y aviser, le prince le monta, fit une promenade et s'en revint satisfait. Mais le lendemain matin, quand l'orfévre vint demander son payement, qui était autre chose que les fers du maréchal, l'Excellence appelant Tyl lui demanda ce qu'il avait fait.

— Ce que vous ordonniez, répliqua-t-il; vous ne vouliez plus de maréchaux, ni de fers, dont les morceaux ne valent rien; j'ai donné la besogne à un orfévre.

— Ah! vous faites le plaisant de la sorte, dit l'électeur; eh bien! c'est votre affaire et non la mienne, avisez à vous tirer de là.

Ce disant, il ferma la porte. L'orfévre, surpris, voulut s'adresser à Tyl, qui déjà avait gagné l'écurie, où, montant le beau cheval, sans que personne pensât à le gêner, il était parti de la ville.

— Puisque ce n'est plus son affaire, dit-il, et que c'est la mienne, nous nous en tirerons. Il s'en fut à la ville prochaine, vendit les fers d'or, qui le nourrirent un temps; après quoi, se retrouvant au dépourvu, il changea son beau cheval contre une rosse et il alla à Wurtzbourg, où il fit savoir qu'il ferait voir une merveille : — Un cheval qui avait la tête où il devait avoir la queue et la queue où il devait avoir la tête.

C'était foire et grande foule de bonnes gens;

plus de mille bourgeois et forains vinrent : il montra sa rosse attachée par la queue au râtelier.

X.

TYL L'ESPIÈGLE SOUTIENT UNE THÈSE.

Tyl s'était rendu à Prague, sachant bien que la célèbre université établie dans cette ville lui fournirait des ressources. Il se lia avec quelques étudiants, et même avec des professeurs, qu'il étonnait de ses reparties.

Un soir, provoqué par plusieurs, il se vanta de soutenir une thèse publique, où il répondrait aux questions les plus difficiles, même à des questions jusque-là réputées insolubles. Une souscription se fit, des paris s'ouvrirent; une somme fut rassemblée; ce devait être sa récompense s'il triomphait. Le recteur et les premiers docteurs de l'université voulurent bien présider la thèse.

La séance publique, solennellement annoncée, fut ouverte. Une grande affluence de curieux et de savants se pressait pour entendre un homme qui devait répondre à tout. Le recteur, qui était un vieillard original et malin, fut chargé unanimement de poser les questions.

— Vous allez voir, messieurs, dit-il en jetant autour de lui un regard, comme je vais mettre cet homme hors des gonds.

Puis, apostrophant l'Espiègle, qu'on avait placé dans la chaire de la grande salle, il lui dit :

— Maître, qui savez tout, vous pourrez nous dire combien il y a de muids d'eau dans la mer ?

— Quatre cent quatre-vingt millions sept cent trente mille deux cent cinquante-trois muids et neuf pintes et demie, mesure de Cologne, répliqua l'autre avec assurance ; arrêtez les fleuves et les rivières qui s'y jettent, nous mesurerons ; je perds mon nom s'il en manque une chopine.

Des murmures d'étonnement accueillirent cette réponse. Le recteur se trouva pris. Un autre savant lui succéda :

— Combien de jours se sont écoulés, demanda-t-il, depuis Adam jusqu'à l'heure présente ?

— Sept, qui font honnêtement leur service et reviennent fidèlement toutes les semaines, à savoir : le lundi, le mardi, le mercredi, le jeudi, le vendredi, le samedi et le dimanche.

— Et combien de semaines ? — Cinquante-deux, qui ne manquent pas de reparaître chaque année.

— Alors, combien d'années ?

— Cinq mille deux cent quatre-vingt-neuf ; et je consens à porter le bât comme un âne, si quelqu'un au monde peut nous montrer un titre qui établisse que je me trompe.

— Voilà, dit le savant, un fier compère.

— Mon maître, dit un troisième docteur, avec la science profonde qui brille en vous, j'espère que vous saurez nous dire ce point, qui n'a jamais été fixé :

Où est le milieu du monde ?

— Précisément où vous vous trouvez en cet instant, docteur, dit l'Espiègle ; faites mesurer dans tous les sens ; et s'il s'en faut d'un brin de paille, je me condamne.

Les savants restèrent muets et décontenancés, jusqu'au moment où un jeune professeur fit cette nouvelle demande :

— Quelle distance y a-t-il de la terre au ciel ?

— Une très-petite, dit l'Espiègle, puisqu'on nous y entend, lors même que nous parlons tout bas.

La foule alors éclata d'enthousiasme ; tout le monde fit fête à un homme que rien ne pouvait embarrasser ; on le reconduisit chez lui en triomphe ; on lui remit la somme qui devait récompenser sa victoire ; on lui dit qu'il valait bien plus.

— Oh ! je vaux moins, répliqua-t-il ; je sais ce que je vaux.

— Combien donc vous estimez-vous ? dit encore le recteur, qui croyait se rattraper là ?

— Vingt-neuf deniers, dit l'Espiègle ; et c'est de l'orgueil, car notre Seigneur n'a été vendu que trente.

On applaudit de nouveau ; et l'intrépide garçon mena bonne vie à Prague.

Voyant qu'il y réussissait à faire le savant, il annonça que, si on voulait convenablement le payer, il entreprendrait l'éducation d'un âne, demandant dix ans pour le mettre en état de lire en société, de soutenir des thèses et de raisonner avec logique.

Le bon recteur, qui justement possédait un âne de quatre ans, accepta le marché, ne doutant plus de rien à l'égard d'un homme qu'il avait reconnu si subtil. Il paya cent florins en avance et livra son âne.

— L'âne, dit gravement Tyl, a déjà de sa nature une grande facilité à prononcer les voyelles. Il en articule deux merveilleusement, I, A, quoiqu'il nasille un peu sur la seconde. Il ne s'agit que de lui donner le goût de la lecture.

Il mit l'âne dans une petite étable, et, s'étant procuré un vieux livre, il plaça entre les feuillets

de parchemin des grains d'avoine. L'animal, les
ayant flairés, tournait les feuillets avec son nez,
puis les balayait avec sa langue; après quinze
jours de cet exercice, Tyl dit au recteur :

— S'il vous plaît de venir visiter notre élève,
vous reconnaîtrez qu'il se plaît déjà à étudier.

Le recteur vint. Le précepteur de l'âne ayant
placé le livre devant l'écolier aux longues oreilles,
celui-ci, habitué à y trouver un petit festin, se
mit avec son museau à le feuilleter d'un air très-
sérieux. Le bonhomme s'en retourna émerveillé.

On se demande ce que prétendait Tyl de son
essai; mais il comptait qu'en dix ans l'âne ou le
recteur serait mort, et c'est ce qui advint en la
même année du savant homme.

XI.

TYL L'ESPIÈGLE SE FAIT PEINTRE.

Après quelque séjour à Prague, où il ne demeura pas long-temps, nous retrouvons l'Espiègle
au pays de Hesse. Il y était entré s'annonçant comme
un grand peintre.

Il avait apporté quelques tableaux flamands

qu'il avait achetés à un juif. Le landgrave ayant
fait venir l'artiste étranger et visité ces tableaux,
dont il se disait l'auteur, se mit à l'admirer et lui
demanda :

— Maître, quel prix exigerez-vous pour dé-
corer ma grande salle des portraits de tous mes
aïeux ?

— Seigneur, répondit l'Espiègle, je n'emploie-
rai pas seulement pour ce travail l'art qui a produit les petits tableaux qui m'accompagnent ; je
puis faire mieux, au moyen de certains procédés
dans lesquels il entre peut-être un peu de magie,
mais qui m'ont été enseignés par le plus habile
d'entre tous les peintres. Or le tout coûtera quatre
cents florins d'or.

— Demandez ce qu'il faut et faites, répliqua le
landgrave ; je ne regarderai point au salaire ; mon
trésorier va vous compter en avance cent florins
pour vous mettre en veine.

Tyl se chargea donc de faire tous les portraits ;
il reçut les cent florins d'or, disant qu'il les allait
employer à acheter les toiles et les couleurs ; puis
il demanda que personne ne vînt le troubler dans
son travail ; ce qui lui fut accordé.

Le temps marcha. Le drôle, se sentant la bourse
garnie, passait les jours et les nuits au cabaret,
avec des amis comme il en faisait partout. Pour

surcroît, le bruit s'étant répandu que le prince l'avait chargé de travaux importants, il vendit fort cher les tableaux qu'il avait apportés. Tout allait bien. Mais au bout de trois mois, le landgrave, un jour, le fit prévenir qu'il irait voir le lendemain où il en était.

Tyl, qui n'avait pas commencé et qui eut eu grande peine à tenir un pinceau, fit bonne contenance. Quand le prince arriva dans son atelier, qui ne contenait rien qu'un drap blanc étendu sur la muraille, il lui dit :

— Je dois avertir votre Altesse d'une particularité ; je vous ai dit qu'il y aurait un peu de magie. Ceux donc qui ne sont pas purs et innocents ne peuvent rien voir de ce que j'ai peint.

— Ce serait chose étrange, dit le prince. Voyons donc.

L'Espiègle tira le drap blanc qui couvrait la muraille nue, et désignant de sa baguette les points où il supposait des portraits, il dit effrontément :

— Seigneur, ce portrait est celui du premier landgrave de Hesse ; ensuite vient Adolphe ; de celui-là descendit Guillaume-le-Noir que vous voyez là ; de Guillaume-le-Noir, naquit Louis.

Et ainsi il énuméra tous les landgraves jusqu'au prince régnant. Il ajouta :

— Les soins minutieux que j'ai mis à cet ouvrage me persuadent que personne n'osera le blâmer en rien.

Le landgrave était consterné. Quoiqu'il ne vît rien, le ton sérieux de l'Espiègle lui en imposait tellement, qu'il pensa en lui-même : Suis je donc un grand coupable ? car je ne vois que la muraille.

Il n'osa toutefois faire paraître les émotions qui l'agitaient, se borna à dire qu'il ne se fiait pas assez à son jugement, et sortit absorbé.

Tyl songea de son côté qu'il ne fallait pas s'endormir sur un succès d'audace ; il courut chez l'intendant du prince, demanda et obtint une seconde avance de cent florins d'or, et s'en revint faire ses préparatifs de départ.

Comme il se livrait assez activement à ce soin, le landgrave, qui avait tout conté à sa cour, amena à l'atelier les plus honnêtes gens qu'il pouvait connaître. L'imposteur ne se déconcerta point et répéta hardiment, devant la noble assemblée, la comédie qu'il avait osé jouer devant le landgrave seul. Son ton était si ferme, que les assistants interdits annoncèrent qu'ils voulaient avant de juger revenir en plus grand nombre. L'Espiègle ne jugea pas à propos d'attendre une société si nombreuse, si honorable ; il décampa ; et comme les

rieurs pouvaient encore être de son côté, le bon
landgrave imposa silence sur cette aventure.

XII.

TYL L'ESPIÈGLE EST MÉDECIN.

Tyl, se trouvant quelque temps après à Nuren-
berg, sans ressources, s'improvisa docteur en la
faculté de guérir. Il fit attacher à la porte de l'Hô-
tel-de-Ville un écriteau qui annonçait qu'il possédait divers remèdes des plus admirables.

Il y avait alors une grande quantité de malades
à l'hôpital, à cause d'une épidémie qui régnait
dans le pays. Le directeur ayant appris l'arrivée
d'un célèbre médecin étranger, le fit appeler et
lui dit :

— Si vous annoncez la vérité, docteur, et que
vous parveniez à guérir nos malades, vous serez
payé richement.

— Vous me trouverez modéré, dit l'Espiègle,
car je ne pratique la médecine que par humanité.
Donnez-moi deux cents florins et je vous rends
sans exception tous vos malades si bien guéris,
que demain votre hôpital sera évacué. Vous ne me

payerez qu'après qu'ils auront, devant vous, quitté la maison.

La proposition fut acceptée, et le docteur se rendit le lendemain à l'hôpital. Il déclara qu'il devait être seul avec les malades, voulant garder le privilége de ses secrets ; ce qui lui fut accordé. Il ferma les portes ; et après qu'il eut fait jurer à tous ceux que la maladie avait amenés là qu'ils ne divulgueraient rien de ce qu'il allait leur dire, il leur tint ce discours :

— Je suis venu, mes amis, pour vous guérir tous, et je m'y suis obligé. Mais je ne le puis qu'au moyen d'un expédient qui vous étonnera sans doute, c'est qu'il faut que l'un de vous se sacrifie pour les autres. Celui-là sera brûlé sur-le-champ ; je le réduirai en poudre ; j'en formerai un médicament exquis que vous prendrez tous et qui vous rendra à tous immédiatement une santé parfaite. Dans une circonstance aussi grave, ne faisons rien légèrement ; nous immolerons le plus sérieusement malade. Pour le connaître, voici la méthode que je vais employer et qui m'a toujours réussi dans les cures de ce genre. Celui d'entre vous qui ne pourra marcher, de manière à sortir de l'hôpital, quand tout à l'heure je vous appellerai tous à la porte, sera condamné à servir de remède aux autres.

Cette communication imprévue fut accueillie par une stupeur universelle. Sans laisser à la réflexion le temps de fermenter, Tyl se rendit auprès du directeur : — C'est fait, dit-il.

Et faisant ouvrir brusquement les portes de l'hôpital, il s'écria : — Que ceux qui ne sont plus malades sortent promptement. — On va juger, ajouta-t-il avec assurance, des effets de mon art.

Tous ces malheureux, dans la plus grande angoisse, se hâtaient à qui mieux mieux de gagner les portes. Les uns n'avaient pas achevé de s'habiller, les autres couraient en chemise; ceux-ci oubliaient une de leurs béquilles; ceux-là, qui de six mois n'avaient pas quitté le lit, trottaient avec des efforts incroyables. Le directeur ébahi, voyant passer un vieux moribond, lui demanda s'il était donc aussi hors de peine.

— Comment! si je suis guéri, répliqua le vieillard effaré, je suis sain comme une pomme.

D'autres, interrogés pareillement au passage, firent semblables réponses.

Quand tout fut sorti jusqu'aux culs-de-jatte, et qu'on eut vérifié que l'hôpital était complétement évacué, l'Espiègle réclama son salaire, qu'on lui paya en le comblant d'éloges; et il quitta la ville aussitôt, prévoyant bien que les malades qui auraient échappé à une telle secousse ne manque-

raient pas de retourner le lendemain à l'hôpital.
— Ce qui eut lieu [1].

XIII.

TYL L'ESPIÈGLE DÎNE SANS PAYER.

Tyl voulut aussi faire le voyage d'Italie et visiter Rome, toujours remplie d'illustres pèlerins. Lorsqu'il arriva de l'autre côté des Alpes, il se trouva qu'il n'avait plus d'argent. Désireux toutefois de faire bonne chère, il eut recours à son esprit. Il aperçut une hôtesse avenante, qui l'invitait à se reposer en sa maison. C'était l'heure du dîner; et le costume du pèlerin n'annonçait pas encore sa détresse. Comme il aperçut au-dessus de la porte cette inscription : *Ici on donne à boire et à manger*, il la répéta tout haut avec un sourire malin et ajouta : — Est-ce qu'on donne ici.

— Non, signor, répondit l'hôtesse en riant aussi, on paye encore.

---

[1] Voyez dans le livre suivant le fabliau du médecin de Bray.

— Quel est l'ordinaire ? demanda-t-il.

— A la table des seigneurs on donne huit sous,
à la seconde table six sous, à la troisième quatre
sous.

— La table où on donne le plus est celle qui
me va le mieux ; mettez-moi avec les seigneurs.

Il mangea comme quatre, resta à table le dernier ; et quand il eut fini à son aise :

— Eh bien ! dit-il à l'hôtesse, expédiez moi.

— Huit sous, dit-elle en s'approchant.

Il tendit la main : — Donnez, fit-il ; cette petite
somme me viendra à point, car je suis à sec.

— Comment l'entendez-vous ? s'écria l'hôtesse
stupéfaite.

— Je l'entends comme je dois l'entendre ; ne
m'avez-vous pas dit qu'à la table des seigneurs on
donnait huit sous ? J'ai fait en sorte de les gagner ;
j'ai mangé loyalement.

— Voilà un rusé coquin, dit la dame. Vous
croyez donc qu'à la boucherie on nous donne la
viande pour rien, qu'on nous paye pour vous héberger et que c'est ici un hospice !

— Je ne sais pas ce que c'est, dit le farceur
en se levant gravement ; mais si vous ne payez
pas, vous m'avez trompé : car j'ai trop dîné et
j'en serai malade.

Ce disant, il s'en alla, sans paraître ému le

moins du monde des injures qu'on lui lançait, mais flatté de voir qu'on ne le retînt pas.

Parvenu à Rome, Tyl alla se loger chez une veuve très-dévote; c'était une bonne vieille qui s'était imposé le devoir d'héberger les pèlerins. Elle le reçut avec sa bienveillance connue; et après qu'il eut bien soupé, elle lui demanda de quel pays il était.

— De la Flandre, dit-il, et je suis venu ici pour parler au Pape.

— Mon enfant, répondit la bonne veuve, vous pourrez assurément voir le Saint-Père, mais quant à lui parler, c'est chose plus difficile. Moi qui suis bien connue à Rome, je n'ai jamais pu y parvenir et je donnerais bien cent ducats pour jouir d'un si grand honneur.

— Promettez-vous de me les payer, si je fais en sorte que vous parliez au Pape? dit l'Espiègle.

— Oh! de grand cœur, répliqua l'hôtesse.

— C'est bien, je retiens votre parole.

Le drôle attendit le jour où le Souverain Pontife disait la messe à Saint-Jean de Latran, ce qui avait lieu chaque semaine; et pendant les saints offices il tourna le dos à l'autel, de manière à se faire remarquer de tous les cardinaux.

La messe terminée, on parla au Pape de cette irrévérence, commise par un jeune homme de bonne tournure. — Qu'on le fasse venir, dit le Saint-Père.

Tyl, interrogé sur sa foi, répondit qu'il avait la même croyance que son hôtesse, dont il indiqua le nom et la demeure.

On la manda aussitôt ; et comme il y avait quelques hérésies, depuis que les Papes avaient si long-temps habité Avignon, on demanda à la bonne femme quelle était sa doctrine.

La veuve, heureuse et confuse de se trouver en présence du père des fidèles, répondit qu'elle était catholique-romaine et qu'elle se soumettait sans restriction à tout ce que prescrivait l'Église.

— C'est aussi là ma profession de foi, ajouta l'Espiègle.

— Pourquoi donc, mon fils, dit le Souverain Pontife, tournez-vous le dos à l'autel pendant les offices sacrés ?

— Parce que je suis un grand pécheur, répondit le pèlerin un peu interdit, et que je ne suis pas digne de lever les yeux sur cet autel où Dieu réside.

Après cette explication, que le Pape accueillit avec bonté, l'Espiègle fut renvoyé, ainsi que son hôtesse ; et il ne manqua pas de se faire délivrer les cent ducats qu'il venait de gagner en procurant à la veuve l'occasion de parler au Saint-Père.

XIV.

TYL L'ESPIÈGLE VOLE DES POULES.

Il s'en revint dans le Nord. Arrivé à Quedlinbourg et toujours sans argent, car, selon la remarque d'un savant de Stuttgard, l'argent mal acquis s'en va aussi vite qu'il est venu, l'Espiègle rôdait en observateur dans le marché, qui se tenait sur la place de l'abbaye. Les villageois alors étaient encore plus simples qu'aujourd'hui. Le rusé avisa une vieille, qui étalait devant elle pour marchandise une douzaine de poules en compagnie d'un beau jeune coq, le tout enfermé dans un panier à claire-voie, qui permettait de les inspecter.

— Combien votre panier? demanda-t-il.

— Si vous prenez les poules et le coq, répondit la villageoise, ce sera vingt-sept sous.

— Et vous ne pouvez pas diminuer quelques deniers?

— Pas une maille.

— Alors je prends le tout; et ce disant, il chargea le panier sur ses épaules.

Comme il s'éloignait sans payer : — Dites donc,

l'acheteur, cria la vieille, je ne les donne pas sans argent.

— Patience, ma bonne, je suis le secrétaire de l'abbaye; je vous apporterai vos vingt-sept sous.

— Excusez, mon maître; mais il m'a été recommandé de ne rien donner qu'en recevant.

— Vous vous défiez de moi, dit l'Espiègle en s'arrêtant; eh bien! je vais vous laisser un gage.

Et tirant le coq du panier, il le mit entre les mains de la villageoise. — Voilà, dit-il, de quoi vous rassurer.

Comme le coq se débattait pour rejoindre ses poules et que la bonne femme était très-empêchée à le retenir, Tyl enfila les ruelles, marcha droit à la cuisine de l'abbaye, vendit les douze poules au cuisinier, en reçut le montant et sortit avec assurance.

— La villageoise l'attendait à la porte. — Vos poules conviennent, dit-il; vous n'avez qu'à porter aussi le coq, on vous payera. — Ce disant il gagna le large et vint à Lubeck, où le commerce attirait une foule d'étrangers. Il y avait en cette ville un cabaretier qui avait gagné beaucoup d'argent et que sa fierté présomptueuse rendait odieux à tout le monde. Il avait coutume de dire que l'homme assez fin pour lui jouer un tour était encore à venir. Ceux qui avaient été trompés,

comme il y en a tant dans les villes fréquentées,
lui en voulaient de sa jactance. L'Espiègle se piqua de ses propos. Il se munit de deux pots semblables, l'un qu'il cachait sous son manteau était
plein d'eau, l'autre qu'il portait à découvert était
vide. Il entra chez le cabaretier, et présentant le
pot vide, il lui demanda une mesure de vin. Le
cabaretier le servit. Tout en s'enquérant du prix
du pot, Tyl changea adroitement le vase plein de
vin contre l'autre, qu'il posa d'un air indifférent
sur le comptoir. Le marchand, ayant répondu
qu'il vendait le pot dix deniers :

— C'est trop cher, dit l'enfant de Knesselaere,
je n'en puis donner que huit; voyez si vous voulez laisser votre marchandise à ce prix.

Le cabaretier se fâcha.

— Le prix de mon vin est fait, dit-il; qui n'en
veut pas me le laisse.

— C'est ce que je ne savais pas, reprit tranquillement Tyl; reprenez-le donc, car je ne m'en
soucie pas. Le cabaretier en colère prit le pot qui
était devant lui et le remit dans le tonneau, en
disant qu'il fallait être bien peu de chose pour
faire tirer du vin qu'on ne pouvait payer.

L'Espiègle reprit avec calme le pot vide et s'en
alla boire avec ses amis celui qui était plein.

Malheureusement l'aventure s'ébruita; et

les brocards pleuvant serrés sur le marchand de
vin, il se fâcha. On ne plaisantait pas alors à
Lubeck en fait de vol. Tyl fut arrêté; comme les
lois étaient sévères, et que peut-être il y avait sur
le compte du personnage d'autres escroqueries
dont on a vu qu'il ne se faisait pas faute, après
une courte procédure il fut condamné à être
pendu.

Le jour de l'exécution arrivé, une foule de curieux se pressait dans les rues pour voir passer
Tyl. Les uns le plaignaient, à cause du tour qu'il
avait joué au cabaretier; les autres étaient avides
de voir pendre un homme qui avait la réputation
d'être si subtil; la plupart des spectateurs lui portaient intérêt.

Lorsqu'il fut arrivé sous le gibet, et qu'il eut
monté la moitié de l'échelle, il sollicita la permission de parler; laquelle lui étant concédée, il
pria les magistrats de vouloir bien lui accorder
une autre faveur.

— Je ne demande point qu'on me fasse grâce,
dit-il; ce que je désire est peu important, et j'ose
affirmer qu'on peut me l'accorder sans qu'il en
coûte rien.

D'après ces assurances, les magistrats, dont la
compassion était excitée par la bienveillance des
assistants, se retirèrent à l'écart pour délibérer;

et ils vinrent annoncer au condamné qu'on lui accorderait sa demande, pourvu qu'elle ne tendît pas à obtenir remise de la peine.

L'Espiègle, alors respirant, se prit à dire :

— Vous savez, messeigneurs, que tout justement condamné que je suis, car des juges ne peuvent se tromper, je ne suis pourtant pas un grand coupable; j'ai cru pouvoir me permettre de donner une leçon à un homme dont la présomption déplaisait; j'ai été trop loin; il faut que j'en convienne, puisque j'ai mérité le gibet. Cependant, si vous sentez dans vos cœurs un peu de pitié pour moi, daignez me donner encore la garantie que vous ne me refuserez pas la légère marque de bienveillance que j'attends de vos seigneuries.

La promesse solennelle lui en fut faite. Il ajouta :

— L'engagement que vous venez de prendre à l'égard d'un homme qui va mourir me rassure; aucun de vous ne s'abaisserait jusqu'à manquer à la foi jurée. Je meurs sans regret; car voici ma prière, et si j'en avais le temps je vous prouverais que j'ai le plus grand intérêt à vous la faire. Je vous demande donc, bourgmestres et conseillers-juges de la ville de Lubeck, de venir à jeun tous les matins, pendant trente jours, comme vous venez de vous y obliger, et cela ne vous coûtera rien, me baiser le derrière après que j'aurai été pendu.

Cette proposition inattendue causa une telle commotion dans toute l'assemblée, que pendant un quart d'heure il fut impossible de s'entendre. Les magistrats s'étaient de nouveau retirés à l'écart pour se consulter ; et ils avaient envoyé demander la grâce du coupable au conseil suprême; car ils ressentaient autant de dégoût à tenir leur promesse que de honte à manquer de parole. L'Espiègle fut donc ramené en prison. Quelques jours après, on lui annonça que sa peine était commuée en un bannissement et qu'on lui enjoignait de quitter la ville au plus vite, ordre qu'il s'empressa d'exécuter.

XV.

TYL L'ESPIÈGLE FAIT UN TOUR MAGIQUE.

Tyl gagna Brême ; il y trouva un seigneur qu'il avait connu dans ses voyages et qui voulut le retenir auprès de lui, dans l'espoir de tirer quelque divertissement de ses plaisanteries. Mais le farceur faisait le sérieux.

Il y avait trois jours qu'on s'étonnait de sa tranquillité ; tout son plaisir paraissait être dans certaines promenades solitaires qu'il faisait par la ville. Le seigneur lui demanda s'il avait donc perdu sa gaieté ? — Dans mes voyages, dit-il, je me suis occupé de choses graves et curieuses ; et s'il plaît à votre seigneurie de faire avec moi un tour d'une heure, elle verra un exemple de la puissance que j'ai acquise.

Le seigneur accepta avec empressement la proposition ; ils allèrent ensemble sans aucune suite ; et quand ils passèrent sur le grand marché, devant l'échoppe d'une bonne femme qui vendait des pots et des écuelles de terre cuite : — Remarquez cette femme, dit l'Espiègle, si le tour vous amuse, au moindre signe que je ferai, elle va briser tout ce qu'elle a dans sa boutique.

— Voyons ce prodige, dit le seigneur incrédule ; et sur un signe que Tyl traça en l'air, la femme mit tous ses pots en pièces, en y allant des pieds et des mains.

Tous les passants s'attroupèrent pour voir ce fait singulier, que personne ne comprenait. Le seigneur stupéfait tira l'Espiègle à l'écart et lui demanda d'où lui venait sa puissance ?

— D'un moyen bien simple, mais qui est mon secret.

— Si vous me le dites, voici trente florins d'or.

— Seigneur, répliqua le farceur en allongeant la main pour prendre les trente florins, il n'y a ici ni science occulte ni nécromancie. J'avais d'avance payé tous les pots et recommandé à la marchande qu'elle les brisât à un certain signal convenu.

Le brave seigneur, joyeux de savoir un si bon tour, fit promettre à l'Espiègle de n'en rien dire; et il invita plusieurs de ses amis à dîner. Il leur parla de la bizarre anecdote qui faisait déjà l'entretien de toute la ville. Comme la curiosité des convives était vivement excitée :

— Je pourrais, dit-il, vous révéler les moyens d'obtenir ce résultat qui vous étonne, car j'en ai le secret; et en passant avec vous devant une boutique, je puis sur un signe obliger la marchande à détruire sa marchandise. Mais pour vous initier à une science si haute, il faut que chacun de vous s'engage à me faire don d'un bœuf.

Tous les convives, qui possédaient des terres et des troupeaux, prirent avec empressement l'engagement offert :

— Eh bien! dit le seigneur, tout consiste à prévenir la marchande et à lui payer le dégât.

Plus d'un fut penaud à cette explication; mais tous firent honneur à leur engagement, et les florins d'or donnés à l'Espiègle furent bien regagnés.

(Page 153.) Imprimé par PLON frères.

TYL L'ESPIÈGLE A SON CONGÉ.

XVI.

TYL L'ESPIÈGLE FAIT DES MALICES.

Une des manies de Tyl était de prendre constamment les choses à la lettre. S'étant mis au service d'un brasseur, comme le patron s'en allait en noces avec sa femme, il lui recommanda en son absence de brasser la bière, de surveiller la cuve et de bien cuire le houblon, pour donner de la force à la cuvée. Or, cet homme avait un grand chien très-hargneux, avec lequel l'Espiègle ne s'accommodait guère. Ce chien, par malheur pour lui, s'appelait Houblon, selon l'habitude qu'ont les gens de métier de donner à leurs animaux domestiques un nom qui se rattache à quelque objet de leur profession. Tyl, qui en voulait au chien, le mit dans la cuve; et le maître du logis, s'en revenant du festin, trouva son chien bouilli et sa bière gâtée. C'est dire que le plaisant eut son congé.

Il prit alors l'aiguille et s'improvisa garçon tailleur. Le maître auquel il s'adressa était un bonhomme plein de conseils et de proverbes. La manière dont il s'exprima fut un aliment pour l'esprit malin de Tyl.

— Mon enfant, dit-il d'abord, il faut coudre fin et serré, et faire en sorte que votre travail ne se voie point.

— Fort bien, maître, dit l'Espiègle; — et il se mit à coudre sous une couverture qui l'empêchait de voir lui-même.

— Que faites-vous donc là ? dit le tailleur surpris.

— Mais je fais en sorte que mon travail ne se voie point.

Le bourgeois rit de bon cœur, s'expliqua un peu mieux; puis, ayant à sortir, il donna à Tyl une houppelande à moitié faite. C'était un habit de campagne en grosse laine fauve qu'il était d'usage alors d'appeler un loup. Il ajouta : — Fais-moi de cela un loup soigné ; — et il partit.

L'Espiègle se mit à défaire tout ce qui était fait, tailla capricieusement l'étoffe, lui donna la forme d'un loup, la monta à grands points, et la plaça sur quatre bâtons au milieu de l'établi.

Quand le maître revint et qu'il vit l'ouvrage de son garçon ayant toute la forme de l'enveloppe d'un loup, le regret d'avoir perdu une pièce d'étoffe ne fut pas si fort chez lui que l'envie de rire; car il paraît que ce tailleur était jovial. Il trouva le compagnon très-spirituel; et le bon sens qu'il eut de ne pas se fâcher fit que l'Espiègle s'attacha à lui, de sorte que pendant quelques jours il travailla passablement.

Mais le naturel reparut à une occasion prochaine. Un matin que le maître allait prendre une mesure, il remit à Tyl un pourpoint de velours qui était tout fait, et dont il ne restait à coudre que les manches.

— Il faut ce pourpoint dans deux heures, dit-il; puis il ajouta une expression allemande que nous ne saurions traduire : Monte le collet et *jette-lui les manches*. L'Espiègle monta le collet au haut d'un porte-manteau et s'occupa pendant deux heures à lui lancer les manches et à les ramasser.

— Que diable fais-tu là? dit le bourgeois en rentrant.

— Mais je fais ce que vous m'avez dit : j'ai monté le collet le plus haut que j'ai pu, et il y a deux heures que je lui jette les manches sans qu'elles veuillent tenir [1].

Son maître le renvoya. Il se rendit alors à Aix-la-Chapelle.

Manquant d'argent, il vit un paysan qui mar-

[1] Dans le même sens, un garçon à qui son maître disait de remonter la pendule, la remonta au troisième étage.

chait à pas lourds, traînant un veau derrière lui. L'occasion lui sembla bonne; et avisant un garçon meunier qui paraissait assez niais :

— Si tu veux, lui dit-il, nous allons faire un tour; tu te mettras à la place du veau que je vais cacher là dans ce retrait de porte; tu auras le plaisir de te faire traîner, et, en arrivant à la boucherie, nous rirons bien de la figure du manant.

Le garçon meunier se montra dispos; l'Espiègle ayant doucement détaché la corde qui tirait le veau, le garçon se mit à sa place. Le paysan tirait toujours, à la risée des spectateurs qui le suivirent. Pendant ce temps le farceur resta seul avec le veau. Un boucher qui passait le voyant, lui demanda quel prix il voulait de sa bête. — Six florins, dit-il. Le boucher les compta, et le héros gagna au large.

XVII.

TYL L'ESPIÈGLE POURSUIT SES MALICES.

Tyl, dans une nouvelle détresse, se mit au service d'un cordonnier. C'était un homme sentencieux et qui parlait avec des prétentions. Quoique son nouvel apprenti travaillât mal, comme il avait l'air d'admirer son maître, ce qu'il faisait avec malice, celui-ci prenait confiance en lui. Un jour il lui apporta un cuir de cheval : — Tyl, mon garçon, lui dit-il, voici une besogne de seigneur. Tu vas me tailler dans ce cuir de quoi réjouir les pieds de tous nos gentilshommes ; et je jugerai de ton intelligence.

— Maître, dit l'Espiègle, je suivrai vos enseignements. Précisez-moi ce que je dois faire.

— Comme le berger conduit son troupeau, mon fils, tu pousseras ton cuir devant toi. Comme il y a dans ce troupeau de grandes bêtes et des petites, à savoir des moutons, des agneaux, des pourceaux et des chèvres, tu tailleras de grandes et de petites pièces, des moyennes à l'occasion, selon que l'étoffe se présentera. Mais tu ne perdras rien, ni à droite ni à gauche. Va devant toi ; je sors un moment, je verrai à mon retour si tu es digne du tranchet et de l'alêne.

L'espiègle, demeuré seul, tailla son cuir en divers morceaux bizarres, leur donnant tantôt la forme d'un pourceau, tantôt celle d'un mouton, puis celle d'une chèvre, et faisant de petits agneaux avec les moindres pièces ; du reste ne perdant rien.

Le bourgeois revint, et voyant son cuir ainsi gâté, il se fâcha grièvement.

— Mais, lui dit l'apprenti, j'ai fait ce que vous avez recommandé; vous parlez en figures, je n'ai pas fait autre chose.

— Vous n'êtes bon à rien du tout, reprit le maître. Apprêtez du moins les marchandises pour la foire et attachez ensemble les souliers, les petits après les grands.

Le farceur prit encore ces mots à la lettre, et se mit à coudre solidement un grand soulier à un petit; sur quoi on le mit à la porte.

Il était fort redouté de quelques-uns, à cause de sa malice. Le savetier, son voisin, le croyait sorcier, et il l'avait prié de ne lui parler qu'à travers les vitres. Tyl se prêtait à cette idée, en cognant à la verrière, lorsqu'il donnait ses bottes à graisser. Mais le savetier, lui aussi, prenait à la lettre, connaissant le personnage, toutes les paroles de l'Espiègle. Quand celui-ci disait : Huilez mes bottes, il les graissait avec de l'huile; quand il disait : Beurrez mes bottes, il les frottait de beurre.

Un jour Tyl, croyant que le lard adoucirait mieux sa chaussure, dit à la fenêtre dans sa manière : Lardez mes bottes. Le garçon du savetier prenait déjà un morceau de lard pour les en frot-

ter, quand le maître remarqua qu'on avait affaire
à l'Espiègle, et qu'il fallait plus exactement faire
ce qu'il prescrivait. Il prit une lardoire et se mit
à piquer les bottes du plaisant comme on larde un
lièvre qu'on veut rôtir. Puis il les lui envoya.

Tyl, consterné, parce qu'il n'avait pas d'autre
chaussure, voulut au moins rendre malice pour
malice. Se rappelant la prière que le savetier lui
avait faite de ne lui parler qu'à travers les vitres,
il s'en alla donner un coup de tête dans la verrière,
l'enfonça en éclats et demanda au savetier s'il ne
voulait pas venir manger de son plat.

Peu de jours après il fit, dans la même ville,
une autre petite malice, que des conteurs disent
avoir eu lieu à Bruxelles ; ce que nous ne discute-
rons pas.

Il assembla, sur la place publique, tous les
tailleurs de la cité, tous ceux des environs et même
des lieux lointains, leur ayant fait donner avis qu'il
devait communiquer à ce corps respectable une
grave et importante affaire, qui les ferait grande-
ment prospérer. Tous vinrent, empressés et curieux. Lorsqu'il les vit réunis en grande multitude, il monta sur un tréteau et leur dit :

— Quand je vous aurai fait savoir la cause pour
laquelle je vous ai appelés, mes maîtres, vous reconnaîtrez combien elle vous sera nécessaire à

tous. Vous tenez à la renommée de vos ouvrages; c'est pourquoi je voulais vous révéler solennellement le premier principe de tout bon tailleur et couturier, à savoir, qu'avant de coudre, vous ne devez jamais manquer de faire un nœud au bout du fil; autrement, il ne tiendrait pas.

Sur quoi il descendit et se perdit dans la foule, laissant les bons tailleurs et couturiers étonnés d'être venus de si loin pour en tant apprendre.

XVIII.

TYL L'ESPIÈGLE ET LES TROIS AVEUGLES.

Avant d'entrer en la ville de Luxembourg, où il se rendait, l'Espiègle fit rencontre de trois aveugles, qui vivaient d'aumône et mendiaient de compagnie. L'idée lui vint de jouer un tour à ces bonnes gens.

— Où allez-vous donc ainsi? leur demanda-t-il.

— Devant nous, mon digne seigneur, avec l'espoir de gagner notre journée, s'il plaît à Dieu.

— Mais il fait froid ; je veux que vous bénissiez ma rencontre. Voilà trois florins que je vous donne; retournez à la ville et faites chère lie aujourd'hui.

Ce disant, il leur souhaita bon appétit et s'éloigna de quelques pas, sans leur donner une obole. Chacun des trois aveugles crut que l'un de ses camarades avait reçu l'argent : tous trois le remercièrent avec effusion; ils rebroussèrent chemin joyeusement, et, entrant dans le premier cabaret, ils racontèrent leur fortune. L'hôte, qui les connaissait, les fit asseoir, les félicita :

— Je veux, ajouta-t-il, pour vos trois florins, vous régaler comme des rois.

Il leur servit donc de quoi boire et de quoi manger; et après le festin il leur demanda de payer l'écot. Alors les trois aveugles se dirent l'un à l'autre :

— Que celui qui a reçu les trois florins solde la dépense.

Mais chacun ajouta : — Ce n'est pas moi.

En ce moment l'embarras commença; et, des longues explications qui suivirent, il résulta que ces pauvres gens avaient été trompés.

Le cabaretier, qui était avare, se demanda : Que ferai-je? Si je les laisse aller, ce que j'ai fourni est perdu, tandis que, si je les garde et que j'aille chercher la police, il se peut que quelques bonnes âmes viennent à leur aide et m'indemnisent. Il les enferma dans son écurie, et, comme il franchissait le pas de sa porte, l'Espiègle parut :

— Vous avez l'air bien pressé, dit-il à l'hôte.

Et celui-ci conta ce qui venait d'avoir lieu.

— Pauvres gens! répliqua l'Espiègle, vous allez les punir durement d'une erreur involontaire; ne serait-il pas plus simple de leur trouver une caution ?

— Certainement, répondit le cabaretier, je me tranquilliserais, s'il s'en présentait une.

— Eh bien, dit le farceur, je veux, par humanité, me faire leur garant. Mais, comme vous ne me connaissez pas, je vais trouver le boulanger votre voisin, qui est mon ami, et qui vous payera.

— C'est encore mieux, riposta l'hôte.

Pendant qu'il rentrait chez lui rassuré, l'Espiègle alla trouver le boulanger :

— Votre voisin l'aubergiste, lui dit-il, attend compagnie; il me charge de vous commander soixante petits pains à la viande. Il les veut payer un sou pièce; ce qui fera trois florins.

— Fort bien, dit le boulanger; le four se chauffe. Dans une demi-heure ce sera fait. Dans une heure ce sera cuit.

L'Espiègle retourna au cabaret :

— Le voisin fera votre affaire, lui dit-il; mais, comme il est occupé à son four, il vous demande une heure.

— Qu'à cela ne tienne, dit l'autre. Je veux seulement en être d'accord.

Sur quoi il courut à la porte du boulanger; et l'entrebâillant :

— Je puis donc compter sur vous? lui dit-il.

— Vous le pouvez.

— Pour les trois florins?

— C'est convenu. Je suis à vous dans une heure.

— Merci.

L'hôte s'en alla lâcher les trois aveugles, qui n'eurent rien de plus pressé que de gagner les champs.

Tyl lui-même, ayant bu un coup qu'on lui offrit en reconnaissance de son bon office, ne jugea pas à propos d'attendre le boulanger. Il alla prendre gîte dans un quartier opposé de la ville.

A l'heure dite, le boulanger arriva.

— Voilà, dit le cabaretier, un homme de bien et qui est exact.

— C'est mon devoir, reprit le boulanger; et j'espère que vous serez content de ce que je vous apporte.

— Quoi donc! des pains à la viande! mais vous êtes trop bon.

L'hôte en mangea un qu'il trouva si délicat, qu'il ne se tint pas d'en faire l'éloge, d'autant qu'il croyait se fêter d'un cadeau.

— Aussi, reprit le boulanger en se rengorgeant, je ne les ai fait pour trois florins qu'à cause de notre bon voisinage.

Il se dit alors plusieurs quiproquos, au bout desquels le cabaretier reconnut qu'il était joué; et, pour comble, au lieu de recevoir trois florins il dut les payer. Il est vrai qu'il lui resta soixante petits pains à la viande [1].

XIX.

TYL L'ESPIÈGLE FAIT D'AUTRES FARCES.

Tyl, s'étant donc logé de l'autre côté de la ville, y vivait à l'aise, comme s'il eût oublié qu'il logeait le diable dans sa bourse. Il comptait sur une bonne fortune, qui lui vint.

Un soir, comme tout le monde se couchait, trois marchands allemands frappèrent à la porte. L'hôte, qui les connaissait, alla leur ouvrir en grommelant et leur demandant pourquoi ils arrivaient si tard. — C'est, dirent-ils, que nous avons

---

[1] Voyez, dans le quatrième livre, le fabliau des trois aveugles de Compiègne, qui est le même fait avec d'autres détails.

fait rencontre d'un loup; et la peur d'en trouver d'autres dans le bois nous a fait faire un détour.

— Quoi! s'écria l'aubergiste, qui était fanfaron, à trois que vous êtes, vous vous laissez effrayer par un loup! A moi seul, que je rencontre trois loups, je vous réponds de les mettre en fuite.

Il ajouta d'autres plaisanteries qui mécontentèrent les marchands; ils en parlaient encore en se mettant au lit; et comme ils habitaient la même chambre que l'Espiègle : — Mes maîtres, leur dit-il, notre hôte n'est qu'un rodomont; et, si ce n'était que je dois attendre une petite somme pour payer son compte, je lui jouerais un tour qui lui ôterait l'envie de parler des loups.

Les marchands ripostèrent que, s'il pouvait, par une malice, les venger de la forfanterie de l'aubergiste, ils garantiraient ses dépenses.

— Allez donc demain à vos affaires, répliqua le farceur; après-demain vous aurez satisfaction.

Lorsqu'ils sortirent le matin, l'hôte leur cria encore de prendre garde aux loups. Ils ne répondirent mot, sinon qu'on gardât leur coucher pour le soir.

L'Espiègle était sorti avec eux; il se procura dans la campagne un loup mort; ce qui ne lui fut pas difficile dans un pays qui en est peuplé. Il le vida, et, emportant la peau sous son vêtement sans être vu, il la cacha dans sa chambre, l'emplit de paille et dressa ses batteries.

Quand les marchands rentrèrent, les quolibets revinrent. Ils les souffrirent, prévenus par Tyl qu'ils allaient avoir leur revanche.

Lorsque tout le monde fut couché, le malin drôle descendit doucement à la cuisine avec son loup, le dressa sur ses quatre pattes devant le foyer, et lui mit dans la gueule les souliers du petit enfant.

Tout ainsi disposé, il remonta sur la pointe des pieds dans la chambre qu'il occupait avec les trois marchands.

— A présent, mes maîtres, dit-il, appelez l'aubergiste et demandez-lui un pot de bière.

Ils firent ce qui leur était conseillé. L'hôte, qui commençait un somme, grondant contre la coutume de boire la nuit, fit lever la servante, lui ordonnant de porter à boire aux voyageurs. La pauvre fille descendit, se frottant les yeux, et voulut allumer sa lampe au feu de l'âtre. Mais elle n'eût pas sitôt aperçu le loup, que, jetant un grand cri, elle laissa tomber sa lampe et s'alla barricader dans l'écurie.

Les marchands, avertis par le bruit, appelèrent l'hôte de nouveau. Celui-ci hurla après sa servante ; et, n'en obtenant point de réponse, il se

leva impatienté et descendit, muni d'une torche
de résine qu'il alluma. Mais, en se retournant, il
se vit face à face avec le loup; et, tombant par
terre, plein de frayeur, il s'écria :

— A moi, mes amis! du secours contre un
loup enragé qui a dévoré la servante et les enfants!

L'Espiègle et les trois marchands arrivèrent à
ces clameurs; l'un d'eux, devant toute la maison
qui était debout, dit en riant : — Voyez donc ce
vaillant qui nous traitait de poltrons, et qui se
meurt d'effroi devant un loup mort.

L'hôte consterné baissa la tête; il regagna son
lit au milieu des railleries; et le lendemain Tyl, le
quittant avec les marchands, divulgua l'aventure
par la ville : correction qui rabattit un peu l'insolent.

Les trois marchands, ravis de la bonne humeur
de Tyl, l'engagèrent à les accompagner jusqu'à
Anvers, où ils se rendaient. Ce voyage lui convint, et il se laissa défrayer.

Dans l'auberge où ils s'arrêtèrent, au port d'Anvers, se trouvaient quelques Hambourgeois. L'un
d'eux était goguenard et ne semblait occupé qu'à
divertir la société. Au dîner, l'Espiègle, se sentant quelque peu malade, demanda deux œufs
frais. Dès qu'on les eut servis, le Hambourgeois,
profitant d'un moment où le farceur avait la tête

tournée, enleva les deux œufs, les ouvrit, les goba et remit les coques vides sur la table.

Tyl comprit que le Hambourgeois le prenait pour un campagnard. Il jugea à propos d'en soutenir le personnage, se mit à rire d'un rire niais et se contenta de dire : — Je saurai bien trouver autre chose.

Il s'en alla à la cuisine, où l'on faisait griller des pommes; il choisit les deux plus belles, introduisit dans chacune une bonne dose de jalap, et se les fit servir. Il les saupoudra de sucre et se leva de nouveau, comme pour une autre fantaisie.

Le Hambourgeois, qui ne guettait qu'une seconde occasion de faire ses farces, ne laissa pas échapper celle-ci ; il avala les deux pommes, se disposant à rire encore de la surprise du voyageur.

L'Espiègle, qui se restaurait à la cuisine, ne reparut qu'au bout d'un quart d'heure. Tout le monde souriait, excepté celui qui avait mangé les pommes. Des maux de ventre lui arrivaient ; et il ne tarda pas à pâlir, à changer de ton, à crier qu'il se croyait empoisonné.

— Pas du tout, dit froidement l'Espiègle. Mais si vous m'eussiez prévenu que vous alliez manger mes pommes, je vous aurais rappelé que les œufs mollets ne supportent pas les pommes cuites avec du jalap. Par conséquent il faut qu'ils sortent.

Ce qui eut lieu.

Après quoi, les rieurs ne furent plus du côté du Hambourgeois.

Il y avait à Anvers, en ce temps-là, un luthier malin qui se plaisait à faire des tours au bourgeois. Ayant appris l'arrivée de Tyl, dont le nom était célèbre, l'envie lui vint de s'attaquer à lui. Il se mit à fréquenter le cabaret où Tyl passait ses soirées ; et, après quelques avances amicales, il lui dit un soir :

— Moi aussi j'aime à rire quand j'en vois l'occasion ; venez donc demain dîner avec moi, si vous le pouvez.

Tyl accepta la proposition ; le lendemain il se rendit chez le luthier, à l'heure convenue ; mais il eut beau frapper et sonner à la porte, personne ne vint lui ouvrir. Il comprit qu'il était dupe d'un jeu de mots, le luthier lui ayant dit : Venez dîner avec moi, *si vous le pouvez*. Il se retira tranquillement.

A quelques jours de là, il rencontra l'Anversois : — Je suis charmé de votre tour, lui dit-il : on apprend tous les jours quelque chose.

— C'est un honneur pour moi de vous avoir fait tomber dans un panneau, répondit le luthier. Mais à présent, rancune et plaisanterie à part, vous dînerez avec moi. Si vous le voulez, ce sera

aujourd'hui même. Rendez-vous de ce pas à la
maison ; vous y trouverez ma femme et mon petit
enfant. Dans une demi-heure je suis à vous. Nous
n'avons invité personne ; vous serez seul : mais à
cœur joyeux il n'est besoin de nombreuse compagnie.

L'Espiègle se rendit à la maison du luthier.

— Votre mari, dit-il à sa femme, veut que je
lui pardonne le tour qu'il m'a joué, et que je dîne
avec vous aujourd'hui. Il vous prie de l'aller joindre avec la servante au marché au poisson, où il
veut acheter un turbot, si c'est votre avis.

— C'est bien, répondit la femme ; j'y vais de
ce pas. Ayez la bonté de surveiller l'enfant. Nous
avons un rôti qui est à point ; le turbot complé-
tera un dîner passable.

Elle sortit et rencontra bientôt son mari, qui
lui demanda où elle allait si vite ?

— Mais, répondit-elle, je vous allais joindre au
marché au poisson, pour le turbot que vous voulez acheter.

— Qui vous a dit cela ?

— Votre hôte.

— Allons vite ; car je vois qu'à mon tour je
suis fait.

Pendant ce temps-là, l'Espiègle, après avoir
poussé les verrous, avait mis le rôti sur la table ;

il avait tiré de la cave une bouteille de vieux vin ; et il faisait bonne chère, quand le luthier et sa femme frappèrent à la porte. Il ne se dérangea point, laissa heurter et sonner, poursuivit son dîner jusqu'au bout ; et quand il eut dévoré le rôti, il mit la tête à la fenêtre et dit au luthier qui se fàchait :

— Pourquoi me dérangez-vous ? ne m'aviez-vous pas dit que je serais seul à dîner ?

Sur quoi il tira le verrou, ouvrit la porte avec calme, fit un salut au bourgeois et à sa femme, et sortit en leur disant : — A présent, rancune et plaisanterie à part, nous sommes quittes.

XX.

MORT DE TYL L'ESPIÈGLE ET SON TESTAMENT.

Tyl s'était remis en courses. Se sentant malade, il s'arrêta à Damme. Comme il n'avait pas d'argent pour payer les médecins, il se fit transporter à l'hôpital, où l'on reconnut que sa maladie était mortelle.

Sentant sa fin approcher, il demanda à faire son

testament. Il avait un coffre très-lourd ; et tous ceux qui l'entouraient lui prodiguèrent des soins empressés, dans l'espoir qu'il ne les oublierait pas. Ces petits soins lui procurèrent quelque agrément en sa dernière maladie.

Dans l'expression écrite par notaire de ses volontés, il divisa ses biens en trois parts : il léguait la première à ses parents, s'il s'en présentait ; la seconde au magistrat de Damme et la troisième au médecin qui le soignait. Le coffre qui contenait son héritage devait être confié à l'économe de l'hôpital jusqu'après ses funérailles.

Il mourut doucement ainsi. Son corps fut mis dans un bon cercueil ; on lui fit un service honnête. Mais son enterrement eut, comme sa vie, dont il faisait la clôture, quelque chose de bizarre. Au moment où l'on descendait la bière dans la fosse, une des cordes se rompit ; le cercueil tomba perpendiculairement et le mort se trouva sur ses pieds. On crut devoir laisser les choses ainsi. La fosse ayant été remplie, on y posa une pierre où l'on grava un hibou sur un miroir, avec une inscription ainsi conçue :

« Passant, n'oubliez pas cette tombe : Tyl y » repose ; mais il est encore debout. »

Quelques jours après, les légataires présents à Damme se réunirent pour ouvrir le coffre et partager les grands biens qui leur avaient été laissés. Ils ne tirèrent du bahut que des pavés et des briques.

Quand le premier moment d'humeur fut passé, on trouva le tour digne de la vie dont il était la fin.

LIVRE TROISIÈME.

LE ROMAN DU RENARD.

———

I.

COUR PLÉNIÈRE DU LION [1].

Au temps où les bêtes parlaient, époque moins éloignée qu'on ne pense, les animaux, considérés à tort comme de pures machines, avaient des lois et des coutumes, que nous ne pouvons plus étudier, depuis qu'en nous faisant leurs tyrans, nous avons désorganisé leur république.

Alors le Lion, qui était le roi des animaux, titre légitime que les fabulistes lui ont toujours con-

———

[1] Voyez dans les Appendices, à la fin de ce volume, la Notice de M. J. Collin de Plancy sur le *Roman du Renard*.

servé, résolut un jour de tenir cour plénière et lit de justice. Il convoqua en champ-de-mai une assemblée générale de tous les notables parmi ses sujets; il voulait connaître l'état de l'opinion dans son royaume, et porter remède aux abus partout où ils pouvaient s'être glissés.

Pour rendre la réunion plus brillante, il choisit, comme faisait Charlemagne, les premiers beaux jours du printemps, où les arbres se parent d'une verdure naissante, où la mélodie des oiseaux se réveille, où les campagnes se décorent de fleurs et se couvrent de pâturages. Il songeait qu'il lui serait plus facile alors d'héberger et de fêter les hôtes nombreux qu'il attendait.

Tous les personnages marquants du peuple animal se rendirent, grands et petits, à la convocation du Roi; on y vit arriver Fiérapel, duc des léopards; Grosbrun, tribun des ours; Isengrin, satrape des loups; Berfrid, cacique des boucs; Grimmo, dey des sangliers; Forcoudet, kan des porcs-épics; Pancer, sultan des castors; Brunel, tribun des oies; Rearid et Brichemer, barons des cerfs; Baudouin, capitaine des ânes; Guter, prévôt des lièvres; Bertilienne, dame des chèvres, et une foule d'autres potentats. Tous les forts et tous les sujets de certaines classes étaient représentés. Mais il y avait les races sans droits, comme le canard, la souris, le pourceau et plusieurs autres; espèces d'ilotes, qu'il était permis de manger.

Trigaudin-le-Renard[1] fut le seul des seigneurs qui ne parut pas. Depuis long-temps, il avait joué à plusieurs des tours sanglants, au sujet desquels il redoutait des plaintes.

Les accusations élevées contre lui furent si nombreuses dès le premier jour, qu'il n'aurait eu à l'assemblée que des adversaires, si le Blaireau, son neveu et son ami, n'eût entrepris de le défendre.

Le Loup, que les modernes nomment Glouton et que les vieux conteurs nomment Isengrin, s'avança le premier au pied du trône, et hurla ce qui suit :

— Sire, faites justice à un père malheureux; vengez-moi du Renard. Je ne fatiguerai pas Votre Majesté du récit de tous les griefs que j'ai contre lui; on les connaît. Mais voyez comme il a traité mes enfants! Il les a défigurés à coups de dents et à coups de griffes, sous prétexte de façonner leur mine; et il est heureux qu'il ait fui ma colère dans son repaire de Maupertuis.

Les petits du Loup faisaient en effet piteuse contenance, bigarrés qu'ils étaient des égratignu-

---

[1] Reynaert de Vos, dans le flamand; Reynecke dans d'autres textes du nord.

res du Renard. — Courtois-le-Chien [1] demanda la parole aussitôt :

— Puissant monarque, aboya-t-il, je me trouvai réduit, dans l'hiver d'où nous sortons, au point de détresse de n'avoir plus qu'une pièce de gibier, que je ménageais pour ma semaine. Le Renard me l'enleva; et pendant plusieurs jours j'ai dû souffrir les horreurs de la faim.

— Trigaudin n'est pas ici le seul coupable, miaula une voix qui s'éleva pour interrompre le plaignant.

C'était Tybers-le-Chat [2], appelé aussi Moustache.

— Sire, continua-t-il en saluant le Roi, ce que le Chien vient de rapporter, a eu lieu à mon préjudice, quoique je n'en aie pas dressé plainte alors. La pièce de gibier était à moi, je l'avais prise sur la table d'un meunier endormi; Courtois s'aperçut de ma bonne fortune, se jeta sur moi et me la vola [3].

---

[1] Courtois, dans les anciens textes, Roonel, Rooniax; et Morout, dans les textes flamands.

[2] Ou Tibert; dans de vieilles éditions Dietbrecht, qui veut dire *brillant*.

[3] Dans une branche ou partie peu connue du *Roman du Renard*, ce vol est raconté autrement. Le Chat, qui tient sa proie dans ses dents, voit venir le Renard; il grimpe sur un arbre et dit à Trigaudin qu'il arrive trop tard pour partager avec lui. Le Renard ne répond rien et monte sur un vieux tronc, les yeux

Isengrin profita de cette altercation du Chien et du Chat pour revenir à la charge contre le Renard.

— C'est, reprit-il, un scélérat qui aiderait à dépouiller le Roi lui-même, s'il lui en revenait une cuisse de poulet.

Le Loup voulait par cette insinuation animer le Prince. Mais le Lion restait impassible, comme doit être un juge ; et il paraissait disposé à écouter jusqu'au bout.

— Si les excès par lesquels Trigaudin se signale tous les jours ne sont pas châtiés, hurla encore le Loup, personne dans le royaume ne sera plus en sûreté.

Le Lion se contenta de dire :

— L'accusé a-t-il un défenseur ?

La reine Lionne siégeait à côté de son époux. L'expression de ses traits ne faisait rien préjuger non plus de son opinion personnelle.

Le Blaireau, neveu du Renard, prit la parole :

— Il ne sied pas au Loup, dit-il, de venir ici accuser mon oncle. Si notre puissant monarque ordonnait que celui des deux qui a le plus offensé

---

attachés sur la pièce de gibier. Tout à coup, après avoir regardé à terre, il saute au milieu de l'herbe. — Tybers, crie-t-il, ne l'as-tu pas vue? — Qu'est-ce! Renard, qu'avez-vous pris! — Une souris. — Tybers, qui n'aime rien tant que les souris, fait un mouvement : sa proie tombe, et le Renard l'emporte.

l'autre fût pendu au premier arbre, je ne sais trop ce qui arriverait à l'accusateur. Vous avez un peu l'oreille de Sa Majesté, seigneur Iseugrin, nous le savons. Mais nous savons aussi que Sa Majesté fait taire ses préférences, lorsqu'il est question de justice. Sans rappeler tous les coups de dents que vous avez donnés à mon oncle, ne vous souvient-il plus de cette oie que vous deviez prendre ensemble, qu'il conquit au péril de sa vie dans la hotte d'un paysan, et que vous avez mangé tout seul? — Et vous, Courtois, n'auriez-vous pas mieux fait, pour votre honneur, de garder le silence? Vous aviez volé l'objet de vos réclamations; le proverbe ne dit-il plus que ce qui vient de la flûte retourne au tambour? Toute bonne justice permet d'intercepter un larcin. Mon oncle doit donc peu s'inquiéter de pareilles accusations. On sait d'ailleurs que depuis quelque temps sa probité est parfaite; qu'il ne tend plus de piége à personne, et qu'il mène désormais une vie irréprochable.

Comme le Blaireau achevait son plaidoyer, on vit approcher Gozille-le-Coq, appelé par les vieux historiens Canteclair; il était entouré de sa famille. Deux poules, qui jetaient de grands cris, amenaient une civière sur laquelle était étendue une petite poule morte, en son vivant nommée Cop-

pette. Trigaudin était accusé de lui avoir emporté
la tête. Tous les parents venaient demander justice. Gozille battait des ailes d'un air triste et la-
mentable. Il avait à ses côtés deux jeunes coqs,
Clairet et Criard, qui tous deux étaient frères de
Coppette. Ils paraissaient accablés de douleur.
Le convoi étant arrivé devant le trône, Gozille
tint ce discours :

— Roi très-clément et très-sage, considérez
dans votre justice l'état où le Renard m'a réduit.
Au mois de mars dernier, je me voyais à la tête
d'une lignée nombreuse et florissante, huit fils et
sept filles, qui s'ébattaient dans une enceinte close
de bons murs et gardée par de gros chiens. Toute
cette vive jeunesse brûlait du désir de voir un
peu le pays ; mais je n'avais garde de le permettre ; je savais que l'ennemi rodait autour de notre
enceinte, épiant l'occasion. Je me défiais, comme
le conseille la prudence aux pères de famille ; et
je n'avais encore donné à personne la permission
de sortir, lorsqu'un jour Trigaudin entra, avec un
caractère qu'il fallut respecter ; il portait, Sire,
une lettre de Votre Majesté, laquelle nous donnait avis que, pour mettre un terme aux hostili-
tés, elle accordait amnistie générale de tout le
passé, voulant qu'il y eût à l'avenir paix entre
tous ses sujets.

— Et moi, seigneur Cantec}air, me dit-il d'une voix posée, je suis bien changé. Pour rien au monde je ne voudrais aujourd'hui causer le moindre chagrin à personne. Ne craignez plus aucun piége de ma part. Je m'en vais voyager, autant pour m'instruire que pour faire oublier les torts de ma jeuuesse. De ce moment je prends congé de vous.

— En achevant ces mots, il s'éloigna. Mais il n'avait disparu que pour se blottir derrière une haie. Me réjouissant avec les miens de son départ, je les menai enfin au-delà du mur qui nous protégeait. Je ne pensais à rien moins, lorsque tout d'un coup le Renard s'élance, tombe sur le plus grand de mes fils et l'emporte. Hélas! dès qu'il eût goûté d'un des nôtres, il n'y eut plus ni chasseurs ni chiens qui pussent l'éloigner. Jour et nuit nous étions exposés à ses surprises. Des quinze rejetons qui composaient ma famille, il ne m'en reste que quatre. Hier encore, les chiens lui ont arraché ma fille Coppette dans l'état que vous voyez. Votre Majesté comprend l'étendue des pertes que j'ai faites. J'attends justice.

Cette plainte grave et compliquée frappa le Roi.

— Eh bien! dit-il en s'adressant au Blaireau, votre oncle s'est donc corrigé ainsi! Je jure par ma couronne que, s'il ne se justifie pas, il expiera tant de crimes. Et vous, Canteclair, essuyez vos larmes ; elles ne vous rendront pas votre fille chérie. Nous lui donnerons une honorable sépulture, et nous nous occuperons ensuite de venger sa mort.

Le Roi commanda que Coppette fût portée en terre ; lui-même voulut avec sa cour honorer de sa présence les funérailles de la défunte, et l'on remarqua que Sa Majesté était émue.

La cérémonie terminée, le roi Lion, en conseil, ouvrit la délibération sur la procédure à intenter contre le Renard. Il fut résolu qu'on l'enverrait sommer de comparaître devant la Cour. Un décret d'ajournement personnel fut expédié. Mais il fallait, pour une mission aussi délicate, un messager habile. Le monarque avisa un personnage qui passait pour expert en affaires, et qui réunissait, disait-on, la prudence à la force. On ajoutait qu'il était respecté par Trigaudin ; on ne lui trouvait qu'un tort, c'est qu'il avait un peu de vanité. Ce personnage était Bruyn, que les narrateurs français appellent Grosbrun-l'Ours.

— Seigneur Grosbrun, lui dit le Roi, nous vous chargeons de remettre à l'accusé la sommation que voici. Vous n'oublierez pas que vous avez affaire à un drôle plein de ruses et de malices ; défiez-vous des piéges.

L'Ours se posa présomptueusement et répondit avec un sourire où perçait l'orgueil.

— A la bonne heure, si celui-là me surprend, seigneur Roi, ce sera pour mon compte. Mais j'espère lui faire avouer, ainsi qu'à Votre Majesté, que Grosbrun n'est pas si lourd qu'on le croit.

L'Ours partit là-dessus, charmé de lui-même.

II.

LE MANOIR DE MAUPERTUIS.

Grosbrun cheminait dignement, dans la direction du manoir de Maupertuis, domicile du Renard. Il ruminait comme une offense le doute manifesté qu'il pût être la dupe de Trigaudin.

Après une marche assez longue, il entra dans un bois où l'accusé avait coutume d'aller à la chasse. Près de là était une montagne qu'il fallait gravir pour arriver au manoir. Le rusé seigneur du lieu possédait plusieurs résidences. Mais celle-ci était la plus impénétrable, et c'était là surtout qu'il se retirait lorsqu'il avait de mauvaises affaires.

Parvenu devant la porte d'entrée, l'envoyé du Roi s'écria :

— Si tu es céans, Trigaudin, apprends que je suis Grosbrun-l'Ours, député par Sa Majesté, qui te fait commandement de me suivre.

Le Renard était dans son repaire, couché au soleil. Il se troubla de ces paroles; et d'abord il fut tenté de s'enfuir par les tortueuses voies souterraines qui faisaient du manoir de Maupertuis un labyrinthe, dont seul il connaissait les issues. Mais il se ravisa promptement et s'en vint recevoir l'Ours.

— Mon cher oncle, lui dit-il en le saluant gracieusement, soyez le bienvenu. Ceux qui vous ont fait traverser cette rude montagne ne vous ont guère ménagé; vous êtes trempé de sueur. On aurait pu vous épargner tant de peines. Aussi bien devais-je aller demain à la Cour. Mais, puis-que vous voici, je profiterai de l'avantage de vous avoir un instant chez moi; et, quoique dans le fond je n'aie rien à craindre, vos conseils, qui sont toujours marqués au coin de la sagesse, ne me seront pas inutiles.

Pourtant, je ne puis m'empêcher de le répéter, n'y avait-il donc pas de moindres messagers que vous? Il me paraît étrange, à moins qu'on n'ait voulu m'honorer extrêmement, que l'on charge

d'une telle corvée celui qui, après le Roi, est in-
contestablement le plus noble et le plus illustre
personnage du royaume. Je partirais sur-le-champ,
seigneur Grosbrun, pour vous montrer toute ma
déférence, s'il n'était de mon devoir de vous
obliger à prendre un peu de repos, et si je ne
craignais d'avoir ce soir la marche lourde ; j'ai
énormément dîné. Faites-moi l'honneur d'entrer
dans ce manoir, où tout est à vos ordres.

L'Ours, qui était vain et gourmand, se trouva
flatté et séduit. Il entra en disant d'un ton ra-
douci :

— Eh ! qu'as-tu donc mangé, mon neveu, pour
être si rassasié ?

— Hélas ! mon oncle, répondit le Renard, les
gens gênés, comme je le suis en ce moment, vivent de ce qu'ils peuvent. Jugez-en par moi ;
faute de mieux, je suis réduit à m'empiffrer de
miel. J'avoue pourtant que celui qui a fait mon
dîner est si exquis, que je m'en suis littéralement
bourré.

— Comment donc ! repartit Grosbrun, se lé-
chant les lèvres, estimez-vous si peu le miel ?
C'est un excellent festin, mon neveu ; on en fait
cas partout. Moi qui vous parle, je m'en accommoderais ; et si vous pouvez m'en procurer quelques rayons, je vous rends toute mon amitié.

— Mon oncle, dit Trigaudin en jouant l'étonné, vous me faites l'effet de railler votre neveu !

— Pas le moins du monde, riposta Grosbrun ; je n'en ai pas la plus petite envie; je parle sérieusement.

— Et c'est tout de bon que vous aimez le miel ? Alors vous me comblez de joie ; je vais vous fêter. Trente comme vous ne mangeraient pas ce que j'ai à vous offrir.

— Vous me connaissez peu, mon cher neveu ; j'aurais devant moi tout le miel du royaume, que j'en viendrais à bout très-parfaitement.

— Je croirai à ce singulier appétit quand je l'aurai vu, répliqua le Renard. Venez, mon oncle, à une demi-lieue d'ici je vous servirai du miel pour six semaines. Mais au moins, puisque j'ai le bonheur de vous être agréable, vous me protégerez à la Cour contre mes ennemis.

Grosbrun promit à son neveu que, s'il le remplissait de miel une bonne fois, il aurait en lui un défenseur déterminé.

— En ce cas, ajouta Trigaudin, non-seulement le miel, mais demandez toute autre chose qui soit en mon pouvoir, et vous serez satisfait.

Sur ce propos, la nuit commençant à s'épaissir, ils se mirent en route. Grosbrun était de bonne humeur.

— Mon oncle, disait le Renard chemin faisant, vous le voyez, quoique je marche avec peine je ne me ménage pas, à cause de l'affection particulière que j'ai pour vous. Il est vrai que, quand je vous aurai mis à table, je pourrai me reposer un peu. Mais je veux dire que vous êtes de tous mes parents celui que j'ai le plus à cœur de servir.

L'Ours se confondait en remercîments, et trouvait à part lui de bonnes qualités dans son mauvais sujet de neveu. Ils arrivèrent au lieu du festin. C'était la cour d'un maître charpentier qui se nommait Lamfred. Il était huit heures du soir, et la lune était levée.

Le Renard mena Grosbrun vers le tronc d'un gros chêne que l'on avait commencé à fendre et qu'on devait achever le lendemain. Deux coins de bois maintenaient la fente, qui présentait une ouverture assez large.

— Approchez, mon oncle, dit Trigaudin ; voici pour premier plat un tronc d'arbre dont le fond est rempli de miel. Vous pouvez y enfoncer les mains. Je vous recommande d'en prendre avec tempérance. Les excès rendent malade.

— N'ayez donc pas peur, mon neveu, dit l'Ours ; je suis modéré en toutes choses, et j'ai un estomac qui digère tout.

En disant ces mots, il mit les deux pattes de

AG LAISNE

Imprime par PLON frères.

LA MAISON DE LAMFRED.

devant jusqu'aux épaules dans la fente, et ne sentant pas encore le miel, il fit de grands efforts pour y arriver. Trigaudin l'encourageait, tout en manœuvrant sur les coins avec une si adroite perfidie, que, secondé par les secousses de l'Ours, il en fit sauter un. La fente se resserra aussitôt, et le pauvre Grosbrun se trouva pris, n'ayant ni l'industrie ni la force de se tirer de là.

— Eh bien! mon oncle, dit Trigaudin, comment trouvez-vous le miel? Quand vous en aurez assez je vous mènerai boire.

L'Ours vit bien qu'il était tombé dans un effroyable guet-apens. Il ne répondit rien; mais, se sentant saisi comme dans un étau, il poussa bientôt des gémissements de douleur. Au bruit qu'il fit, les ouvriers du charpentier, qui achevaient leur souper, sortirent armés de bâtons et vinrent au lieu d'où partaient les plaintes. Trigaudin avait gagné le large. Dès qu'ils aperçurent l'Ours, sans s'arrêter à chercher comment il se trouvait là à leur discrétion, ils s'élancèrent sur lui, frappant à coups redoublés. L'infortuné Grosbrun s'agitait si violemment qu'il parvint à retirer ses pattes meurtries; il s'échappa dans un état déplorable, gagna une rivière voisine, s'y jeta et se mit à nager du mieux qu'il put, maudissant amèrement son atroce neveu.

Lorsqu'il se vit hors de l'atteinte des villageois brutaux, il prit terre et se reposa tristement. Il avait beau lécher ses blessures, elles lui causaient de violentes douleurs. Et puis son orgueil était humilié au vif, et les pensées de vengeance ne le consolaient pas. De plus, il mourait de faim, pendant que le Renard, qui avait attrapé une des poules du charpentier, la mangeait à quelques pas de là, tout justement de l'autre côté de la rivière, en se réjouissant de s'être débarrassé de Grosbrun.

— Me voilà défait, disait-il en lui-même, d'un des grands ennemis que j'avais à la Cour; et ce qu'il y a d'heureux, c'est qu'on ne m'accusera pas de sa perte; pas un chat ne m'a vu, qui puisse me dénoncer au Roi.

Comme le brigand se rassurait dans ces réflexions, il entendit un mugissement plaintif, et il aperçut l'Ours. Il en fut d'abord effrayé. Mais, reprenant vite son aplomb, il se mit à railler sa victime.

— Qu'avez-vous donc, mon cher Grosbrun? dit-il; est-ce qu'on aurait voulu vous faire payer le miel trop cher, que vous vous êtes échappé comme un voleur?

L'Ours, fâché de ne pouvoir châtier tant d'insolence, ne répondit rien. Il se rejeta à la rivière

pour s'éloigner, et reprit furieux le chemin de la
Cour.

III.

FESTIN DE TIBERS-LE-CHAT.

Grosbrun parut devant le Roi dans son triste
équipage.

— Sire, dit-il, l'état où vous me voyez rend
compte du succès de ma mission. Votre Majesté,
en me considérant, jugera du respect que l'on
porte à son autorité.

— Cher Grosbrun, dit le Roi, est-ce le traître
qui vous a meurtri de la sorte ?

L'Ours, au lieu de raconter son aventure hu-
miliante, imagina une fable, et accusa le Renard
de lui avoir tendu des embûches compliquées.

— Si la vengeance peut vous soulager, reprit
le Lion en témoignant une indignation extrême,
consolez-vous. Votre cause est la mienne.

Les conseillers du Roi opinèrent toutefois qu'on
devait envoyer au coupable une nouvelle sommation. Mais qui charger de ce message ? Tybers-le-
Chat fut seul trouvé capable d'en être le porteur

C'était un négociateur prudent, qui jusque-là n'avait pas eu de différends très-sérieux avec l'accusé.

— Maître Tybers, dit le Roi, vous irez donc trouver le coupable, et vous le sommerez de comparaître devant nous. Les querelles qu'il a sans cesse avec nos autres sujets ne vous peuvent alarmer. Vous êtes de sa famille, et il aura pour vous de la déférence. Mais dites-lui bien que, s'il ne se rend pas de bon gré à nos ordres, il n'a plus à attendre qu'un supplice déshonorant.

— Sire, répondit Tybers, ceux qui vous ont conseillé de jeter les yeux sur moi en cette occasion ne sont pas mes amis. Si Grosbrun, qui est à la fois robuste et habile, s'est mal tiré d'affaire, comment saurai-je en sortir, moi qui suis timide et faible? Trigaudin n'a pas respecté son oncle; m'épargnera-t-il, moi qui ne suis que son neveu?

— Vous êtes sage et avisé, répliqua le Roi. L'adresse est ici plus nécessaire que la force.

— Puisque telle est la volonté absolue de Votre Majesté, répondit Tybers, flatté légèrement, je me soumets, quelque péril qu'il y ait à courir.

Le Chat partit aussitôt, méditant sur sa démarche et attentif au moindre objet. En arrivant au manoir de Maupertuis, il trouva le Renard accroupi devant sa porte. Il l'aborda avec la plus grande politesse :

— Seigneur Trigaudin, lui dit-il, permettez-moi de vous souhaiter une vie longue et heureuse. Il y a long-temps que je me proposais de venir vous rendre mes devoirs. Le Roi m'en a offert l'occasion, en me dépêchant vers vous. Il s'agit de quelques accusations dont vos ennemis vous chargent, et qui n'auraient peut-être pas osé se produire si vous fussiez venu à la cour plénière. Vous êtes donc prié très-instamment de vous présenter devant Sa Majesté. Dès que vous paraîtrez, je ne doute pas que vos envieux ne soient confondus ; car notre puissant monarque fait grande estime de vous.

— Mon cher neveu, répondit Trigaudin, j'ai bien de la joie à vous voir ; et je suis de votre avis, j'ai mal fait de ne pas me rendre à l'assemblée. Les absents ont toujours tort. Mais vous resterez avec moi jusqu'à demain ; nous passerons la soirée à faire bonne chère, et au point du jour nous partirons ensemble. Grosbrun est venu déjà ; il m'a parlé avec tant de dureté, que pour rien au monde je n'aurais consenti à le suivre. Il a rôdé dans le voisinage, où j'ai appris que des paysans l'avaient fort maltraité. J'en suis fâché sincèrement ; malgré sa hauteur, je n'oublie pas qu'il est mon oncle. Pour vous, mon doux neveu, à présent que je vous vois, vous en qui j'ai plus de confiance qu'en personne, je suis à vous, et j'irai partout où vous voudrez.

— Dans ce cas, dit Tibers, toujours défiant, nous pourrions partir bientôt et marcher la nuit. Il fait ce soir beau clair de lune.

— Nous y aviserons, mon neveu, après que nous aurons soupé. Donnez-vous la peine d'entrer céans.

— Voyons donc, dit le chat, que mange-t-on chez vous?

— Tout est rare aujourd'hui, et on n'a rien qu'à grande peine, surtout à la campagne. J'espère que vous voudrez bien vous contenter d'un rayon de miel.

— C'est peu restaurant, dit Tibers, je m'accommoderais mieux de quelque souris un peu dodue, d'autant plus qu'on les accapare, et que nous sommes dans un temps où elles ne sont pas communes.

—Des souris, mon neveu! s'écria Trigaudin; c'est juste. J'avais oublié votre mets de prédilection. Des souris grasses sont un festin pour vous. Je me trouve heureusement à même de vous offrir un somptueux souper; à deux pas d'ici, je sais une grange où les souris sont aussi nombreu-

ses que bien nourries. Vous et tous les vôtres trou-
veriez à vous y rassasier.

— Mon bon oncle, interrompit Tibers, séduit à
son tour, menez-moi là ; et soyez assuré que je
vous rendrai tous les services que je pourrai. Vous
m'aurez pour constant défenseur, fussiez-vous
abandonné de tous vos autres parents.

— Reposez-vous donc un instant, dit Trigaudin ; et dès que la nuit sera venue, ce qui tardera
peu, vous serez servi à souhait.

L'oncle et le neveu, après beaucoup d'autres
compliments mutuels, s'acheminèrent vers la
grange. Dans un des murs, qui étaient construits
en terre, le Renard, deux jours auparavant, avait
fait un trou par lequel il s'était introduit ; — et
il avait emporté un jeune coq.

Le fermier, averti par ce dégât, avait tendu au
passage un lacet à nœud coulant, où il espérait
saisir le larron lorsqu'il reviendrait. Mais le
rusé Trigaudin avait remarqué le piége la veille ;
et il n'avait eu garde de s'y laisser prendre ; il dit
à Tibers :

— Maintenant, mon neveu, s'il vous plaît de
faire un repas de sybarite, prenez-en tout à votre
aise. Vous allez vous glisser par cette petite gale-
rie. Je ferai le guet cependant ; et vous me re-
joindrez quand vous aurez fini. Ménagez-vous, si

vous pouvez, et n'oubliez pas qu'il faut que nous
partions de bon matin.

— J'aurai promptement expédié, dit Tibers.
Comme je ne suis pas connu dans cette ferme, je
mettrai les morceaux doubles. Prévenez-moi, s'il
survient quelque péril.

En achevant ces mots, le Chat, dont Trigaudin
avait endormi la prudence, se lança dans le trou.
Il s'y trouva aussitôt arrêté. Dès qu'il se sentit
pris par le cou, il s'agita pour se débarrasser, et
serra le nœud si violemment que la peur de périr
étranglé lui fit pousser des cris.

— Eh bien! dit le Renard en s'approchant,
est-ce que vous étouffez? Ne dévorez pas si vite.
Le temps ne nous presse pas de manière à vous
rendre malade; à moins que vous ne soyez tombé
sur un morceau un peu sec. Mais patience! j'entends le fermier qui vient; il y mettra l'assaison-
nement.

Le fermier venait en effet, avec sa femme et son
fils, attirés par le bruit et munis de perches; et,
tandis que le mangeur de coqs s'enfuyait joyeusement, Tibers recevait à sa place une telle volée
de bois vert, qu'il se croyait arrivé à sa dernière
heure. La fureur lui fit faire un effort qui rompit
enfin le lacet. En se retournant pour s'échapper,
il se vit saisi par le fermier, qui croyait prendre

un renard et fut bien surpris de sentir à sa figure les griffes vigoureuses d'un chat. Tibers, pour se délivrer, mordit et enleva avec ses dents la moitié du nez du pauvre homme, lequel lâcha prise en hurlant.

A travers les cris du fermier, les lamentations de sa femme et les imprécations de son fils, le porteur de sommations avait gagné les champs, oubliant un moment ses plaies cruelles dans le bonheur où il était de se retrouver libre, mais maudissant à son tour la perfidie de son oncle, et se promettant aussi d'en avoir raison.

IV.

MESSAGE DU BLAIREAU.

Après avoir de son mieux réparé le désordre de sa peau, Tibers-le-Chat reprit clopin-clopant le chemin de la cour; il arriva de bon matin à l'audience du Roi. Le Lion, le voyant disloqué, comprit qu'il y avait là une nouvelle scélératesse de Trigaudin. Lorsqu'il en entendit le détail, il annonça la ferme résolution de condamner à l'in-

stant et de mettre hors la loi, sans autres formes
de procès, un rebelle chargé de tant de crimes.

Grimbart-le-Blaireau, qui dans quelques récits français est appelé Dominant, n'abandonna pas
encore le Renard. Il s'avança au pied du trône :

— Sire, et vous mes seigneurs, dit-il en s'a-
dressant au Roi et à ses conseillers, vous êtes
trop justes pour oublier qu'on ne peut condamner un accusé absent, sans l'avoir cité trois fois.
C'est seulement s'il ne comparaît pas à la troisième
sommation qu'il est censé convaincu de toutes
les malversations dont on le charge.

— J'en conviens, répondit le Roi. Mais qui
puis-je envoyer de nouveau ? Personne, que je
sache, n'est curieux de s'exposer aux embûches
où sont tombés Tibers et Grosbrun.

— Je m'y exposerai volontiers, répliqua Grimbart. Donnez-moi, Sire, la commission ; et j'espère m'en acquitter convenablement.

— Allez donc, dit le Lion ; car j'ai surtout à
cœur de me montrer équitable et de respecter les
formes. Mais ne vous en prenez qu'à vous du
dommage qui peut vous arriver.

Le Blaireau salua, et partit pour Maupertuis.

Il y trouva Trigaudin, avec Hermine ou Her-
melinde, sa femme, entourée de ses cinq petits.
Après avoir embrassé son oncle et sa tante, car il

était neveu d'Hermine, il annonça sans détours le sujet de sa venue.

— Vos affaires ne vont pas bien à la Cour, mon cher oncle, dit-il. Vous poussez trop loin vos hardiesses; et, sans moi, personne ne se fût chargé de la troisième sommation qui vous est faite. Songez-y; plus vous tarderez à venir vous justifier, plus vous rendrez votre cause perdue. Si vous ne paraissez pas maintenant avec moi, tenez pour certain que le Roi fera investir votre manoir, et qu'il vous exterminera, vous et tous les vôtres. Il s'est élevé contre vous de grandes tempêtes, je le sais; mais je crois encore que vous avez assez de finesse pour vous en tirer.

— Mon neveu, repartit le Renard, je n'ignore pas que vous avez toujours pris mon parti, et que j'ai en vous un fidèle soutien. Je jouerai donc avec vous cartes sur table. Je vous avouerai que j'avais quelque envie de quitter le pays pour un temps; mais où aller? Si vous pensez que je puisse rentrer dans les bonnes grâces du Roi, je me risquerai à vous suivre.

— Sa Majesté n'aura pas oublié, dit le Blaireau, que souvent vos conseils lui ont été utiles. Vous avez des ennemis; mais la plupart se tairont quand vous serez là. Il est fâcheux que vous ayez joué ces vilains tours à Tibers et à Grosbrun.

— Oh! ceux-là m'inquiètent peu; vis-à-vis d'eux, je saurai me rendre blanc comme neige. Je vous suis donc, Grimbart; c'est plus sûr que de mettre ma famille dans l'embarras.

Trigaudin prit congé d'Hermine en lui donnant l'espoir d'un prompt retour. Elle s'affligea de ce départ, craignant pour les jours de son seigneur, et prévoyant qu'elle ferait maigre chère quand l'habile pourvoyeur ne serait plus au logis.

Les deux compagnons se mirent en marche, assez gaiement d'abord. Puis, à mesure qu'il s'éloignait de son manoir, Trigaudin devint plus pensif.

— Mon neveu, dit-il en soupirant, je commence à être moins affermi que tout à l'heure. Quand je songe à tout ce que j'ai fait, je crains un peu. Il n'y a pas un personnage à la Cour qui n'ait en vérité à se plaindre de moi. Sans parler de ceux qui m'accusent en ce moment, combien d'autres peuvent réveiller de vieux souvenirs. Isengrin et Minaudier [1] ont contre moi d'anciens griefs.

— Minaudier-le-Singe n'est pas à l'assemblée; que lui avez-vous fait?

— Oh! à celui-là une malice seulement. Il y a

---

[1] Appelé quelquefois Martin.

quelques mois que, rôdant le soir par un village, je sentis l'odeur d'une poularde qui rôtissait. Je me glissai dans la cuisine, où je vis, sur un plat, devant le feu, l'appétissante volaille qu'on venait à l'instant de retirer de la broche. Minaudier la surveillait; il était domestique affidé d'un bourgeois du lieu.

— Je garde la poularde, me dit-il, pendant que la servante est allée au jardin chercher du cresson.

Je me doutai bien qu'il s'opposerait à mon dessein, qui était de m'approprier la pièce; sans perdre le temps à raisonner, j'eus recours à un stratagème connu, mais infaillible avec les singes. Je me mis à lui faire la moue; il me la fit pareillement. Je risquai une gambade, qu'il répéta. Voyant qu'il entrait dans la plaisanterie, j'exécutai des sauts et des tours de souplesse; il imita tous mes mouvements. Quand je le vis en train, je feignis qu'il m'était entré quelque ordure dans l'œil. J'y portai les pattes — en faisant volte-face au plat. Minaudier continua à me contrefaire.

Aussitôt qu'il eut le dos tourné, je sautai sur la volaille, et je l'emportai. Une petite chaîne qui le retenait à la table l'empêcha de se jeter sur moi et de me poursuivre. La servante, à son retour, lui eût fait un mauvais parti, si le maître de la maison, qui m'avait vu fuir avec ma proie, ne l'eût excusé.

— Ce n'est qu'une espièglerie, dit Grimbart; Minaudier n'en aura pas conservé rancune. Mais vous avez fait pis que cela à Isengrin. Et j'ai ouï parler d'une certaine rencontre où vous lui avez appris, à ses dépens, un rude métier. Il ne mentionne pas cette circonstance dans la kyrielle de ses plaintes contre vous, parce qu'il en est humilié.

— C'est vrai, répondit Trigaudin en soupirant avec un mélange de regret et d'orgueil. Je dois vous conter cela.

_____

V.

COMMENT LE RENARD APPRIT AU LOUP A SONNER LES CLOCHES.

Un jour que nous passions à quelques pas d'un château habité, j'aperçus à la porte une grosse cloche, dont la corde pendait jusqu'à terre; l'idée me vint d'une méchanceté.

— Voilà un château plein de bonnes choses, dis-je au Loup. Il y a là de jeunes agneaux que je saurais bien trouver.

— Mon ami, répliqua Isengrin, à qui je faisais venir l'eau à la bouche, ne pourriez-vous donc pas nous avoir une couple de ces agneaux pour notre souper ? Je ressens une faim désordonnée.

— Je crois que j'en viendrais à bout, répondis-je, mais c'est périlleux. Le chien du berger peut me voir ; s'il me poursuit, je n'ai pas votre force.

— Je vais faire sentinelle, dit le Loup. Si le chien vous relance, entraînez-le de ce côté; j'en fais mon affaire.

— Je me défie de vous, repris-je. Rien ne me garantit que vous m'attendrez. Vous n'avez pas assez mis en oubli certaines choses d'autrefois, quand j'étais plus jeune. Vous pourriez profiter de l'occasion pour vous venger et me laisser dans l'embarras.

Le Loup me fit de chaudes protestations auxquelles j'eus l'air assez long-temps de ne pas trop croire.

— Mais, dis-je, en paraissant m'aviser tout à coup d'un expédient, je me rassurerai et j'entrerai sans crainte, si vous permettez que je vous atta-

che les pattes de devant avec cette corde et que
je vous place debout en faction contre ce mur.

Le Loup fit deux ou trois objections que je dé-
truisis, et il consentit à me donner sécurité. C'est
une bête qui ne voit pas plus loin que son nez.
Je le dressai donc contre le mur; je lui liai très-
solidement les pattes de devant avec les cordes de
la cloche; puis, sous prétexte de juger si les nœuds
étaient bien faits, je me mis à lui sauter dix fois
de suite sur les épaules, de manière qu'il sonnait
la cloche, avec un tel carillon à chaque bond que
je faisais, que tout le château accourut pour voir
qui s'annonçait si violemment.

J'avais disparu à l'instant où la porte s'était
ouverte. Vous jugez, mon neveu, que de coups
de fourche et que de coups de bâton tombèrent
sur le dos du camarade. Un prodige le sauva; un
coup de faux qui lui était destiné coupa la corde;
il s'enfuit abîmé; et j'avoue que cette fois j'eus
assez de peine à me réconcilier avec lui. J'y par-
vins cependant.

— Et depuis?

— Oh! un autre jour, je lui parlai d'un garde-
manger bien fourni, dans une ferme où je savais
moyen de pénétrer. Je le menai à la reconnaissance des lieux. On était en fête dans la maison;
et il nous fallut attendre que tout le monde fût

couché. Nous entrâmes à une heure avancée de la nuit. L'office, comme je l'avais espéré à la suite d'une frairie, était resté entr'ouvert; mais les trois quarts des provisions venaient d'être englouties. Le Loup, se jetant avidement sur ce qui restait, se mit à gronder la gueule pleine, en disant qu'il n'avait pas trop pour lui, qu'il prétendait manger tout ce qui était là, et que je pouvais chercher ma part ailleurs. Je ne me le fis pas dire deux fois. J'avais sous la main un petit moyen de vengeance. Je poussai la porte, qui se fermait parfaitement au loquet; et, quand Isengrin eut dévoré, il ne sut plus comment sortir.

Il fit tant de bruit qu'il réveilla toute la maison. Chacun se lève; on accourt; avec un peu d'intelligence on eût pu l'assommer et le mettre hors d'état de déposer contre moi. On y mit trop de précipitation; et il s'en tira encore sans autre mal qu'une grêle de coups de gourdin qui payèrent son souper.

— Il méritait cette fois sa mésaventure.

Hélas! j'ai fait une semblable malice à Tibers, qui ne doit pas l'avoir oubliée. Un jour que nous rôdions ensemble, nous avions aperçu dans une cuisine une jatte de crème et une oie rôtie qui nous tentaient vivement. Le chat s'adressa à la crème; je pris l'oie rôtie, et je m'enfuis mécham-

ment après avoir fermé la porte. Tibers, trouvé
là, fut roué de coups à son tour.

Il est vrai qu'il s'en est vengé. Le lendemain,
ayant fait notre paix, du moins en apparence,
nous vîmes venir un cavalier qui portait, accro-
ché à la croupe de son cheval, un héron aussi
appétissant que l'oie rôtie. J'imagine, de concert
avec Tibers, un moyen de m'en rendre maître.
Je m'étends en travers chemin; je contrefais le
mort. Arrivé à ce point de la route, le voyageur
s'arrête, remarque la peau du mort, dont on peut
faire une bonne fourrure, descend de cheval, me
ramasse et m'attache derrière lui à côté du héron;
puis il continue son chemin. Alors je fais signe
au Chat de venir me délivrer. Tibers saute lestement sur le cheval, coupe avec ses dents la ficelle
qui tient le héron, le mange tout seul comme j'a-
vais mangé l'oie, et me laisse en peine. Je par-
vins toutefois à me tirer de là. Quand je retrouvai
le compère, il se contenta de me dire : — Nous
sommes quittes [1].

---

[1] On voit, dans la deuxième des branches ou divisions du
Roman du Renard, que le Renard, en faisant le mort, était parvenu à tromper un marchand de poisson, qui l'avait mis dans sa
charrette, où il avait trouvé moyen de voler des anguilles et de
s'échapper. Le Loup s'avisa d'employer le même stratagème. Un
jour qu'il vit venir le poissonnier, il alla, comme le Renard, s'é-
tendre sur la route. Mais le charretier, qui avait été trompé et

Mais revenons au Loup. Il a d'autres griefs, sans parler de six petits cochons qu'il engraissait et que je lui ai volés. Un jour qu'on nous avait raccommodés derechef, je lui promis de le rassasier de chapons gras, s'il voulait jurer qu'en reconnaissance il oublierait cordialement le passé et me prêterait main-forte toutes les fois que j'aurais besoin de son secours. Comme à tous les gourmands, les serments ne lui coûtent rien. Je le menai dans un village. Je le fis monter à un grenier. Il y avait tout au bout une lucarne :

— Avancez un peu par cette ouverture, lui dis-je, et tâtez à droite.

Comme il allongeait le museau et qu'il remuait la patte dans le vide, je le poussai, et il fit la culbute. Je le croyais tué. Toute honnête personne eût été brisée d'une si haute chute. Je l'entendis fuir en hurlant, et je sus bientôt qu'il n'avait été que légèrement estropié.

— Voilà de mauvais tours, dit le Blaireau. Mais pourtant vous n'avez pas été constamment de la sorte en hostilité avec le Loup. On m'a même conté qu'un jour, dans une pensée agricole, il s'était fait une société entre le renard

qui craignait de l'être encore, voulut s'assurer si le mort était bien mort : il tomba sur lui à coup de bâton ; et Isengrin n'attrapa pas autre chose.

Trigaudin, le loup Isengrin, le cerf Brichemer et
Canteclair le coq.

— C'est vrai ; nous étions convenus de défri-
cher ensemble un terrain, de l'ensemencer à frais
communs et d'en partager les profits. Isengrin
en ôta les broussailles ; le Coq en arracha les ra-
cines ; le Cerf le laboura avec son bois ; moi, je
veillais à la sûreté des travailleurs. Le Coq proposa ensuite d'y semer du chènevis et le Cerf de
l'orge. Mais le Loup et moi nous préférions le
blé. Notre avis l'emporta. Au mois de juin, le
blé, commençant à mûrir, attira beaucoup de
petits animaux ; nous l'avions espéré. Le Loup
encore fit là des siennes ; il vint chasser sans nous
avoir prévenus et prit tant de gibier qu'il se fit
une panse énorme. Le Cerf, voyant le blé foulé,
se plaignit. Mais le Loup, nous montrant son
gros ventre, prétendit qu'il était hydropique et
qu'il cherchait un remède..... L'association n'a-
boutit qu'à des querelles pénibles ; — et vous
verrez, mon neveu, soupira le Renard, que j'aurai besoin de votre crédit et de l'estime qu'on fait
de vous.

— Je vous suis tout dévoué, mon oncle. Ayez
aussi confiance en vous-même. Vous êtes ingénieux ; vous séduirez le Roi et la Reine. Vous
obtiendrez votre grâce, si vous allez hardiment.

N'oubliez pas ce que dit le poète : Aux audacieux la fortune sourit.

— C'est vrai, dit le Renard : *Audaces fortuna juvat...* Et en faisant cette citation, qu'on est surpris de trouver dans une telle bouche, il reconnut à sa droite une métairie où il avait escamoté plus d'une poule grasse et plus d'une bonne oie. Il aperçut un jeune coq qui s'était oublié à l'écart et juché sur une perche à linge. Il ne fit qu'un bond jusqu'à lui. Mais il n'en attrapa que quelques plumes.

— Ah ! mon oncle, dit le Blaireau consterné, est-ce ainsi que vous êtes corrigé ?

— Je n'y pensais pas, dit le Renard.

— Voilà l'effet des mauvaises habitudes. Recueillez un peu vos esprits, car dans un instant nous sommes à la Cour.

VI.

PROCÈS DE TRIGAUDIN.

Trigaudin éprouva alors un tremblement intérieur qui l'obligea à s'arrêter un moment pour se remettre. De fâcheux pressentiments le troublaient. Il sentit néanmoins que ce serait décourager Grimbart que de paraître décontenancé. Il s'efforça donc de reprendre de l'aplomb, et bientôt il parut devant le Roi avec un certain ton d'assurance :

— Plaise aux bonnes destinées, dit-il après un salut très-élégant, de conserver long-temps, Sire, les précieux jours de Votre Majesté, et de répandre ses faveurs sur notre auguste et gracieuse reine. J'ai appris avec douleur que quelques-uns des personnages rassemblés ici ont donné de moi à vos royales majestés une opinion défavorable. Envieux du grand attachement que je n'ai jamais cessé de témoigner pour mon roi, ils ont craint que mes services ne me rendissent puissant, et ils ont cherché à me perdre. J'avais compté que je rassurerais leur ambition en me retirant de la Cour ; et, comme on l'a vu, je m'étais même privé des plaisirs de cette grande assemblée. Ils ont profité de mon absence pour répandre sur mon compte des calomnies que le flambeau de la vérité va dissiper enfin. Car la malignité et le mensonge ne triomphent pas long-temps.

Un silence de mauvais augure accueillit ce discours. Le Roi répondit d'un ton glacé :

— Vous nous en imposeriez encore, si nous ne

vous connaissions pas. Mais la mesure déborde ;
et vous allez expier les crimes qui vous sont im-
putés, à moins que vous ne parveniez à prouver
la fausseté des accusations. La réception que vous
avez faite à mes envoyés n'est sans doute pas
comptée dans ces grandes marques d'attachement
que vous dites m'avoir données ?

— Si l'un s'est vu maltraité en volant du miel,
dit le Renard affectant une grande effronterie ; si
l'autre, par défaut de prudence, a failli périr, ce
sont des faits dont je n'imagine pas être respon-
sable. Mais je vois qu'on les dénature ; on en
veut à ma vie. Elle est entre vos mains, Sire.
Songez seulement que Votre Majesté n'a entendu
que les accusateurs, et que, si je me fusse senti
coupable en effet d'avoir résisté à Grosbrun et à
Tibers, je ne serais pas venu à la première invi-
tation qui m'a été apportée par Grimbart.

— Je vous traiterais de fourbe si je n'étais
votre juge, dit le Roi. Quel cas avez-vous fait des
sommations qui vous ont été remises par Grosbrun et par Tibers ?

— Si je les eusse reçues, je serais venu sans
perdre un instant à l'ordre de Votre Majesté,
comme me voici.

Le Lion parut étonné de l'insolence du Renard.
Il se contenta de répliquer :

— L'assemblée va se réunir en cour de justice, et l'accusé sera jugé selon les formes.

Ce fut dès lors à qui chargerait le prévenu. Il répondait à tout avec une merveilleuse présence d'esprit. Il soutenait que Grosbrun et Tibers ne s'étaient pas présentés chez lui comme envoyés du Roi, qu'ils n'avaient pas exhibé la sommation, que les désastres dont ils se plaignaient n'étaient pas le fait de ses insinuations. Il niait tout. Il repoussa de la sorte une foule de griefs. Mais il ne put se blanchir aussi aisément des traits infâmes que lui reprochait Gozille ; et, malgré ses dénégations hardies, des témoins respectables ayant déposé unanimement contre lui, sans haine et sans passion, plusieurs vols et plusieurs meurtres furent si formellement constatés, qu'on déclara les débats clos. Le conseil, composé de quarante juges, alla aux voix, et, à la majorité de trente-neuf boules noires, Trigaudin fut condamné à être pendu.

Lorsque cette sentence eut été prononcée solennellement, Grimbart et les autres amis du Renard tombèrent dans une grande consternation. Ils se retirèrent pour n'être pas témoins d'un supplice qui devait leur causer une vive peine. Le Roi en fut touché.

— Il faut pourtant que le condamné ait des qualités, dit-il, puisqu'il conserve des amis.

Il se rappela que, tout dangereux qu'il était, par ses expédients habiles, il avait quelquefois rendu d'importants services dans les cas embarrassants. Mais la justice devait avoir son cours.

Pour procéder à l'exécution de Trigaudin, il fallait trouver une corde et un bourreau. Le patient prit la parole :

— Si je dois mourir, dit-il, ne redoublez pas mon supplice par des lenteurs. Il vous faut une corde : Tibers porte encore autour du cou le lacet qui a failli l'étrangler lorsqu'il est allé comme un voleur dans la ferme où il a été si bien rossé. Il est assez agile pour aller attacher la corde, et assez mon ennemi pour consentir à faire le métier d'exécuteur des hautes-œuvres.

Le Chat ne recula point.

— Qu'on garrotte bien le scélérat, dit-il. Je me charge du reste.

On s'achemina vers le lieu du supplice. Une échelle se trouvait plantée contre une potence. Trigaudin remarqua que le Roi suivait le cortége :

— C'est bon, dit-il en lui-même, je parlerai au dernier moment. C'est à l'extrémité qu'un grand esprit se relève.

Tibers avait pris les devants. S'étant fait débarrasser par le Castor de la corde qu'il avait au cou, il l'avait attachée au gibet. Le nœud coulant n'attendait que la victime. L'exécuteur empressé saisit Trigaudin au pied de l'échelle et le fit monter à reculons vers la corde. Alors le Renard demanda la parole.

— Puisque je dois mourir, dit-il en soupirant, je reconnais que j'ai mérité ma peine. Mais un remords me touche. J'ai commis beaucoup de fautes ignorées, dont je crains qu'après ma mort on n'accuse des innocents. Qu'il me soit donc permis de déclarer toutes mes mauvaises actions, afin que dans la suite personne n'en soit inquiété.

Tous les assistants prièrent le Roi de permettre des révélations qui intéressaient la sûreté publique. Le condamné, respirant alors, se mit à dire d'une voix plus ferme :

— Messeigneurs, je vous ai fait à tous beaucoup de mal, je l'avoue, et pourtant j'étais né avec de bonnes inclinations. Ceux qui m'ont connu jeune vous attesteront que je n'avais alors nulle malice. Je ne recherchais les agneaux que pour le plaisir de les entendre bêler. J'étais devenu grand dans cette innocence, lorsque je rencontrai Isengrin pour la première fois. Il me dit qu'il était mon oncle. Nous fîmes amitié, et souvent depuis lors on nous vit de compagnie. C'est lui qui me dressa à vivre de pillage et de rapine. Il enlevait le gros et moi le menu. Selon nos conventions, je devais avoir moitié partout. Mais il était si avide, qu'il ne me laissait jamais le quart de la proie. Il était soutenu de sa femelle, qui ne manquait pas d'arriver avec quatre ou cinq petits.

Ainsi j'étais dupe. — Je me lassai d'une telle société et fis bande à part. Mais, jeté dans la mauvaise voie, je n'étais plus charmé du bêlement des agneaux qu'autant qu'il servait à me les indiquer. Je ne les épargnais point. La société du Loup m'avait rendu sanguinaire ; j'exterminais les poulets ingénus, les simples oisons, les jeunes chevreaux ; je ne respectais rien. Pourtant, hélas ! j'aurais pu vivre d'autre manière ; car je sais un trésor caché qui est à ma disposition, et qui contient tant de richesses que quatre éléphants en auraient leur charge.

La reine Lionne leva la tête à ces paroles, et interrompant le discoureur :

— Dans quel endroit, dit-elle, se trouve donc ce grand trésor ?

— Auguste Reine, répliqua Trigaudin, il a été détourné par moi et mis en un lieu que je connais seul. J'aurais même pu m'en faire un mérite, car cet amas de richesses était destiné à l'accomplissement d'une grande trahison ourdie contre Sa Majesté.

— D'une trahison ! dit le Roi ; et vous ne l'avez pas révélée ?

— Sire, Votre Majesté m'excuserait si je prononçais seulement les noms des conspirateurs.

— Il nous faut là-dessus des éclaircissements, dit la Reine, dont la curiosité était excitée. Vous devez nous indiquer aussi ce trésor, qui est désormais sans prix pour vous.

— Je n'ai rien à refuser à ma souveraine, reprit le patient ; mais je suis ici dans une situation si peu commode que je ne parle qu'avec peine, et ensuite je ne sais pas jusqu'à quel point il est convenable de rendre public tout ce que j'ai à dire.

— C'est fort juste, riposta la Reine en se tournant vers le Lion. — Et, après qu'ils se furent concertés un moment, Sa Majesté ordonna qu'on fît descendre Trigaudin de l'échelle. On lui ôta la corde qui lui serrait déjà le cou, et une audience secrète lui fut accordée.

VII.

RÉVÉLATIONS DU RENARD.

Lorsque Trigaudin se vit seul en présence du Lion et de la Lionne, il augura bien de son affaire.

— Illustre Reine, dit-il, je puis donc avant de mourir ouvrir mon cœur tout entier. Vous ne me ferez pas un crime du silence que j'ai gardé, puisque j'ai déjoué la conspiration, et que d'ailleurs la qualité des conjurés m'obligeait à me taire. Il est dur pour moi de les nommer, car c'étaient mes plus proches parents.

Le Renard poussa là-dessus quelques sanglots et remarqua avec joie qu'il intéressait la Reine.

— Que j'ai de douleur, Sire! s'écria-t-il en se tournant vers le Roi, qu'il me faille, parmi les complices, en nommer un qui me touche de si près! Cependant je ne l'épargnerai point. Je vous dois la vérité.

Votre Majesté saura, continua-t-il, qu'un riche trésor fut trouvé dans ses états il y a un peu plus de cinq ans. Celui qui le découvrit et qui n'en dit rien était mon père. Quand il se vit maître de tant de richesses, il devint si fier qu'à peine osait-on le regarder. Cette fierté subite est une circonstance qui n'est ignorée de personne. Mais le public n'en a pas soupçonné la cause. Il forma dès lors un complot audacieux. Il expédia Tibers dans les Ardennes, chargé de pressentir Grosbrun et de lui annoncer que, s'il voulait être roi, il n'avait qu'à se rendre dans deux mois à la plaine de Herck, dans la Campine [1]. Grosbrun accueillit vivement cette communication, fêta le messager et promit d'être exact au rendez-vous. On prétend que depuis long-temps il aspirait à la couronne et n'attendait qu'une conjoncture favorable pour détrôner Votre Majesté. Tout porte à croire qu'aujourd'hui il nourrit d'autres sentiments; je suis même convaincu qu'il est maintenant vassal fidèle.

Au retour de Tibers, mon père tint conseil avec lui et avec Isengrin. Dans la discussion des mesures qu'ils avaient à prendre, Isengrin, approuvant que Grosbrun fût proclamé roi, ne trouvait qu'une difficulté, c'est que Votre Majesté avait un très-grand parti. Mon père les rassura en disant d'un ton vaniteux qu'il possédait un trésor, qu'il se chargeait de mettre sur pied une bonne armée, qu'il leur demandait seulement le

---

[1] C'est dans cette plaine que les premiers Francs élevaient leurs rois sur le pavois.

secret jusqu'à ce qu'on eût levé l'étendard. Ils le
promirent. Mais il arriva que Tibers, dont la discrétion est fragile, conta toute l'intrigue à sa
femme, laquelle vint en faire confidence à la
mienne. J'en fus informé ainsi, et rien ne trans-
pira au delà.

Au récit de ce projet criminel, tout mon poil
s'était hérissé. J'avais frémi de saisissement. En
songeant à de telles révolutions, dont l'histoire a
conservé le souvenir, je me rappelais les Gre-
nouilles qui autrefois, insensibles à la douceur
d'un bon gouvernement, avaient demandé un
nouveau roi. On leur donna la Cigogne; Votre
Majesté sait qu'elle les avalait les unes après les
autres. Elles se plaignirent, mais il était trop
tard. Cet exemple me paraissait une grave leçon.
Aussi j'embrassais votre parti, Sire, et je ne me
fais de ma fidélité aucun titre; je travaillais dans
mon propre intérêt, connaissant le mauvais naturel de Grosbrun et sachant qu'il ne pouvait faire
qu'un roi détestable.

Dans l'impuissance où j'étais de dénoncer mon
père, je crus que mon devoir m'obligeait à en-
traver la conjuration, et je compris que j'arrêtais
tout si je pouvais mettre la main sur le trésor.
Mais mon père ne se fiait à personne; je l'épiais
vainement, lorsqu'un jour que je me livrais à

d'inquiètes méditations, couché à l'écart dans une
bruyère, j'entendis à peu de distance des pas fur-
tifs ; je baissai les oreilles pour n'être pas aperçu ;
je regardai de tous côtés avec précaution , et j'a-
perçus mon père, sortant d'un trou voisin que je
n'aurais jamais soupçonné. Après avoir promené
tout autour de lui des regards prudents et s'être
assuré que personne ne le voyait, il recouvrit le
trou d'une touffe de gazon , répandit de la terre
dessus, y fit jouer sa queue pour effacer toute
trace de pas , et s'éloigna avec de minutieuses
précautions.

. J'avais tout observé. J'attendis qu'il fût complétement hors de vue ; je me glissai ou plutôt je
rampai jusqu'au lieu qu'il venait de quitter. Il ne
me fallut que cinq minutes pour me convaincre
de ce que je soupçonnais déjà ; c'était le trésor.
Il était si considérable que j'en sortis troublé. Je
rétablis les choses exactement dans l'état où les
avait laissées mon père ; je m'en revins pensif et
plus embarrassé que jamais. Je ne savais plus
quel parti prendre.

L'heureuse étoile de Votre Majesté, Sire, vint
me tirer de peine. Mon père nous annonça le soir
même qu'il partait pour un voyage de quelques
jours. Il allait au rendez-vous qu'il avait assigné
dans la plaine de Herck. Je fis part aussitôt de

ma découverte à ma femme, et avec son aide je
transportai le trésor dans un lieu qui n'était connu
que d'elle et de moi. Il nous fallut quatre-vingts
voyages pénibles pour faire place nette. La fatigue
ne nous rebuta point. Nous étions soutenus par
la conscience de faire une action qui sauvait le
pays.

Mon père revint au bout de huit jours, accompagné de Grosbrun, d'Isengrin et de Tibers. A
leur mine un peu arrogante, je reconnus que
tout était arrangé. Des exprès furent dépêchés de
toutes parts pour rassembler des troupes. Beaucoup de garnements se laissèrent engager et vinrent. Il fallut alors entamer le trésor.

Mon père se rendit, toujours seul et toujours
mystérieux, à sa cachette, où je n'avais rien laissé.
Je n'oublierai de ma vie le moment où je le vis
revenir. Il était si défait que mon cœur en fut
ému ; et dans un premier mouvement, j'allai à lui
la bouche ouverte pour lui dire que je lui rendrais
ses richesses, s'il voulait renoncer à des projets
coupables. Mais il ne m'en laissa pas le temps ; il
me repoussa avec colère, me montrant ses plus
longues dents, et s'enfonça dans un souterrain en
me signifiant d'un ton sec que j'eusse à ne pas le
suivre.

Au bout d'une heure, ses complices s'inquié-

tèrent de ne point le voir reparaître. On le chercha, et on découvrit la triste vérité; il n'avait pas
osé se remontrer devant des gens qui pouvaient
l'accuser de les avoir trompés; il s'était pendu.

Ce sera pour moi, Sire, un sujet de douleur
perpétuel; et pourtant je préfère cette amertume
aux remords que j'aurais si j'avais laissé un libre
cours aux complots effrayants des ennemis de
Votre Majesté.

VIII.

TRIGAUDIN OBTIENT SA GRACE.

Le Renard cessa de parler. L'histoire qu'il venait de faire était habilement combinée; il n'y
avait pas oublié ses ennemis. Le Roi, peut-être à
cause de cela, n'y croyait qu'à moitié. Mais la
Reine, ne doutant pas d'un récit dont les détails
lui semblaient si naturels, n'était plus inquiète que
de savoir où était le trésor.

— Mon féal, dit-elle à Trigaudin, tes bons offices nous trouveront reconnaissants. Mais il nous
faut donner preuve de ton sincère attachement, en
découvrant ce trésor caché.

— Madame, répondit le condamné, considérez que je vais retourner à la potence. Il est cruel de se dévouer toujours et de ne recevoir que des outrages et des châtiments.

Il se mit à pleurer.

— Allons, console-toi, dit la Lionne, et sois fidèle au Roi; il te fera grâce.

— Ah! s'écria vivement Trigaudin, si l'oreille de notre Roi bien-aimé était fermée à mes envieux, je saurais le rendre le plus riche et le plus puissant prince qui soit au monde.

— Madame, dit alors le Roi, soyez sur vos gardes; vous allez vous laisser prendre à des impostures.

— Seigneur, répliqua la Lionne, n'oubliez pourtant pas que plus d'une fois Trigaudin vous a bien servi. Vous venez d'entendre que pour vous maintenir sur le trône, il a été cause de la mort de son propre père.

— Je le croirais, si le mensonge n'était pas si évidemment dans ses habitudes.

— Sire, reprit la Reine, qui était avare et qui songeait au trésor, je ne vous ai jamais demandé de grâce; je sollicite aujourd'hui de Votre Majesté celle de Trigaudin.

Le Roi garda un moment le silence; puis il répondit d'une voix pleine de dignité :

— Madame, je ne vous ferai pas subir l'affront d'un refus. Je veux bien, malgré mes répugnances, vous abandonner le condamné. Qu'il vous doive donc la vie, et puissiez-vous n'avoir jamais à vous en repentir !

Le passé t'est remis, poursuivit-il en s'adressant au Renard avec une majesté sévère. Mais, à la première rechute, je jure par ma couronne que je ferai tomber mon ressentiment sur toi et sur les tiens, jusqu'à l'extinction de ta race.

Trigaudin s'épancha en protestations et en remercîments pathétiques. Jamais on ne fit de plus belles promesses ; jamais on ne parut plus reconnaissant. — Le Roi, qui se défiait toujours, insista alors pour savoir sur-le-champ où était le trésor annoncé.

— Sire, il est présentement à vous, dit le Renard. J'aurai donc l'honneur de faire savoir à Votre Majesté que, dans les bruyères désertes qui sont au nord, à une journée de course de cette résidence, au lieu pittoresque appelé la Vallée-sans-nom, il y a un ruisseau qui se rend à la grande Meuse. Aux bords de ce ruisseau très-agréable se trouvent deux petits bois de bouleaux plantés par la nature. C'est entre ces deux bosquets que j'ai enfoui le trésor ; et je suis prêt à le livrer, au premier mot de Votre Majesté.

— Tu m'y conduiras, dit le Lion.

— Dès que Votre Majesté en exprimera le désir, si elle n'a pas de répugnance à voyager en ma compagnie, et si la distance ne l'effraie pas.

— Une journée de course, dit le Lion; le voyage est long en effet. Je ne puis présentement m'absenter sans inconvénients multipliés. Mais la Reine, à qui tu es redevable de ta grâce, désignera des commissaires, que nous investirons de notre autorité royale pour reconnaître le trésor, en dresser le bordereau et nous aviser des mesures à prendre pour le transporter en sûreté dans notre résidence.

Le Renard obtenait tout ce qu'il pouvait souhaiter. Il renouvela ses protestations; et le Lion, étant monté sur son trône, porta à haute voix le décret suivant :

— « A vous tous, nos fidèles sujets, et à chacun de vous en particulier, nobles ou roturiers, savoir faisons que, Trigaudin-le-Renard nous ayant rendu d'éminents services, la Reine nous a porté à les reconnaître; en sorte que, pour raisons à nous réservées, de notre pleine puissance, certaine science et autorité royale, nous lui remettons tout le passé, faisant grâce; et vous enjoignons de le respecter désormais, lui, sa femme et les siens, sans permettre qu'il leur soit fait au-

cun mal, ni dommage ; car tel est notre bon plaisir. » —

Un silence d'étonnement et de consternation
accueillit ces paroles. Grosbrun, Isengrin, Tibers
et plusieurs autres s'affligèrent d'autant plus du
pardon accordé à leur ennemi que, comme ils
avaient travaillé à le perdre, ils ne doutaient pas
de son ressentiment. L'Ours et le Loup, en dépit
de l'arrêté, ne se tinrent pas de dire que Trigaudin était un traître qui avait surpris la justice du
Roi. Le Lion irrité les fit conduire en prison ; ce qui
imposa silence aux murmures.

Le Renard cependant, ne perdant pas de vue sa
position, se rapprocha humblement de la Reine :

— Madame, dit-il, le Roi vous a remis le choix
des commissaires qui doivent m'accompagner. La
protection bienveillante dont Votre Majesté m'honore me fait espérer qu'elle ne les choisira pas
parmi mes ennemis.

— Non assurément, dit la Reine. J'ai déjà pensé
que nous pourrions nommer le Léopard et l'Ane
ou le Rhinocéros et le Bœuf.

Ces personnages ne convenaient guère à Trigaudin.

— S'il m'est permis de soumettre très-modes-
tement mon avis obscur à Votre Majesté, dit-il,
je crois que le Léopard n'est rien moins que con-

naisseur. Il me semble aussi que nous devons réserver Beaudouin-l'Ane [1], le Bœuf, le Rhinocéros et
même le Cheval, le Chameau, le Dromadaire et
l'Éléphant, pour le jour où il s'agira d'apporter
aux pieds de Votre Majesté ce monceau de richesses. Mais pour aujourd'hui, s'il ne faut,
comme l'a dit le Roi, que reconnaître les pièces
du trésor et en dresser un état...

— C'est juste, interrompit la Reine. Je suis
persuadée que tu n'abuseras pas de mon indul-
gence : je te permets donc de me désigner les deux
commissaires que tu juges convenables.

— Puisque vous avez cette bonté, madame,
répondit Trigaudin en dissimulant sa joie, je pro-
poserai d'abord Beslin-le-Bélier. C'est un personnage prudent, dont on apprécie partout l'exacti-
tude. Le second commissaire pourrait être, si
Votre Majesté le trouve bon, Rouget-le-Lièvre [2];
il est agile ; et, si nous avions à vous donner quelque nouvelle imprévue dans le voyage, il est utile
que nous ayons avec nous un bon coureur.

— Fort bien, dit la Reine. Fais ainsi. J'approuve
tout, Mais partez au plus vite, et revenez lestement.

---

[1] L'âne, dans la quatrième branche, est appelé *Fromont*, dans
Giélée *Timers*. Voyez la Notice à la fin de ce volume.

[2] Appelé aussi Cuwaert, vieux mot flamand qui veut dire
Trembleur.

IX.

DÉPART DES COMMISSAIRES AVEC LE RENARD.

Le lendemain de grand matin, le Renard ayant pris congé de Leurs Majestés, se mit en route avec les deux commissaires de son choix, lesquels étaient fiers de leur dignité. Il marchait entre Beslin et Rouget, cherchant à gagner complétement leur confiance par d'adroites flatteries et de bons propos.

— Messieurs, leur disait-il, j'ai lieu de me réjouir de la vilaine affaire que j'ai eue là, puisqu'elle me procure l'honneur de votre compagnie. Vous possédez l'un et l'autre des qualités que j'ai appréciées. C'est pour les mettre dans leur éclat que j'ai prié la Reine de vous investir des hautes fonctions que vous remplissez aujourd'hui. A la suite de cette mission, les premières dignités de l'état viendront faire violence à votre modestie. Dans cette assurance, je suis aise que vous m'ayez quelque obligation. Vous avez tous deux le cœur trop haut placé pour oublier, dans les grandeurs qui vous attendent, celui qui aura contribué à faire briller votre mérite. En effet, quel personnage dans le royaume est plus propre à la guerre et au commandement des armées que le seigneur Beslin ? Quant à vous, seigneur Rouget, les armes conviennent peu à une tête qui médite et qui songe. Vous n'êtes pas né pour le bruit, mais bien pour les emplois supérieurs dans les fonctions civiles. Dès qu'on vous rendra justice, on sentira que les plus solides esprits du royaume ne vous effacent en rien.

En les entretenant ainsi, Trigaudin conduisait insensiblement ses compagnons à son repaire de Maupertuis, où il voulait en passant rassurer Hermine. Arrivé à sa porte, il dit à Beslin-le-Bélier :

— Mon brave seigneur, voici une prairie appétissante. Vous allez déjeuner ici et nous attendre, pendant que, Rouget et moi, nous irons voir là-dedans si tout le monde se porte bien. Nous vous rejoindrons dans un quart d'heure.

Beslin se mit à paître; et Rouget sans défiance pénétra dans le manoir, dont Trigaudin lui faisait les honneurs. Hermine, entourée de ses petits, commençait à être inquiète. Elle bondit de joie dès qu'elle aperçut son seigneur.

— J'étais en peine, dit-elle, et de votre affaire qui me troublait, et du dénûment où nous som-

mes depuis ce matin. Nous n'avons plus de provisions.

— Tout va donc bien, répondit-il, puisque me
voici. Mais on m'avait mis si mal dans l'esprit du
Roi, qu'il m'a fallu de l'habileté pour confondre
mes ennemis. Enfin j'ai reconquis les bonnes grâces
de Leurs Majestés, qui m'ont chargé d'une mission d'honneur, en me permettant de venir t'en
donner avis; et (ajouta-t-il tout bas) le Roi m'a
livré Rouget-le-Lièvre pour en faire entre nous un
déjeuner de famille.

Rouget dressa la tête à ces mots dont il entendit quelque chose, car il avait l'oreille fine; et
prompt à s'effrayer, il voulut prendre la fuite. Il
n'en eut pas le temps. Saisi étroitement par le cou,
il n'avait pas crié trois fois au secours qu'il avait
la gorge coupée.

— Allons, dit Trigaudin, faisons grande chère.
Le morceau est jeune et gras à point.

Le régal sembla si exquis à toute la famille du
Renard, qu'elle se croyait à la noce, selon l'expression des vieux récits. Comme ils festoyaient,
Beslin-le-Bélier se mit, du dehors, à appeler Rouget et Trigaudin.

— Qu'est-ce que j'entends? demanda Hermine.

— C'est, répondit Trigaudin, un autre compagnon, dont je vais me débarrasser honnêtement.

Il courut à la porte et dit à Beslin.

— Mon digne seigneur a-t-il déjà fini son déjeuner ?

— C'est qu'il me semble, répondit Beslin, que
j'ai entendu Rouget crier au secours. Où est-il donc ?

— Ne vous troublez pas ainsi, reprit le Renard
d'un ton dégagé. Pendant que j'annonçais à Hermine que mon absence pouvait être longue, elle
est tombée en défaillance. Le sensible Rouget en a
perdu la tête : il vous appelait. Je l'ai prié de ne
pas vous déranger pour si peu. Vous ne pensiez
pas, j'imagine, qu'il pût lui arriver mal chez moi.
Mais voici une autre affaire ; une nouvelle conspiration vient d'être inventée. Pour la prévenir, j'ai
écrit à la hâte une lettre importante à Leurs Majestés. Elle ne peut être portée que par quelqu'un
d'excessivement sûr. Oserais-je vous prier de vous
en charger ? La découverte nous placera très-haut
dans la faveur royale ; et vous pouvez dire hardiment que vous êtes de moitié dans tout ce qui me
concerne. J'aime à vous faire honneur.

— Je suis reconnaissant, dit le Bélier ; vous me
voyez prêt à partir, si vous me promettez de m'attendre ici. Mais je n'ai pour renfermer la lettre
ni portefeuille ni valise.

— Je vous prêterai la mienne, répliqua Trigaudin.

Il rentra dans le manoir, fit à la hâte un paquet qu'il attacha sur le dos de Beslin, le pria d'aller sans se fatiguer, de revenir le plus promptement qu'il lui serait possible ; et le Bélier s'éloigna en diligence.

— Voici maintenant ma position, dit le Renard à sa famille. J'ai trompé le Roi et la Reine en leur promettant un trésor supposé. Les deux personnages qui m'accompagnaient sont les commissaires de Leurs Majestés chargés de vérifier l'état de ces richesses. Nous venons d'en manger un, et j'ai renvoyé l'autre. Si j'attends que mon imposture soit reconnue, je sais ce qui m'est réservé. C'est pourquoi il nous faut partir d'ici à l'instant, et chercher une retraite plus cachée.

— Mon ami, dit Hermine, je ne vous conseille pas de songer à un autre refuge que ce manoir. Il a tant de détours et de cachettes souterraines qu'on ne vous y surprendra pas. Vous ne trouverez mieux nulle part. Mais s'il en est comme vous dites, il eût fallu peut-être respecter le commissaire du Roi.

— Vous avez raison ; je n'aurais pas dû non plus jouer avec l'autre au jeu audacieux que je viens de risquer ; je n'ai pas encore tout l'aplomb qu'il faudrait. Mais enfin demeurons ici, puisque vous le voulez ; et attendons l'événement.

X.

LE BOUC OUVRE LA VALISE DE BESLIN.

Le Lion s'entretenait avec ses favoris, lorsqu'il aperçut Beslin-le-Bélier qui accourait harnaché en courrier de cabinet.

— D'où peux-tu venir, équipé de la sorte? lui dit-il; et que nous apportes-tu dans cette valise?

— Sire, répondit Beslin avec suffisance, le seigneur Trigaudin m'a dépêché vers vous avec des pièces qui vont surprendre Votre Majesté. J'ai eu beaucoup de part à la chose; et je puis d'autant mieux m'en faire honneur que sans moi il n'eût pu achever ce que vous allez voir.

Parfumé-le-Bouc [1] eut ordre d'ouvrir le paquet. C'était un discret et minutieux personnage. Secrétaire des commandements de Sa Majesté, directeur du cabinet des archives, il était encore chef des interprètes, savait toutes les langues et devait à sa science son poste élevé. C'était lui qui rédigeait les lettres particulières du Monarque

[1] Appelé aussi Botsaert.

et qui lisait celles qu'on lui adressait. Il vint, la plume sur l'oreille, et se mit en devoir de déficeler lentement la valise. Lorsqu'il en vit le contenu, il recula d'un pas :

— Oh! oh! dit-il, appelez-vous cela des lettres?

— Qu'est-ce donc? demanda la Reine.

Parfumé tira du sac une tête de lièvre.

— Voici toujours, répondit-il avec stoïcisme, la tête de notre ami Rouget. Mais où est le corps?

C'était là en effet la missive de Trigaudin.

Le Lion, outré de colère à cet affreux spectacle, fit retentir l'air de ses rugissements. Il était si furieux que personne n'osait l'approcher. Fierapel-le-Léopard [1] eut seul le courage de lui offrir des consolations.

— Sire, lui dit-il, vous perdez, à la vérité, un loyal serviteur. Mais, lorsqu'il n'y a plus de remède, l'affliction est vaine.

— Les premiers mouvements sont difficiles à contenir, seigneur Fierapel, répondit le Roi. Me voir abusé de la sorte, n'est-ce pas un horrible crève-cœur? C'est par rapport à cet infâme que mes braves officiers Isengrin et Grosbrun ont été emprisonnés.

— Sire, reprit le Léopard, ne rappelez pas des

---

[1] Fier de sa peau : Firapel dans les textes anciens; Pommelé dans quelques éditions plus modernes.

idées qui vous attristent. Noyez votre ressentiment dans le sang des coupables. Beslin avoue lui-même qu'il est le principal auteur du crime. Livrez-le aux deux prisonniers, que vous satisferez ainsi et qui disposeront de lui à leur gré. Allez ensuite assiéger Trigaudin avec toutes vos forces ; et quand il sera pris, faites-le pendre sans plus l'écouter.

— Vos avis sont pleins de sagesse, dit le Lion ; allez donc relâcher l'Ours et le Loup, et faites ce que vous venez de prescrire.

— Messieurs, dit le Léopard aux prisonniers en détachant leurs liens, le Roi est désespéré de vous avoir maltraités injustement pour la cause de Trigaudin le traître. En dédommagement de la peine qu'il vous a faite, il abandonne à votre discrétion Beslin-le-Bélier, son complice, que vous pouvez immoler, lui et sa race. Vous avez droit aussi de poursuivre, exterminer, détruire le Renard, mis hors la loi avec toute sa famille ; et ce privilége vous est octroyé pour le présent et pour l'avenir, à vous, vos hoirs et ayants cause.

L'Ours et le Loup relâchés n'attendirent pas de commentaire à ce décret. En peu d'instants, Beslin-le-Bélier, qui n'était pas revenu encore de sa consternation et qui semblait en avoir perdu la parole, fut mis en pièces et dévoré jusqu'aux os.

On ajoute que c'est depuis cette concession arbitraire, que les descendants du Loup ne rencontrent jamais les innocents rejetons de Beslin, sans chercher à faire valoir leur droit à les manger.

XI.

DÉMARCHE DU BLAIREAU.

Comme le Lion prenait ses mesures pour marcher contre le Renard, un nouveau plaignant demanda audience. C'était Croasson-le-Corbeau [1].

— Sire, dit-il, je viens aussi réclamer justice. Jamais les trahisons et les meurtres n'ont été fréquents comme à l'époque où nous sommes; et, dans le cours de ma longue vie, je ne me souviens pas d'un règne affligé de si nombreux désordres. Un seul être abominable en est la cause. Votre Majesté comprend que je parle de Trigaudin-le-Renard et que je viens joindre le poids d'un nouveau crime à ceux que vous voulez punir. Hier même, un peu avant la nuit, je cherchais fortune

---

[1] Tiercelin et Tycelin, dans les anciens textes; il est appelé *Rohart* dans la vingt-unième branche, et la corneille *Brune*.

avec Scerpenebbe, ma compagne; nous traver-
sions une bruyère où nous vîmes le Renard étendu tout de son long. Il avait le corps roide, la
gueule ouverte; la langue en sortait d'un demi-
pied. Le croyant mort, ce qui eût réjoui toute la
contrée, nous approchâmes sans crainte. Ma compagne, emportée par une curiosité que je n'avais
jamais pu modérer, fourra sa tête dans cette
gueule pour flairer l'état de la bête. Elle ne la
retira pas. Le misérable feignait. Il serra subitement les dents; et je poussai les cris du désespoir
en voyant la destruction prompte et entière de
ma fidèle moitié, dont il ne me reste que les
plumes et les pattes. Je vous les apporte, Sire,
comme tristes et sanglantes dépouilles qui crient
vengeance.

Croasson finissait à peine sa harangue, au milieu du morne silence qu'elle avait fait naître,
que Lamprel-le-Lapin, boitant, couvert de plaies
et tremblant encore, se présenta au pied du
trône :

— Sire, dit-il, excusez-moi de paraître ainsi.
C'est la faute d'un autre. Cette nuit même, ve-
nant, comme je le dois, faire ma cour à Votre Majesté, je passais devant le fort de Maupertuis;
j'allais sans défiance. Au clair de la lune, j'aperçus Trigaudin, accroupi devant sa porte; il m'ap-

pela d'une voix engageante. Je m'approchai,
croyant qu'il avait à me dire quelque nouvelle ;
je le saluai avec politesse. Pour toute réponse, il
s'élança sur moi ; et il m'eût étranglé si, à force
de me débattre, je ne fusse parvenu à me tirer de
ses dents et à gagner du chemin. Je porte, Sire,
les marques toutes fraîches de ce guet-apens :
trois trous à l'épaule, les oreilles déchirées et des
plaies partout. Il y va de la gloire de Votre Majesté de rétablir la sûreté des chemins dans ses états.

Ces nouvelles plaintes redoublèrent à un tel
point la colère du Roi, que la Reine interdite
baissait les yeux. Sentant qu'elle avait accordé au
coupable une protection inconsidérée, elle voulut
néanmoins le soutenir jusqu'au bout.

— Mon cher seigneur et maître, dit-elle au
Lion, je ne viens pas une seconde fois défendre
Trigaudin. Il est possible qu'il soit criminel ; et
il est certain qu'il a beaucoup d'ennemis. Je pense
pourtant qu'il faut l'entendre une dernière fois ;
et, s'il est aussi criminel qu'il le paraît, il n'échap-
pera pas à votre justice [1].

---

[1] Dans la quatrième branche, la Chauve-Souris vient aussi
dénoncer la mort de Don Pelé-le-Rat, son mari, que le Renard
a étranglé. On lui reproche ailleurs d'avoir mangé le Hibou,
qu'il avait attiré près de lui sous prétexte de lui demander humblement conseil. Ce petit fait a été grossièrement sali par l'auteur de la quatorzième branche.

Le Roi ne répondant point, le Léopard prit généreusement la parole :

— Sire, dit-il, l'avis de la Reine me semble grand et noble. Que risquez-vous à le suivre ? Si l'accusé n'a pas de bonnes raisons, il ne peut se soustraire à votre vengeance.

Le Lion ne répliqua que par un geste animé qui annonçait une résolution prise ; et, au bout de quelques moments d'agitation, il se leva en ordonnant que chacun eût à se tenir prêt pour aller, dans six jours, attaquer le repaire de Maupertuis. Isengrin et Grosbrun sautèrent de joie. Tous les ennemis de Trigaudin se flattèrent de l'espoir qu'ils allaient être enfin délivrés de lui. Mais Grimbart, se félicitant du délai que le décret royal accordait à son oncle, résolut de l'aller prévenir aussitôt de ce qui se préparait.

En peu de temps il arriva dans le rayon du repaire. Il rencontra le Renard qui revenait de la chasse, rapportant deux jeunes pigeons. Il en reçut le meilleur accueil.

— Mon pauvre oncle, dit-il, je suis venu à la hâte pour vous prévenir de ce qui s'apprête. Je crains tout à présent pour vous. Le Roi se dispose à vous assiéger avec toutes ses forces. Grosbrun et Isengrin sont plus que jamais dans les bonnes grâces de Leurs Majestés.

— Et qui donc a tout changé ainsi? demanda le Renard.

— Mais d'abord, répondit le Blaireau, surpris de la question, la tête de Rouget trouvée dans la valise de Beslin. Où aviez-vous l'esprit lorsque vous avez hasardé une insulte si grave?

— Il est vrai que c'est un peu fort. Hermine avait faim; et puis je pensais émigrer. Et qu'a-t-on fait de Beslin?

— On l'a mis à mort.

— Sans l'entendre?

— Il avait perdu la parole.

— Alors tout va bien.

— Vous vous laverez peut-être de cette intrigue. Vous n'étoufferez pas aussi aisément les dépositions de Croasson-le-Corbeau et de Lamprel-le-Lapin.

— N'est-ce que cela, mon neveu? dormez en paix. — Tant que je n'aurai pas offensé Bayard-le-Cheval, Fierapel-le-Léopard, Magnus-l'Éléphant, Sanguin-le-Tigre, Corbin-le-Rhinocéros, ou quelque autre des puissants, je saurai me blanchir. Je l'ai fait l'autre jour, ayant Grosbrun et Isengrin pour antagonistes. Entrons donc au manoir. Nous souperons, et vous serez traité en ami. Mes petits vous chérissent. Hermine sera charmée de vous revoir. Mais ne dites rien de-

vant elle qui puisse l'inquiéter. Elle s'alarme facilement. Demain je retournerai à la cour avec
vous; et vous verrez que je m'y justifierai de manière à faire taire enfin la médisance.

Grimbart, rassuré, entra; il fut reçu avec beaucoup de caresses; et le souper, très-gai et très-
bruyant, se composa de pigeonneaux et d'autres
volailles servies en abondance.

XII.

RETOUR DU RENARD A LA COUR.

A la pointe du jour, Trigaudin prit congé
d'Hermine.

— Ma chère, lui dit-il, je vais en compagnie
de mon neveu faire une grande partie de chasse.
Je reviendrai le plus tôt que je pourrai. En attendant, gardez avec soin le logis.

Sur cette recommandation, les deux amis partirent. Leur entretien roula bientôt sur les mé-
faits récents du Renard, que le coupable traitait
d'un air fort leste.

— Ne soyez pourtant pas si confiant, lui dit le
Blaireau. Vous avez des ennemis implacables.

— Le plus furieux doit être Isengrin, répondit Trigaudin. Mais presque toujours il a été victime de sa stupidité autant que de ma finesse. Je vais vous en convaincre par le récit d'une de nos aventures. Un jour, au coin d'un bois, je le rencontrai mourant de faim. J'eus pitié de sa détresse.

— Je vais vous aider, lui dis-je, à faire quelque capture ; et j'allai avec lui.

Nous avions fait des pointes à droite et à gauche sans rien découvrir. La faim cependant le pressait au point qu'il se tenait de hurler à grande peine. J'entrevis derrière une haie une petite habitation dont la porte était entr'ouverte. J'écoutai et je flairai.

— Entrez-là dedans, dis-je. Il y a compagnie, et vous trouverez à vous refaire.

Mais il n'osa s'exposer que je n'eusse visité les lieux. J'y pénétrai pendant qu'il m'attendait sous un arbre.

Au bout d'une allée longue et obscure, je vis, dans une place qui ne manquait pas d'étendue, une guenon avec ses deux petits déjà forts. Elle avait les yeux enfoncés, la gueule énorme, une figure effroyable. Ses petits étaient encore plus hideux qu'elle. Aussitôt qu'elle m'aperçut elle me montra les dents. C'était ce qu'elle avait de plus présentable. Mais je n'en fus pas charmé ; j'avais peur. Je fis pourtant bonne contenance ; je saluai la Guenon ; et, quoiqu'elle ne me fût rien, je l'appelai ma cousine. Je la complimentai sur ses petits.

— Ma chère cousine, lui dis-je, que ces enfants-là sont jolis ! c'est exactement votre portrait ; et l'un et l'autre vous ressemblent parfaitement. J'ai cru, ajoutai-je, qu'il était de mon devoir de venir vous rendre visite ; et je vous prie de m'excuser si j'ai tardé jusqu'à ce jour.

— Mon parent, dit-elle, soyez le bienvenu. Je souhaitais aussi de vous voir ; car je vous connais de réputation ; et je sais que personne dans le pays n'a plus de science et plus de politesse que vous. Je vous prierai même, un peu plus tard, d'instruire mes enfants et de leur apprendre les bonnes manières, afin qu'ils puissent paraître dans le monde où j'ai intention de les pousser.

— Je suis à vos ordres, belle cousine, répondis-je ; et dès que vous me ferez l'honneur de m'appeler, vous me verrez prêt à vous servir. Maintenant, poursuivis-je, incommodé par la puanteur du logis, je vais prendre congé de vous et vous tirer ma révérence.

— Nenni, cousin, répliqua-t-elle vivement ; je ne vous laisse pas partir ainsi. Nous mangerons ensemble un morceau, s'il vous plaît.

Elle me fit passer aussitôt dans un coin fourni de tant de provisions que j'en fus surpris. Après que j'eus copieusement soupé, elle m'offrit encore un bon lièvre pour ma femme. Je ne pus me dispenser de le donner à Isengrin qui m'attendait. Quand il l'eut avalé, il me dit qu'un régal si friand n'avait pas calmé sa faim. Je lui conseillai d'aller à son tour visiter la Guenon et de la complimenter, elle et ses petits, s'il tenait à être bien reçu.

C'était l'avertir assez.

Il entra; malgré mes recommandations, à la vue des petits de la Guenon, il se prit à dire:

— Ah! c'est là votre portée! elle est bien hideuse. Je ne m'attendais pas à voir rien de si laid.

— Que vous importe leur beauté? dit la Guenon piquée. S'ils vous déplaisent, ne les regardez point. Il sort d'ici un connaisseur qui vous vaut, et qui n'est pas de votre sentiment.

— Je ne savais pas que je vous fâchais, dit le Loup.

Il crut rajuster sa bêtise en ajoutant:

— Je vois que vous n'aimez pas la vérité.

— J'aime ce qui me plaît, riposta la Guenon; et je n'aime pas ce qui ne me plaît pas. Que venez-vous faire ici?

— J'ai faim, dit le Loup; je venais vous demander quelque morceau à manger.

Il accompagnait ces paroles d'un mouvement vers le côté où il sentait aussi les provisions. Mais la mère et les petits sautèrent sur lui, et à coups de griffes et de dents le mirent dans un tel état, qu'il revint à moi sanglant et défiguré.

— Je suis sûr, lui dis-je, que vous avez offensé l'aveuglement maternel.

— Mais j'ai dit ce qui est, répliqua-t-il brutalement. Ces petits animaux sont des monstres; jamais je n'ai rien vu d'aussi affreux.

— N'importe! repris-je, vous deviez suivre mon conseil. Les belles paroles n'écorchent pas la langue; une politesse ne coûte rien; on ne va pas chez les gens pour leur dire des sottises à leur nez.

Vous voyez, mon neveu, que, dans cette circonstance-là, Isengrin avait tous les torts. Je parierais néanmoins qu'il m'attribue les mauvais traitements qu'il a reçus.

— Mon oncle, repartit Grimbart, je souhaiterais qu'il n'y eût pas de plus mauvaise affaire que celle-là sur votre compte.

Peu d'instants après, les deux compagnons arrivèrent à la Cour.

XIII.

TRIGAUDIN RÉDUIT SES VICTIMES AU SILENCE.

Trigaudin avait pris son parti. Il passa d'un air effronté au milieu des courtisans stupéfaits de son audace ; il s'avança hardiment devant le Roi.

— Puisse, dit-il, le Roi et la Reine être à jamais préservés de tout ennui, et recueillir une gloire immortelle pour l'attention qu'ils mettent à discerner l'innocent d'avec le coupable ! Plusieurs de vos sujets, Sire, continua-t-il, cachent un cœur corrompu sous des dehors de sincérité. La bienveillance dont Votre Majesté m'honore les a irrités ; mais la crainte d'être abattu par la calomnie ne peut altérer ni ma fidélité ni mon zèle. D'ailleurs la sagesse et la pénétration de Votre Majesté me rassurent. Je sais que vous êtes aussi élevé au-dessus de tous par ces hautes qualités, que vous l'êtes par votre puissance. Je me suis déjà vu dans un pressant danger ; votre équité a reconnu que je n'étais point coupable. Il en sera de même aujourd'hui, quand Votre Majesté m'aura permis de faire voir de quel côté est la raison.

Les assistants semblaient si consternés de l'effronterie du Renard, qu'il se fit un grand silence. Le Lion le rompit enfin :

— Il faut que tu sois consommé dans le crime, dit-il, pour oser te présenter ainsi devant nous. Mais les impostures ne nous séduiront plus; il n'en ira pas comme tu l'espères; qu'on fasse venir le bourreau.

Le ton formidable du Roi décontenança un moment Trigaudin. Il se remit pourtant assez vite.

— S'il plaît à Votre Majesté, dit-il, que je porte ma tête sur l'échafaud, je me soumets sans murmure aux ordres de mon roi. Mais on dira dans la postérité qu'un prince, jusque-là juste et grand, a condamné un jour un accusé sans l'entendre.

— Eh bien ! reprit le Roi en modérant sa colère, je te permets encore de te défendre. Est-ce ta fidélité qui a mis Lamprel dans l'état où nous le voyons? Est-ce ton zèle qui a dévoré la compagne du Corbeau?

— Sire, répliqua le Renard, laissez-moi d'abord la consolation, puisque vous m'accordez la parole, de vous en témoigner ma vive et profonde reconnaissance. Permettez-moi ensuite de rappeler à Votre Majesté que mon zèle pourtant n'a pas été mis en doute, lorsqu'en mainte occasion j'ai donné d'utiles avis ; et que ma fidélité s'est montrée dans toutes les circonstances périlleuses, où je n'ai jamais manqué de me trouver aux côtés de Votre Majesté.

— C'était pour sa sûreté qu'il y venait, le traître ! grommela l'Ours à l'oreille du Loup.

— Souffrez enfin, continua le Renard, que je demande pourquoi la calomnie trouverait contre moi les oreilles si facilement ouvertes ? Je le répéterai : serais-je revenu à la Cour, si je m'étais senti coupable ? Aussi, ça été pour moi un désespoir, quand mon neveu le Blaireau m'a fait savoir qu'on m'avait noirci de nouveau ; et j'ai tout quitté pour venir me justifier. Arrivons donc aux faits qu'on m'impute.

Premièrement, — Lamprel-le-Lapin passait devant ma porte. Il m'aborda pour me dire qu'il allait à la Cour, qu'il était las, qu'il avait faim. — Entrez, mon ami, lui dis-je ; vous vous reposerez un moment et vous mangerez un morceau. Je lui présentai ce que j'avais alors, une tartine beurrée. Comme il achevait de la brouter, Finet, le plus jeune de mes petits, s'approcha de lui avec gentillesse et voulut ramasser une croûte qui était tombée à terre. Lamprel, plus brutal que je ne l'avais jamais connu, lui asséna un coup de patte qui le renversa et le fit saigner abondamment.

Roussel et Vosquin, mes aînés, accoururent sans
réflexion pour venger leur frère ; ils prirent Lamprel à la tête ; et je dois avouer qu'ils l'auraient
mis en pièces, si je ne me fusse empressé d'inter-
venir. Voilà le fait.

On ose ensuite se plaindre ; on me traite d'assassin par qui on a manqué d'être égorgé. Mais à
la fin le mensonge indigne ; et c'est moi qui vais
intenter une action en calomnie.

Passons à Croasson-le-Corbeau ; et ne parlons
ni de sa réputation ni de la confiance qu'il mérite. Celui-là s'arrête à trente pas de ma demeure ;
il était en grand deuil et poussait de longs soupirs.
Je lui demande ce qu'il a ; il me conte que sa
compagne, ayant mangé à l'excès d'une viande
gâtée, en était morte. S'attendait-il à quelque politesse de ma part ? Prit-il rancune de ce que je
ne faisais rien pour le consoler ? C'est ce que j'i-
gnore. Dans tous les cas, il s'envola sur un arbre,
sans me rien dire de plus ; et puis j'apprends qu'il
m'accuse d'un meurtre qui le touche. Dites-moi,
je vous prie, s'il y a de l'apparence que j'aie attrapé sa compagne au vol ? et si je suis tombé assez
bas pour en être réduit à me nourrir de vieilles
carcasses ?

Ces accusations toutefois, quoique lourdement
imaginées, m'ont pénétré d'un vif chagrin ; je ne

m'en serais pas remis, si dans mon voyage je n'avais eu l'honneur de rencontrer un de mes nobles protecteurs, l'Aigle Impérial, à qui j'ai conté ma peine.

— Mon enfant, m'a-t-il dit, ne vous affectez pas à propos de faussetés que le noble Lion, votre roi, n'admettra certainement point. Il a l'esprit trop élevé pour ne pas comprendre de quel côté sont les perfides. Si vous le souhaitez, comme un peu d'appui ne peut nuire, quelque bon droit que l'on ait, je prierai l'Empereur mon maître d'écrire au vôtre ; ils ne se refusent rien, en qualité de souverains et d'alliés.

On voit que je ne manque pas encore d'amis. Mais j'ai remercié l'Aigle, en lui disant que je connaissais assez le grand cœur de mon prince pour ne pas lui faire l'injure d'aller solliciter des recommandations. Me voici donc ; je désire que les plaignants fassent preuve. Sinon, je requiers le champ-clos. On verra qui, d'eux ou de moi, a raison.

Lamprel et Croasson, effarouchés par les conclusions de Trigaudin, se regardèrent.

— Le coquin est trop fin pour nous, dit le Corbeau. Il sait que nous ne pouvons pas produire de témoins.

— Et puis, ajouta le Lapin, il est effrayant avec

son cousin l'Aigle Impérial, qui nous ferait un mauvais parti, s'il prenait sa cause.

— Il ne l'entend pas mal encore, avec son défi !

— Oui, nous aurions beau jeu contre lui, en duel !

Le Corbeau et le Lapin déguerpirent sans bruit, abandonnant leurs poursuites. Leur retraite mortifia Isengrin et Grosbrun.

Le Roi, voyant que personne ne se levait plus, demanda où étaient les accusateurs du Renard. Nul ne souffla.

— Sire, dit alors Trigaudin, Votre Majesté a pu remarquer que les calomniateurs se sont évadés pour éviter d'être confondus.

— Ce n'est pas tout, dit le Roi, je vais te poser tout à l'heure une autre question, que tu ne videras pas si aisément.

Il se pencha en même temps vers l'oreille de Parfumé et lui dit quelques mots. Le secrétaire des commandements sortit.

XIV.

PLAIDOYER DE LA GUENON.

Frappé de la figure austère du Lion et de ses regards foudroyants, Trigaudin n'était pas sans inquiétudes. Il cherchait autour de lui quelque ami qui vînt à son aide et semblait solliciter dans l'assemblée un officieux défenseur.

Albedrif-la-Guenon, surnommée Agile, se leva. Elle voulait du bien à l'accusé, depuis le jour où il avait admiré la beauté de ses enfants. Elle était versée dans la jurisprudence ; ce qui lui donnait un grand crédit. Son influence s'augmentait encore de ce qu'elle se trouvait être la favorite de la Reine, en même temps que sa dame d'atours. Elle déclara qu'elle prenait la défense de Trigaudin.

— Sire, dit-elle avec la hardiesse que permet le barreau, Votre Majesté doit déposer ici tout ressentiment. La colère emporte et met le juge dont elle s'empare hors d'état de discerner la vérité d'avec le mensonge. On a travaillé ardemment à prévenir Votre Majesté contre Trigaudin. Mais établissons une balance entre les services qui sont réels et les torts qui sont contestables.

Si Votre Majesté veut tourner un instant les yeux sur le passé, elle verra que, dans plus d'une occasion épineuse, Trigaudin l'a tirée d'embarras. Peut-être ne se souvient-elle plus de la grande dispute que l'Homme et le Serpent eurent ensemble il y a quelques années. Je prendrai la liberté de lui en rafraîchir la mémoire.

Le Serpent s'étant pris par mégarde dans un piége, l'Homme vint à passer. Le captif supplia l'Homme de le délivrer. Celui-ci, se défiant, refusa.

Le Serpent redoubla ses instances et promit à l'autre, avec serment, que jamais plus il ne lui serait hostile. L'Homme se laissa gagner. Remis en liberté, le Serpent accompagna son libérateur; il suivait le même chemin. Ce ne furent que protestations de reconnaissance, jusqu'à ce que la faim se fit sentir au Serpent. Alors il commença à changer de langage et à chercher querelle.

— Comment! dit l'Homme, est-ce là ce que vous m'avez promis? N'avez-vous pas juré que vous ne me nuiriez jamais?

— Il est vrai, répondit le Serpent. Mais la nécessité n'a point de loi.

— Eh bien! dit l'Homme, ne me refusez pas

une grâce. Je mourrai, s'il faut mourir. Mais rapportons-nous-en à un arbitre.

Le Serpent le voulut bien.

Après qu'ils eurent fait quelques pas, ils rencontrèrent Croasson-le-Corbeau, à qui le fait fut exposé. Croasson, considérant que c'était la faim qui portait le Serpent à cette extrémité, et se sentant affamé lui-même, rendit sentence de mort.

L'Homme récusa le juge comme suspect et interjeta appel de la sentence. Survinrent Grosbrun-l'Ours et Isengrin-le-Loup, qui la confirmèrent.

— Messieurs, s'écria l'Homme désespéré, vous êtes tous des juges iniques et *des goinfres*. Vous me condamnez parce que vous espérez votre part de la proie. Je décline votre juridiction ; et je me pourvois en dernier ressort devant le tribunal suprême de Sa Majesté le roi Lion.

Les parties vinrent devant vous, Sire, et elles vous prièrent de les juger. Jamais on n'a été plus empêché que vous ne fûtes ; le cas en effet n'était pas commun. Ne sachant quel jugement rendre, vous fîtes assembler votre conseil, qui n'avisa aucun expédient. Rappelez-vous la confusion que vous fit éprouver cette impuissance de décider un différend d'une manière équitable à la fois et satisfaisante. Enfin une heureuse pensée vous inspira de consulter Trigaudin ; et il fit bien voir qu'il était capable de résoudre les plus grandes difficultés Son avis fut que l'on ferait une descente sur les lieux, pour apprécier plus exactement la manière dont les choses s'étaient passées. On se rendit à l'endroit où l'Homme avait délivré le Serpent. Trigaudin le fit remettre dans le piége et permit à l'Homme de l'y laisser ou de l'en retirer ; ce qu'il se garda bien de faire. Cette décision fut admirée de Votre Majesté ; chacun donna de grandes louanges à l'arbitre.

Et c'est celui qui sauva ainsi l'honneur de la couronne que l'on poursuit aujourd'hui avec acharnement....

— Échauffez-vous un peu moins, interrompit le Lion ; ne perdez pas de vue, Albedrif, que vous défendez un fourbe, qui n'a plus d'autre appui que vous.

— Plus d'autre appui que moi ! s'écria la Guenon ; que les amis de l'accusé se lèvent donc !

A l'instant, le Blaireau, l'Écureuil, le Furet, la Fouine, la Belette et plusieurs autres s'avancèrent avec leurs familles et se déclarèrent les défenseurs de Trigaudin. Ce qui parut frapper le Roi.

XV.

EXPLICATIONS DE TRIGAUDIN.

Parfumé-le-Bouc entra alors. Il apportait la tête de Rouget et la peau sanglante de Beslin. Trigaudin, à qui le discours de la Guenon avait donné le temps de se préparer, affecta une surprise extraordinaire, à la vue de ces tristes restes.

— Que vois-je, hélas! s'écria-t-il, Rouget et Beslin, mes bons amis, ne seraient plus! Beslin à qui j'avais confié des joyaux sans prix pour notre Reine bien-aimée! Il y a là dessous un épouvantable mystère. Dignes et chères victimes, devais-je vous revoir ainsi! Mais au moins que sont devenus les magnifiques présents dont j'avais chargé Beslin? On ne m'en parle pas. La rapine se serait-elle unie au meurtre pour perdre mes amis et moi?

Le Lion, intrigué de cette scène, répondit :

— Beslin n'a point apporté de joyaux. Il s'est dit chargé de pièces dont il s'est reconnu l'auteur avec toi. On a ouvert sa valise, où il ne s'est trouvé que la tête de Rouget. Son impudence l'a livré à Grosbrun et à Glouton, qui l'ont dévoré.

Trigaudin poussa un cri de douleur. Puis il reprit :

— Mais les joyaux ! comment ferai-je ma paix avec Hermine, qui voulait absolument que je les apportasse moi-même, tant ils étaient précieux. J'ai cru, les envoyant par Beslin, escorté de Rouget, que je ne les exposais point. S'il survient quelque péril, me disais-je, Rouget, qui est leste, ira chercher des secours. Je n'avais que la crainte qu'ils ne fussent tentés eux-mêmes de s'approprier ces bijoux merveilleux. Dans cette pensée de défiance, que l'on a droit de blâmer comme injurieuse pour les pauvres défunts, je m'étais borné à leur dire, en confiant la valise à leur fidélité, qu'elle contenait des missives de haute importance. Les infortunés auront rencontré des bandits ; ils seront tombés dans une embuscade ; les brigands auront pillé le trésor ; Rouget aura voulu faire résistance ; les scélérats l'auront mis à mort ; ensuite, par une sanglante ironie, les assassins auront substitué la tête de leur victime innocente aux magnificences volées ; Beslin, frappé de terreur, en aura perdu la raison ; car on ne peut ni soupçonner une probité aussi bien établie que la sienne, ni expliquer autrement les singuliers propos qu'il a tenus.

— C'est d'autant plus probable, ajouta la Guenon, qu'il n'a pas dit un mot pour se justifier, et qu'il a semblé évident pour tout le monde qu'il était devenu idiot.

— En ce qui me concerne, reprit le Renard, pourrait-on m'accuser raisonnablement d'actions noires et stupides à la fois, après les bontés dont il a plu à Votre Majesté de me combler? N'est-ce pas assez pour moi que la perte affreuse de mes chers amis Beslin et Rouget?

Il pleura.

— Ne te désole pas, dit Albedrif : reprends tes sens, et conte-nous quels étaient les joyaux perdus, afin que l'on s'occupe de leur recherche.

— Il y avait trois pièces principales ; premièrement une bague sans pareille. L'anneau était d'or, chargé de caractères hébreux. Quiconque portait cette bague, était à l'abri d'une foule d'accidents ; le tonnerre ne l'atteignait pas et les variations de la température ne pouvaient l'incommoder. On y avait enchâssé trois pierres précieuses, l'une de couleur de feu, si vive et si brillante, qu'on n'avait pas besoin d'autre lumière pendant la nuit ; l'autre d'un blanc à reflets dont il suffisait de se frotter une minute pour guérir toute douleur ; la troisième d'un vert naissant, jaspé de quelques gouttes de pourpre, qui possédait la vertu de rendre invulnérable. Une instruction, jointe à l'écrin qui contenait la bague, portait même que cette pierre donnait à son possesseur l'avantage sur ses ennemis, s'il avait eu soin de la regarder le matin avant déjeuner.

Le second bijou était un peigne à deux rangs de dents, le chef-d'œuvre d'un habile tabletier, qui l'avait fait d'un os de panthère. Les propriétés de ce peigne sont singulières et tiennent du prodige. Il suffit de s'en être peigné le matin, pour se faire suivre à la promenade par tous les jeunes oiseaux et jouir ainsi d'un concert qui ne coûte rien. De plus, son usage dissipe les vapeurs. Plusieurs gracieuses histoires sont sculptées sur le champ de cette pièce extraordinaire, comme l'aventure du berger Pâris, lorsque, choisi pour arbitre entre les trois déesses, il adjuge la pomme fatale ; l'enlèvement d'Hélène par le même Pâris, le sac de Troie par les Grecs, et d'autres sujets héroïques.

En troisième lieu, madame, continua Trigaudin, s'adressant spécialement à la Reine, je vous envoyais un miroir, que je pourrais appeler un talisman. On en ignore l'origine. Mais la glace de ce miroir a le don de représenter tout ce qui se passe à une lieue à la ronde ; de sorte qu'on ne peut jamais être surpris. Autre qualité plus directe : les taches de rousseur disparaissent de tout visage qui s'est miré une fois dans cette glace. La bordure est d'or, ciselé aux quatre coins par un artiste qui a reproduit là quatre histoires curieuses. Je vous les dirais, si je ne craignais d'être fatigant et d'abuser de votre attention.

— Va toujours, dit Albedrif, les gens d'esprit ne s'ennuient jamais à s'instruire.

XVI.

QUATRE HISTOIRES CONTÉES PAR LE RENARD.

Voici, madame, l'histoire du premier coin.

Un jeune Cheval avait conçu de profonds ressentiments contre un Cerf de son voisinage. Le voyant courir d'une grande vitesse à travers la prairie, et ne pouvant l'égaler en légèreté, il en devint jaloux. Il se proposa d'emprunter du secours pour l'atteindre. Il en voulait à sa vie. Dans ce dessein il accosta un berger.

— Ami, lui dit-il, je viens de voir passer un cerf. Ne trouvez-vous pas que sa chair vous fournirait une abondante provision pour l'hiver, et que vous vendriez avec profit son bois et sa peau?

Ainsi l'envie rend féroce.

—Oui, dit le Berger. Mais comment le prendre ?

— Montez sur mon dos, répondit l'autre ; vous me guiderez, vous m'exciterez ; avec votre habileté, jointe à ma vigueur, nous l'atteindrons.

Le Berger y consentit. Pour diriger le Cheval, il lui mit un frein à la bouche, avec une corde autour du cou. Puis il le monta et ils se mirent à courre le Cerf. Mais il allait plus vite qu'eux.

Après qu'ils eurent couru plusieurs jours, le Cheval étant las dit au Berger :

— Je renonce à mes projets. Je me suis épuisé de fatigue ; débarrassez-moi de ce frein et de ce licou ; et laissez-moi aller.

— Non pas, dit l'homme. Si j'ai manqué le Cerf, je te tiens et je ne te manquerai pas. Il est très-doux d'être porté ; tu es mon esclave, et tu me rendras de nombreux services.

Le Cheval fut donc la dupe de ses mauvaises passions ; et personne ne me contredira quand je soutiendrai que cette première histoire est d'une saine morale.

La seconde offre une leçon d'un autre genre.

Un Ane et un Chien demeuraient ensemble chez un marchand d'Amsterdam. Le Chien, fort aimé de son maître, le suivait tous les jours à table. L'Ane, se trouvant traité différemment, dit en lui-même :

— Moi qui fais tout le gros ouvrage, qui rapporte tous les jours les provisions du marché, qui vais chercher le bois et la tourbe pour le ménage, je ne mange que des herbes communes; et le petit chien, qui ne fait rien du tout, s'approche de la table et se régale des meilleurs mets. Pourquoi? Parce qu'il est caressant. Sa conduite me doit servir de modèle. Quand le maître reviendra de la bourse, j'irai au-devant de lui et je ferai comme le petit chien.

L'Ane, au retour du marchand, courut à lui, se leva sur les pieds de derrière, et en manière de caresse lui jeta au cou les deux pieds de devant, avec si peu de légèreté qu'il le renversa sur le plancher. Il s'avança ensuite pour le lécher. Le marchand, effrayé de ces gentillesses, appela ses garçons, qui tombèrent à coups de bâton sur le pauvre âne et le chassèrent à l'écurie. Exemple pour ceux qui cherchent à sortir de leur condition.

Je passe à la troisième histoire, dont les personnages étaient un chat, des aïeux de Tybers, et un renard que nous comptons parmi nos ancêtres. Il y a, dans cette aventure, une sorte d'enseignement politique. Le Chat et le Renard s'étaient liés d'une amitié sérieuse; ils devaient se servir mutuellement et ne se trahir jamais. Un jour qu'ils

étaient ensemble dans un bois, ils entendirent
sonner du cor. Le Chat troublé dit au Renard :

— Mon ami, que ferons-nous ?

— Ne crains rien, répondit l'autre, je ne suis
pas à court de ruses.

— En fait de ressources, reprit le Chat, je n'en
ai qu'une. Voilà pourquoi je tremble.

Les chiens, sur ces entrefaites, se rapprochaient
si vite, que le Chat dans l'épouvante grimpa sur
un arbre.

—Mon ami, cria-t-il au Renard, en avant donc
les ruses !

Celui-ci plia bagage et détala de son mieux.
Mais en dépit de ses stratagèmes les chiens allaient
le happer, quand par hasard il eut le bonheur de
rencontrer une vieille tanière où il s'échappa,
servant néanmoins d'avertissement qui fait voir :
1° qu'on ne doit compter que sur soi, et 2° qu'une
bonne ressource vaut mieux que plusieurs petites
finesses.

La quatrième et dernière histoire n'est pas
moins instructive.

Le bisaïeul d'Isengrin (on l'appelait Gripon),
pressé un jour par la faim, trouva une carcasse
parfaitement décharnée. Il se mit toutefois à cro-
quer de son mieux, avec une vivacité qui depuis
s'est appelée d'un de ses noms gloutonnerie ; si

bien qu'au plus fort de sa besogne il fut contraint de s'arrêter. Un os lui était resté en travers de la gorge. L'accident présentait un péril pressant. Divers opérateurs furent mandés ; aucun n'y put rien. Gripon, très-alarmé, se rappela enfin que la Grue, avec un cou long, un bec effilé, possédait aussi quelques connaissances chirurgicales. Tout le monde sait que c'est elle qui a inventé le clystère, quoique la Cigogne lui dispute ce titre, appuyée en cela par les savants de la Gueldre, qui prétendent que cette médicamentation a été observée pour la première fois sur les toits d'un château de leur pays, qui s'appelle encore le château de Klysteren. Ce n'est pas ici le cas de vider la question.

Le Loup fit prier la Grue de venir le secourir. Elle arriva de la manière la plus obligeante et enfonça son bec si avant dans le gosier malade qu'elle en retira l'os. La cure terminée, elle parla de son déplacement et fit observer que toute peine mérite salaire. — Un salaire ! dit le Loup hors de danger ; mais n'est-tu pas joyeuse de vivre encore, après que j'ai tenu ta tête entre mes dents ?

La morale est qu'on ne profite guère à obliger un ingrat. L'ingrat, comme j'ai eu l'honneur de le dire, était le bisaïeul du seigneur Isengrin.

XVII.

LE RENARD POURSUIT SA DÉFENSE.

Telles étaient, Sire, continua Trigaudin, les principales raretés que je vous envoyais par Beslin-le-Bélier. Elles témoignent d'un dévouement qui est pour ainsi dire inné en moi. Il m'a été inculqué par mon père, avant son égarement dont il s'est puni, le plus fidèle de vos serviteurs. Pourquoi les mauvais conseils l'ont-ils perdu? ou pourquoi n'avait-il pas dans sa loyauté le caractère inébranlable dont je me plais à être fier? Je dois à son honneur rappeler un des traits de sa vie.

Vous n'aviez que trois ans, Sire, lorsque le Roi votre auguste père fit une maladie grave. Tous les médecins en désespérèrent. Pour lors mon père arriva de Cordoue, où il avait été reçu docteur. Il se rendit à la Cour et inspecta les urines de Sa Majesté. Cet examen lui suffit; il ne balança pas sur le remède. Il ordonna qu'on prît le foie d'un loup de huit ans et qu'on le fît manger au royal malade. Le père d'Isengrin, Niping-à-la-grandegueule, était présent et s'accommodait peu de cette ordonnance.

— Pour moi, dit-il par précaution, je ne serais point votre affaire ; car j'ai sept ans à peine.

— Vous ne savez pas au juste votre âge, répliqua mon père, ou vous oubliez les mois de nourrice. Mais je jugerai mieux la chose quand j'aurai votre foie sous les yeux.

Le loup Niping ne donnant pas d'autres raisons valables, comme il s'agissait de la vie du Roi, on le mena à la cuisine ; son foie fut servi à votre auguste père, qui recouvra la santé, récompensa libéralement le jeune et habile médecin, et voulut que dans tous ses états il fut appelé l'illustre docteur Renard.

Mais peut-être me dira-t-on : Les services de ton père ne sont pas les tiens? J'avoue que je n'en ai pas précisément le mérite ; je vais donc rappeler les choses qui me sont personnelles.

Un jour d'hiver, Isengrin et moi, faisant la chasse, nous avions pris un petit pourceau. Nous nous disposions à en faire notre dîner, lorsque Leurs Majestés survinrent. Le Roi nous fit la faveur de nous dire :

— Messieurs, la bonne fortune vous soit en aide ! Nous avons grand appétit, la Reine et moi. Nous prendrons part, s'il vous plaît, à votre festin.

Isengrin, qui eût dû se trouver flatté d'une si haute bienveillance, ne l'accueillit qu'en grommelant entre ses dents. Moi au contraire je m'empressai de répondre :

— Tout appartient ici à Leurs Majestés. Qu'elles prennent les morceaux qui auront l'agrément de leur plaire.

Le Roi chargea Isengrin de partager la pièce. Il commença par mettre de côté une moitié qu'il se réservait sans bruit, sépara l'autre en deux quartiers, servit le premier pour le Roi et la Reine et attaqua le second avec une si incroyable avidité, que j'eus à peine quelques intestins. Il avala si vite son quartier, qu'il eut le temps encore d'engloutir la moitié qu'il avait mise à part, avant que Leurs Majestés eussent achevé ce qui était devant elles, si bien qu'il s'avançait pour les aider. Mais vous y mîtes bon ordre, Sire. Tant de voracité avait indigné votre noble cœur. Vous lui imprimâtes votre griffe royale sur la figure, qui en garde encore les marques, et vous lui dites :

— Gourmand déhonté ! où avez-vous appris à vivre ? Pensez-vous que j'aie dîné ? Allez au plus vite me chercher une autre pièce, et faites en sorte que je ne répète pas ce commandement.

Isengrin partit et j'eus la complaisance de l'ac-

compagner. Nous rapportâmes un veau de lait.
Comme le Loup avait fort mal fait le premier
partage, on me chargea du second. Je divisai le
veau en deux parts; je présentai civilement la
première moitié à Leurs Majestés; j'en mis un
quartier de côté pour ma famille; l'autre quartier, je le donnai au Loup, ne me réservant
qu'une partie des entrailles. Sur quoi le Roi me
demanda qui m'avait enseigné à faire si honnêtement les choses? je répondis que c'était mon
neveu Grimbart. On rapporta au Blaireau ce juste
témoignage que j'avais rendu de lui; il m'en a
toujours su gré depuis.

La Reine écoutait Trigaudin avec attention.
Outre que les présents qu'il avait décrits la flattaient, elle s'intéressait à lui, à cause du blâme
qui fût retombé sur elle s'il eût succombé.
Croyant voir le Roi plus favorablement disposé,
elle prit alors la parole:

— Votre Majesté craignait que je ne me fusse
laissé surprendre, dit-elle à son royal époux. Elle
doit reconnaître présentement que l'on accusait
le prévenu par envie et sans preuves. Les joyaux
qu'il nous envoyait ne montrent pas qu'il soit
ingrat.

— J'avoue, dit le Lion, qu'il entend habilement sa défense, et je me sens porté à m'adoucir

en sa faveur. Je lui pardonnerai donc encore cette
fois, puisqu'on ne peut établir que la mort de
Rouget soit à sa charge. A l'égard des bijoux, je
désire qu'il poursuive leur recherche ; et quant à
la masse du trésor, nous nous occuperons de ce
transport dans quelques jours.

— Vous me voyez, répliqua Trigaudin, tout à
vos ordres, Sire, et pénétré de vos bontés jusqu'au fond du cœur. Dès demain je me mets en
campagne, et je prendrai de telles mesures que
mes démarches seront fructueuses.

XVIII.

RÉCRIMINATIONS DU LOUP.

Isengrin souffrait trop du second triomphe du
Renard pour ne pas prendre la parole.

— Sire, dit-il, trouvez bon que je manifeste
ma surprise extrême. Votre Majesté se laisse sé-
duire aux impostures de ce fourbe, qui ne cite
des choses qu'un côté. Mais on parlerait une semaine sans épuiser le fonds des mauvaises-actions
qu'il ne dit pas. Souffrez que je rapporte un de

ses traits. La Louve elle-même en a été la victime.
C'était dans l'hiver qui vient de finir. Les provisions manquaient. Il lui avait promis qu'il la mè-
nerait en un lieu où elle pêcherait autant de
poisson qu'elle en pourrait porter. Après lui avoir
attaché à la queue un panier en forme de nasse,
il la conduisit à un étang gelé et la fit descendre
dans un endroit où l'on venait de casser la glace.
Il faisait un froid très-dur. Le traître persuada à
la Louve de s'accroupir dans l'eau, à mi-corps, et
d'y rester immobile jusqu'à ce qu'il l'avertît de
se lever. En peu de temps la glace se reforma ; le
panier fut tellement pris qu'il n'y avait plus
moyen de l'arracher. Le scélérat dit alors à ma
compagne que sa nasse était pleine, qu'il était
temps de sortir, qu'elle tirât de toutes ses forces.
Mais elle tira sans rompre la glace. Elle se mit
malheureusement à hurler. Les paysans du voisinage accoururent avec des perches ; et ils l'eussent
assommée, si, aux premiers coups qu'ils lui por-
tèrent, elle n'eût fait pour se dégager un tel effort qu'elle laissa avec la nasse une notable partie
de sa queue. Si la Louve veut se tourner, on re-
connaîtra la gravité de la chose.

— Cette manière de conter est malveillante,
répliqua le Renard. Il est bien vrai que j'ai montré à ma tante un endroit plein de poisson. Mais

est-ce ma faute, à moi, si, au lieu d'en prendre sa suffisance, elle a voulu attendre que son panier fût plein ?

— Tais-toi, fourbe, cria dame Hersand-la-Louve en se levant à son tour. Nieras-tu aussi la noire malice que j'ai essuyée de ta part il y a peu de temps ? Tu étais tombé au fond d'un puits où tu te noyais. Je passe auprès par hasard ; j'entends gémir, je m'approche ; je regarde, je reconnais le Renard. Je lui demande ce qu'il fait là. Il me répond qu'il est dans un vivier où il a tant mangé de poisson, qu'il n'a pas le courage de remonter. — Comment puis-je descendre auprès de toi ? lui dis-je. Il me répond : — Mettez-vous dans l'autre seau. Je le fais. A peine m'y suis-je assise, que je me trouve au fond du puits. Pour lui, il était remonté aussi vite que j'étais descendue.

— Ainsi va le monde, me dit-il ; l'un en haut et l'autre en bas.

Sur quoi il disparut, sans s'inquiéter de ce que je deviendrais. Je restai tout le jour dans le puits, et je ne sais qui m'en eût tirée, s'il n'était venu à l'entrée de la nuit un villageois qui voulait puiser de l'eau. Encore fis-je bien de prendre mon élan au dehors, dès que j'atteignis le haut du puits ; le villain, qui ne croyait remonter qu'un seau d'eau, fut si effrayé en m'apercevant qu'il lâcha la corde et s'enfuit avec un grand cri. Te disculperas-tu de cette action ?

— Non, ma tante ; car en traitant sérieusement le conte que vous venez d'exposer, je croirais vous faire insulte. Personne ne pensera en effet que vous ayez eu l'imprudence de descendre dans un puits sans prévoir comment vous en remonteriez.

— Tu en sors comme toujours avec des quolibets, dit le Loup. Mais il me reste d'autres souvenirs sur le cœur.

— Est-ce le souvenir du paysan et de son cochon ? dit le Renard. Voici le fait. Isengrin, furieux contre moi, voulait m'étrangler, lorsque par bonheur je vis venir à nous un villain qui portait sur son dos un cochon qu'il venait de tuer.
— Si vous voulez me pardonner, dis-je à mon oncle, je vous régale de ce cochon-là. Il s'humanise ; nous commençons par nous cacher ; puis je m'avance à quelques pas du villain, en boitant comme si j'étais estropié. Le bon homme prend envie de ma peau, brandit son bâton et me poursuit. Je ne fuyais qu'autant qu'il le fallait pour ne pas être attrapé. Enfin le villain dépose son cochon pour courir plus vite. Le Loup, qui était aux aguets, s'en empare ; c'était ce que je voulais ; et moi, après avoir lassé le paysan, je le

plante là, je regagne le bois dans l'espoir d'avoir quelque modeste part au butin ; mais déjà tout était expédié. Voilà Isengrin [1] !

— Ce n'est pas de ce fait qu'il s'agit, reprit le Loup. Il y en a bien d'autres, et si j'exposais tous mes griefs, je n'aurais jamais fini. Un jour, le gaillard, étant entré chez un teinturier pour le voler, tomba dans une cuve, d'où il ne sortit qu'entièrement teint en jaune. Je le rencontrai alors et je ne le reconnus pas, d'autant plus qu'il baragouinait une espèce d'anglais, et qu'il se disait un pauvre ménétrier à qui on avait volé sa vielle. Ce mot de vielle me fit venir quelque idée de danser et de me divertir. Je savais un villageois qui en avait une ; j'offris au prétendu ménétrier de la lui procurer. Nous y allons. Il fallait entrer par une fenêtre qu'un bâton tenait ouverte. Le Renard n'ose pas entrer ; je me lance, moi, et je prends la vielle ; mais en s'allongeant pour la recevoir, le traître fait tomber le bâton ; la fenêtre se ferme avec bruit, je me trouve prisonnier, et quatre mâtins sont lâchés après moi. Si je m'en suis tiré, ce n'est pas la faute de mon ennemi.

[1] Dans le Renard latin de M. Mone, le paysan ne porte qu'un jambon pesant. Le Loup s'en empare comme on vient de voir ; et, quand le Renard vient demander sa portion du butin, le Loup lui offre la corde qui a servi à suspendre le jambon.

Il y a mieux que cela. Je voudrais raconter à l'assemblée comment j'ai failli être tué par une jument pour avoir suivi les conseils du perfide. Mais avec quelque soin que je rapporte la chose, il trouvera toujours quelque point à reprendre; je le somme donc de dire le tout lui-même, et s'il s'écarte de la vérité, je le relèverai à mon tour.

— Puisque c'est votre désir, mon oncle, dit Trigaudin, je ferai le récit de l'aventure, sans ajouter ni supprimer aucune circonstance.

Je longeais l'an dernier avec Isengrin une prairie où paissait Fauve-la-Jument, qui avait à côté d'elle un jeune poulain de bonne mine. Toujours pressé par la faim, Isengrin me dit : — Voilà un poulain qui serait bien mon fait. Allez, mon neveu, demander à la Jument si elle ne voudrait pas le vendre.

J'y allai, et saluant la Jument avec civilité : — Madame, lui dis-je, vous avez là un joli poulain; s'il vous convenait de vous en défaire, je connais un amateur qui s'en accommoderait.

— Je le vendrai, me répondit-elle, si on m'en veut donner le prix qui est marqué sous mon pied de derrière.

Je vins rendre à Isengrin la réponse.

— Vous pouvez avoir le poulain, lui dis-je; allez à la Jument pendant qu'elle est en humeur de le céder. Elle le laissera pour une somme que vous trouverez marquée sous son pied de derrière, et que je n'ai pas été curieux de voir, parce que je sais mal l'arithmétique.

— Je la sais, moi, répliqua le Loup avec vanité.

Il courut vers la Jument, lui dit qu'il était l'amateur du poulain, et demanda à voir la somme chiffrée sous son pied. La Jument s'étant tournée leva le pied et le baissa aussitôt.

— Ma commère, dit-il, je n'ai pas eu le temps de voir. Je n'ai distingué que des zéros (c'étaient les têtes des clous qui tenaient le fer).

A l'instant, elle lui détacha dans la mâchoire une ruade qui le rejeta à quinze pas en arrière. Il resta comme mort une demi-heure, pendant que la Jument, qui l'avait congédié ainsi, quittait la plaine avec son poulain.

Quand il revint à lui, je m'approchai.

— Mon cher oncle, lui demandai-je, quel marché avez-vous donc fait? Il paraîtrait que vous n'êtes pas tombé d'accord !

— La méchante rosse avait envie de vendre son poulain, comme j'ai envie de m'aller noyer, répondit-il. Si je la retrouve, elle s'en souviendra. Elle avait au pied des clous que je prenais pour des chiffres. J'en suis démantibulé.

— Quoi! mon oncle, ajoutai-je, un savant comme vous se laisse ainsi redresser! Le proverbe a raison de dire que les sages sont souvent la dupe des sots. Je n'aurais pas cru qu'une jument pût vous en revendre.

Voilà, Sire, toute l'aventure. Que Votre Majesté juge si le Loup a lieu de se plaindre de moi. Pour éclairer davantage votre conscience, je vais raconter un autre fait que le Loup ne peut nier. A une époque où il était permis de manger certaines races qui sont protégées aujourd'hui, le Loup rencontra Barbue-la-Chèvre, qu'il s'apprêtait à enlever. Elle parlementa, lui jurant qu'elle avait dans sa hutte une sauvegarde en règle, et promettant de la lui montrer le lendemain. Isengrin, craignant de s'attirer une mauvaise affaire à la Cour, dut consentir au délai demandé. La Chèvre alla donc trouver deux chiens robustes qu'elle avait nourris de son lait; ils la suivent le lendemain à la prairie, où elle les cache derrière un buisson. Rassurée par leur présence, et portant à l'une de ses cornes un parchemin blanc qu'elle doit présenter comme sauf-conduit, elle attend le Loup, qui ne tarde pas à arriver. Il m'avait prié de l'accompagner dans cette aventure, me faisant espérer une part du festin. On entre en pourparler; et pendant qu'Isengrin contestait la validité du titre de Barbue, j'aperçus les deux chiens.

— Voyez-vous les caractères? me dit le Loup en me montrant le parchemin.

— J'en vois deux, répondis-je ; et je vous engage à laisser la Chèvre. Si vous vous obstinez, permettez que je me retire avant l'attaque. Les cris de la victime affecteraient trop ma sensibilité.

Le Loup persista ; je m'éloignai ; et aussitôt les deux chiens s'élançant ne le quittèrent qu'à demi mort ; situation à laquelle il finira par s'habituer, et qui me rappelle l'aventure des quatre béliers.

— Quelle est, dit la Reine, cette aventure des quatre béliers ?

— Un jour Isengrin les rencontra, et se posant en seigneur féodal, il leur demanda le cuir et la laine que leurs pères avaient coutume de lui fournir. — Nous ignorons cette redevance, répondent les Béliers ; mais si c'est une contestation, nous allons la vider. Ils l'attaquent à la fois de quatre côtés, le percent de leurs cornes et le laissent sur le flanc.

XIX.

COMBAT JUDICIAIRE DU LOUP ET DU RENARD.

Isengrin n'avait écouté qu'avec impatience les récits malignement tournés du Renard. Les rires qui réjouissaient l'assemblée à ses dépens achevèrent de l'irriter. Il éclata :

— En voilà trop, scélérat! s'écria-t-il. Je t'ai accusé d'être un perfide, un meurtrier, un voleur, un fourbe, un traître. Je le maintiens; tu parlais tout à l'heure de champ-clos; eh bien! je demande contre toi le combat seul à seul. Voilà mon gage de bataille.

Disant ces mots, Isengrin jeta à la figure de Trigaudin un lambeau de la peau de Beslin, dont il avait enveloppé une de ses pattes blessées. Se tournant ensuite vers le Roi, il demanda le champ-clos pour le lendemain matin.

Ce défi ne plaisait pas au Renard, qui connaissait la force du Loup et la solidité de ses dents. Mais il ne laissa rien paraître de son inquiétude; au contraire, il releva fièrement le gage de bataille, et répliqua :

— Je ne désirais pas autre chose que le duel qui m'est proposé. Je l'accepte avec joie; si le Roi nous accorde la lice, nous en finirons du moins. Je ferai voir que toutes les accusations portées contre moi sont de vaines impostures [1].

Le Lion reçut le gage que Trigaudin lui remit ; et il demanda des otages. Grosbrun et Tybers se présentèrent pour Isengrin, Grimbart et Albedrif pour Trigaudin. La Guenon encourageait ce dernier.

— Mon parent, lui dit-elle, voici l'occasion de vous montrer. Vous aurez devant vous un adversaire redoutable ; tant mieux, rappelez-vous ce qu'a dit le poète :

A vaincre sans péril on triomphe sans gloire.

Ne craignez pas Isengrin. A sa force vous opposerez l'adresse. A vos stratagèmes j'unirai mon expérience ; mes conseils ne vous seront pas inutiles.

Elle l'emmena en lui donnant ses avis secrets :

— Faites vous raser le corps, dit-elle, à l'exception de la queue, qui doit rester garnie de tout son poil. Ensuite, que l'on vous frotte d'huile,

---

[1] Dans la vingt et unième branche on voit que le Renard avait eu un autre duel avec Canteclair-le-Coq, qui lui avait arraché une oreille et crevé un œil d'un coup d'ergot.

pour que votre peau soit si lisse partout qu'il n'y ait prise nulle part. Entrez de la sorte dans l'arène. Courez toujours à l'encontre du vent ; balayez vivement la poussière avec votre queue et faites la voler dans les yeux de votre ennemi. Afin qu'il ne vous saisisse point, repliez votre queue sous le ventre, dès que vous le sentirez près de vous. Harassez-le de courses ; ne tombez sur lui que quand vous le verrez occupé à se frotter les yeux. Votre génie vous dira le reste.

Le Renard remercia Albedrif de ses leçons. Il fit tous ses préparatifs en silence et se coucha de bonne heure, pour se lever plus dispos. La Fouine vint l'éveiller de grand matin ; elle lui apportait pour son déjeuner un canard.

— C'est ma chasse de la nuit, dit-elle ; mangez, notre ami, et disposez-vous ; l'heure approche.

Albedrif survint ; on s'occupa de la toilette du Renard, qui fut promptement rasé et richement frotté d'huile.

— Mon parent, lui dit la Guenon, allez sans peur. Personne, après cela, n'osera plus se jouer à vous.

Le Renard se sentait intrépide. Il but quelques gorgées d'eau fraîche, secoua sa queue et s'achemina d'un air gaillard vers la lice.

Le Roi et la Reine étaient là avec toute leur cour, pour juger le combat. Leurs Majestés furent émerveillées de voir Trigaudin si singulièrement équipé. On le félicita; ce qui redoubla encore son courage.

Il entra dans le champ-clos, accompagné de ses parents et de ses amis.

Le Loup bientôt s'avança du côté opposé, pareillement suivi des siens, et confiant dans sa force [1].

Quand les deux champions furent prêts, chacun se retira, leur laissant la carrière libre. Fier-appel-le-Léopard et Sanguin-le-Tigre furent établis juges du champ; le signal fut donné aux combattants par le Coq-d'Inde; et Isengrin se lança sur Trigaudin.

Mais celui-ci, qui épiait les mouvements de son adversaire, sauta lestement à droite, prit la fuite, et, courant toujours contre le vent, fit bondir tant de poussière dans les yeux du Loup, qu'il fut contraint de s'arrêter.

Pendant qu'il se secouait la tête, Trigaudin,

---

[1] Dans la seizième branche, le Loup et le Renard se battent avec l'écu et le bâton. Dans Giélée, le Renard blesse le Loup d'un coup de *miséricorde* (espèce de poignard). Dans d'autres versions, le Lion et le Renard vont à cheval à la chasse. La Léoparde chante des ariettes. Plusieurs de ces poètes ont peint des hommes sous des noms d'animaux, sans s'occuper de la dissemblance des mœurs.

ne jugeant pas encore à propos de l'attaquer, retourna à sa place et se prépara à répéter son manége. Il le fatigua ainsi à plusieurs reprises. Lorsqu'il l'eut suffisamment harcelé, il crut pouvoir entreprendre davantage. Alors, dès qu'il le voyait arrêté, il venait sur lui légèrement, lui portant chaque fois quelque grand coup de dent qui faisait plaie. Il lui entama le front de telle sorte, qu'une partie de la peau détachée se rabattit sur les yeux.

— Qu'est-ce que c'est? compère, s'écria-t-il joyeux et insolent de son succès. Est-ce une visière ou un garde-vue que vous prenez là?

Le Loup, furieux, tomba d'un bond sur Trigaudin et le terrassa. Mais l'alerte champion lui glissa entre les griffes et se remit à courir de plus belle. Dès lors le combat devint très-ardent. Isengrin ne faisait autre chose que s'élancer sur son ennemi qui lui échappait toujours. L'un prodiguait la force et la violence; l'autre ne dépensait que l'agilité et la ruse. Cependant Isengrin finit par atteindre sérieusement Trigaudin; il le serra avec force et le renversa sur le dos. Le tenant ainsi en échec, il respira un moment, gonflé de l'orgueil du triomphe. Les amis du Loup se réjouissaient, tandis que ceux du Renard étaient très-alarmés, n'espérant guère qu'il pût se tirer de là.

— Te voilà vaincu, fourbe insigne, dit Isen-grin; et tes malices ne te sauveront plus. L'heure est venue enfin de te faire payer le mal que tu m'as causé.

— Mon cher oncle, répliqua Trigaudin à demi étouffé, entrons en composition. Je capitule. Je veux bien être votre vassal. Ma famille et moi nous vous prêterons serment de fidélité. La meilleure part de ce que nous attraperons, poulets, canards, perdrix, faisans, bécasses, sera pour vous, pour ma tante et pour mes petits cousins. Je vous aide-rai de mes conseils en toute rencontre. Vous avez la force et le courage; j'ai la finesse et les idées. Quand nous serons associés, nous viendrons à bout de toutes nos entreprises. Proches parents comme nous sommes, pouvons-nous, sans être dénaturés, nous exterminer l'un l'autre? Je n'aurais jamais hasardé un combat contre vous, si vous ne m'y aviez provoqué le premier. Vous avez dû recon-naître que je n'y ai mis ni férocité, ni acharnement. J'ai commencé par fuir et vous éviter, pour vous prouver que je ne voulais pas prendre l'avantage sur vous. Je comptais que vous vous lasseriez de me poursuivre et que nous finirions par un ac-commodement. Je vous ai toujours épargné. Si je vous ai blessé, ce n'a été que dans le cas de lé-gitime défense. Vous serait-il honorable de tuer votre pauvre neveu, qui n'est pas en état de se défendre contre vous? Je vous ferai devant le Roi réparation de toutes les injures dont vous avez à vous plaindre.

— Ah ! voleur, répliqua le Loup, tu voudrais bien obtenir d'être lâché. Si tu étais en liberté tu ne tiendrais pas un langage si humble. Mais je connais tes fourberies et je porte assez de tes marques. Tu ne tromperas plus personne.

À ces mots, Isengrin ouvrit son énorme gueule et baissa la tête pour étrangler Trigaudin. Le Renard, qui était sur ses gardes et qui avait une patte en l'air, saisit le moment, enfonça ses ongles dans l'œil du vainqueur et l'éborgna. Le Loup poussa un cri affreux, lâchant prise d'une patte pour la porter vivement à sa blessure. Le Renard ne fit qu'un saut vigoureux qui le dégagea ; et il se remit à fuir. Isengrin, outré d'avoir perdu ses avantages et oubliant sa vive souffrance, se précipita de nouveau sur son ennemi, avec tant de véhémence dans sa course qu'il sauta par-dessus Trigaudin.

Avant qu'il ne se fût retourné, le Renard, que l'animosité entraînait aussi, happa le Loup par le nœud de la queue et s'y attacha. Quand Isengrin sentit là les dents acérées de son ennemi il n'eut pas d'autre ressource que de courir à perdre ha-

leine pour l'étourdir et lui faire lâcher prise.
Mais Trigaudin, fermant les yeux et serrant toujours plus fortement les dents, se laissa traîner
tant que l'autre eut des forces.

A la fin, Isengrin, qui perdait du sang par toutes
ses plaies, tomba épuisé.

Le Renard, le voyant étendu, immobile, lui
sauta à la gorge et se hâta de l'expédier, sans
éprouver d'autre résistance que les dernières secousses d'un mourant. Les parents d'Isengrin allèrent demander quartier pour lui à Sa Majesté, la
priant de faire cesser l'acharnement de Trigaudin.
Le Roi envoya le Chevreuil, qui arriva aux barrières
de la lice comme le Renard tirait dehors son ennemi par les oreilles. Il n'avait plus rien à craindre de sa part.

— C'en est assez, seigneur Trigaudin, dit le
Chevreuil. Le Roi vous reconnaît pour vainqueur.

— Je n'ambitionne pas d'autre prix de ma victoire, répondit le Renard.

Les amis d'Isengrin l'emportèrent, et les chi-
rurgiens constatèrent qu'il était mort [1].

---

[1] Dans Jaquemars Giélée, il y a un autre combat du Loup et
du Renard. Le Lion tenant cour plénière, dit-il, voulut donner
un tournoi. La lice est ouverte et les passes se font avec ardeur,
aux applaudissements de toute l'assistance. Mais voilà qu'un
cri s'élève tout à coup, un long cri d'effroi. L'arène est ensan-
glantée. Le Renard, au milieu du combat, vient de porter au

D'une autre part, on vit s'avancer, pour féliciter Trigaudin, la Guenon, le Blaireau, la Fouine,
la Belette et tous ses autres partisans. Plusieurs
même de ceux qui auparavant s'étaient montrés
contre lui, vinrent se ranger parmi ses admirateurs.

XX.

DISCOURS MORAL. CONCLUSION.

Après que Trigaudin eut reçu les compliments
de tous ses amis, sentant que son devoir était
d'aller saluer le Roi, il les pria de l'accompagner,
afin qu'il se présentât avec plus de distinction et

Loup un coup de miséricorde, et, non content d'avoir frappé le
père, il tue aussi son fils aîné. Puis, à la faveur du désordre, le
coupable se sauve en son manoir de Maupertuis. Le Roi va faire
le siége de ce manoir. Dans sa sortie, Trigaudin tue le fils du
Roi. Mais son fils à lui, Roussel, est pris et condamné à être
pendu. Le Renard se déguise, entre dans le camp, sauve son
fils, fait sa paix et trompe si bien le Roi, qu'il est nommé souverain bailli. C'est sans doute ce qui a donné l'idée de faire
nommer le Renard stathouder, comme on le verra tout à l'heure;
circonstance que nous n'avons trouvée que dans les éditions
faites en Hollande pendant la première vacance du stathoudérat,
et que nous avons cru devoir admettre. Dans le Renard latin de
M. Mone, le Loup tué est dévoré par la Truie.

d'appareil. Les hérauts le conduisirent jusqu'au pied du trône; la marche était précédée de trompettes qui sonnaient un air de victoire; et des clameurs de joie éclataient dans le cortége du Renard.

Le vainqueur se prosterna devant le Lion, qui le releva gracieusement et lui dit :

— Tu es maintenant déchargé des accusations intentées jusqu'aujourd'hui contre toi.

— Sire, répondit le Renard, je ne saurais trop remercier Votre Majesté d'avoir permis ce combat, où la vérité se fait jour. Qu'il me soit accordé de soumettre à l'illustre assemblée, réunie en cour plénière, quelques réflexions graves, inspirées par la circonstance où je me trouve.

Je me vois entouré de nouveaux amis. Avant que je n'eusse recouvré votre royale bienveillance, plusieurs de ceux qui reviennent à moi me regardaient avec mépris. Inconsidérément attachés aux apparences, ils suivaient le parti d'Isengrin. Mais un sage l'a fort bien dit : la disgrâce fait disparaître les adulateurs que la faveur avait attirés. Je rapporterai un trait d'histoire qu'on ne trouvera pas hors de propos.

Il y avait, dans une basse-cour, une troupe de chiens qui songeaient un certain jour qu'on tardait bien à leur apporter leur dîner. Comme ils

avaient les yeux tournés vers la porte de la cuisine, ils en virent sortir un dogue qui, pour me
servir d'une expression triviale, avait trouvé un
bon morceau avant qu'il ne fût perdu. Tous les
chiens s'approchèrent de lui fort empressés, quoiqu'ils comprissent que c'était un voleur. Ils lui
disaient avec toutes sortes de politesses :

— Il faut certainement que le cuisinier vous
chérisse et fasse de vous grande estime, pour vous
avoir donné un morceau si honorable.

Ils faisaient des révérences pour avoir part au
festin. Mais comme ils se confondaient en cour-
bettes, le cuisinier, qui s'était aperçu du larcin,
vint tout doucement par derrière, muni d'un bon
bâton qu'il cachait sous son tablier; et il en al-
longea quelques grands coups sur l'échine de son
voleur. Les écornifleurs, comme de coutume, se
dispersèrent aussitôt, abandonnant dans sa détresse celui dont ils venaient d'aduler la bonne
fortune.

Faisons notre profit de cette morale, dont l'application, Sire, se présente tous les jours. Tant
que la prospérité nous entoure, les flatteurs nous
applaudissent. Nous voit-on dans l'opulence, on
nous offre mille services. Il suffit de n'avoir besoin de personne pour recevoir de tout le monde
des offres de secours. Celui que l'intrigue élève à

un poste éminent, qu'il n'est pas digne d'occuper, n'entend pas moins dire à ses oreilles que c'est son mérite qui a fait sa grandeur. Celui qui, dans son emploi, se fait craindre et haïr, n'en reçoit pas moins tous les jours des témoignages de considération et d'estime. On caresse les gens dans l'espoir d'en être épargné et favorisé. Mais la fortune vient-elle à leur tourner le dos, on les juge différemment; on ne tarit plus sur leur compte en reproches et en injures. On bat des mains à leur chute, comme pour se dédommager de la complaisance qu'on a eue de les souffrir.

J'ai éprouvé, Sire, les divers effets des révolutions de la vie. Il semblait, ce matin encore, que je devais être nécessairement la victime d'une haine presque générale. Qui n'eût pas donné raison à l'avis du plus grand nombre? Et le plus grand nombre était contre moi. Cependant le sort du combat prouve que j'avais de mon côté le bon droit. J'espère ne l'avoir pas moins à l'avenir en toutes choses.

— Aussi, répondit le Lion, je te rétablis dans ton premier honneur. Tu es, je l'avoue, nécessaire à ma cour; et si tu t'y comportes avec candeur, si tu évites d'offenser personne, tu y seras chéri; car tout le monde rend justice à ta pénétration. Tâche donc de conserver mes bonnes grâces sans en abuser. Les maximes que tu viens d'énoncer t'y engageront, si tu les médites. Je le répète, ma protection est sur toi, tant qu'une sage conduite t'en rendra digne ; pour t'en donner des marques, je te fais, dès ce moment, stathouder ou gouverneur-général de mes états [1].

Les amis de Trigaudin, à ces paroles, firent sonner les fanfares et les couvrirent de leurs acclamations.

— Vous voyez, leur dit le Roi, que je me plais à le trouver innocent ; recommandez-lui toujours de se maintenir dans le devoir.

Tous s'inclinèrent, faisant pour eux et pour le Renard des protestations d'attachement inviolable. Trigaudin parut pénétré de ce qui se passait.

Il prit la parole :

— Je ne mérite, dit-il, ni l'honneur que me fait Sa Majesté, ni l'extrême bienveillance de mes amis. Tous mes efforts tendront à justifier tant de faveurs. Le trésor dont j'ai fait l'abandon à la couronne sera employé à la rendre brillante au dedans, redoutable au dehors ; et nous travaillerons tous à faire en sorte que le règne de Sa Majesté soit glorieux et florissant.

[1] Voyez la note finale du chapitre précédent.

Puis se tournant avec grâce :

— Et vous, Madame, continua-t-il en s'adressant à la Reine, vous recueillez les fruits de vos
bienfaits. L'innocence que vous avez protégée est
victorieuse ; le succès a couronné la confiance
dont vous m'avez honoré. Je n'ai pas de termes
assez forts pour exprimer tout ce que je ressens.
Mais c'est par des actions et non par des paroles
que nous prouverons notre dévouement. Pour en
donner la première marque, nous allons partir à
la recherche des joyaux qui ont été volés et que
nous espérons reconquérir.

Le Roi et la Reine engagèrent Trigaudin à revenir le plus tôt qu'il pourrait. Il les assura que
ses penchants seraient toujours conformes à leurs
intentions, et il se retira, surpris lui-même de la
manière honorable dont il sortait du mauvais pas
où il s'était mis.

Il se laissa accompagner quelque espace de
chemin par ses amis. Puis il les remercia et prit
congé d'eux, les invitant à ne pas aller plus loin
et leur promettant de les prévenir bientôt de l'instant où il faudrait se mettre en campagne.

— J'ai besoin, leur dit-il, de prendre quelques jours de repos et de laisser repousser ma
fourrure.

Il regagna donc seul son manoir et raconta à

Hermine tout ce qui s'était passé. La Renarde fut charmée de se voir devenue l'une des premières et des plus puissantes dames du royaume.

Le Loup était mort; sa famille, n'osant pas reparaître à la Cour, s'était refugiée dans les bois écartés.

La cour plénière était close. Mais le Lion, qui n'oubliait pas les promesses qu'on lui avait faites, ne tarda pas à faire savoir au Renard qu'il attendait des nouvelles de la recherche des joyaux enlevés. Trigaudin joua de nouvelles comédies qui le tirèrent de cette peine.

Il avait découvert, dit-il, par son noble ami l'Aigle Impérial, que les ravisseurs avaient émigré en Moscovie. En attendant qu'on obtînt, pour les poursuivre là, le consentement du Czar de cette contrée, qui était un ours blanc peu facile, le Lion demanda la livraison du grand trésor.

Cet amas de richesses n'existant pas, le Renard crut qu'il pouvait accuser Grosbrun et Tibers, ses ennemis, de l'avoir détourné. Pour donner raison en quelque sorte à cette allégation hardie, Grosbrun et Tibers disparurent, aimant mieux s'exiler que soutenir un procès contre un adversaire si dangereux. Le Renard vint donc à la Cour, plus triomphant que jamais. — Pourtant l'heure de la justice allait sonner.

Le Lion trouva, dans toutes les combinaisons extraordinaires dont Trigaudin l'investissait, un côté suspect et louche. Ayant convoqué autour de lui tous les notables de ses états, il dit au Renard :

— Nous voulons avoir le cœur net d'un doute qui nous est venu. Tu vas à l'instant et sans autre retard nous conduire à la Vallée-sans-nom ; si le trésor n'y est plus, nous verrons au moins le lieu où tu l'avais enfoui.

Trigaudin, surpris d'un ordre ainsi tourné, recourut à toutes les ressources de son esprit pour en éluder les conséquences. Mais le Roi se montra inflexible dans son caprice ; il fallut marcher.

Le Léopard, le Tigre, la Panthère, le Dogue, le Sanglier, le Taureau, l'Once, la Hyène et le Jaguar avaient ordre de ne pas perdre de vue le Renard.

Gardé ainsi, le vainqueur d'Isengrin marchait fort inquiet. Son imagination s'épuisait à chercher des refuges qui ne se trouvaient pas. Tout le monde était muet, comme dans l'attente d'un événement.

On arriva aux bords de la grande Meuse ; — on ne rencontra ni le petit ruisseau fort agréable, — ni les deux bosquets de bouleaux plantés par la nature, — ni autre chose que des bruyères et des sables.

Le Renard aux abois demanda grâce. Le Lion, levant sa griffe royale, la lui planta dans la tête en disant :

— Messieurs, qui veut manger du stathouder?

La garde spéciale du fourbe le mit en pièces aussitôt; — et justice fut faite.

> La peine est boiteuse et dérive,
> Mais un jour pourtant elle arrive.

LIVRE QUATRIÈME.

COMPLÉMENTS ET APPENDICES.

I.

LE FABLIAU DE MARCOL-LE-VILLAIN

ET DU ROI SALOMON [1].

Lorsque le roi Salomon régnait, plein de sagesse et d'opulence, le hasard lui fit connaître un homme, venu de pays lointains, qui s'appelait Marcol. C'était un paysan, amoncelé de taille,

------

[1] Ce fabliau, traduit du latin et fort abrégé ici, a été publié en Allemagne, pour la première fois, il y a trois cents ans. Est-il antérieur aux Aventures de Tyl l'Espiègle? ou bien l'auteur a-t-il pillé, pour son début, le premier chapitre de ce roman? C'est ce que nous ne décidons pas.

gros et laid, avec les yeux ronds, les lèvres épaisses et tous les signes de la malice et de la goguenardise. Sa sœur, qui demeurait avec lui, ne ressemblait à rien, tant elle était singulièrement faite. L'histoire dit qu'elle était trapue, crépue, barbue et bossue ; avec cela camarde, hagarde, blafarde et bavarde.

Or, le roi Salomon, étant à la chasse, vint à passer devant la chaumière de Marcol. Il y adressa son cheval ; et sans mettre pied à terre, il baissa la tête sous la petite porte, et se penchant dans la maison, il demanda qui était là dedans ? Marcol lui répondit :

— Un homme entier, la moitié d'un homme et la tête d'un cheval, avec de certaines choses qui montent et descendent.

— Explique-toi, bonhomme, dit le Roi.

Et Marcol répliqua :

— Ne suis-je pas un homme entier ? N'êtes-vous pas à moitié dans ma maison ? Et votre cheval y a-t-il autre chose que la tête ? Quant aux choses qui montent et descendent, ce sont mes fèves, que je fais cuire et qui commencent à bouillir dans mon pot.

— Et sais-tu pourquoi elles montent et descendent ?

— Elles montent comme les courtisans, parce

qu'elles sont enflées de vent, et retombent comme les favoris, lorsqu'elles sont engraissées.

— Le Seigneur, dit Salomon, m'a accordé la sagesse. Cependant, tu m'as embarrassé, villain. As-tu ouï parler des richesses que Dieu m'a données ?

— J'ai entendu dire que, où Dieu veut, il pleut.

— Crois-tu donc que Dieu ne mesure pas ses bienfaits au mérite des hommes ?

— Passez votre chemin, et n'entamons pas de pareilles questions.

— Il n'y a point ici de rabbin qui nous écoute. Qu'en penses-tu ?

— Dieu fait plus souvent grâce que justice.

— Crois-tu donc que les hommes soient égaux, et que ceux qui vivent sous le chaume méritent de vivre sous les lambris ?

— Sans le chaume, il n'y aurait point de lambris.

Salomon commençait à s'émerveiller du paysan, quand ses officiers l'environnèrent pour le ramener à son palais.

Mais le lendemain il se souvint de Marcol ; il le fit venir en sa présence. Comme il aimait à converser en sentences et en proverbes, il voulut disputer avec lui.

— Je te rendrai le plus heureux des hommes, dit-il, si tu réponds bien.

— Le médecin, répliqua le paysan, promet la santé, qui n'est pas en sa puissance.

Le Roi, un peu interdit, n'en lança pas moins ce premier adage :

— Celui qui rebute le pauvre verra ses enfants mendier.

— Il vaudrait mieux qu'il n'y eût point de pauvres, s'écria Marcol.

— La loi a prévu que le faible aurait besoin du fort.

— La loi a partagé la terre entre Willem et Conrad, et n'a pas prévu que Karle arriverait qui n'aurait rien [1].

— Mais pourtant la pauvreté est la mère de l'industrie et de la sagesse.

— La pauvreté, sire, est la mère du vol et de l'ignorance.

Il parlait de la pauvreté mauvaise.

Salomon, poursuivant ses proverbes, reprit, après un moment de repos :

— Ne laisse pas échapper l'occasion de faire du bien.

A quoi le paysan ajouta :

[1] On voit là que certaines idées de notre temps n'étaient pas inconnues au moyen âge.

— Donne ton pain au chien de l'étranger ; et n'en attends pas de reconnaissance.

— La femme innocente et modeste, dit le Roi en changeant d'objet, sera louée parmi les hommes.

— Le chat qui porte fine fourrure, riposta Marcol, est en danger d'être écorché.

— Qui trouvera une femme forte ?

A ce propos, Marcol ayant fait une réponse peu flatteuse pour les femmes, Salomon le regarda de travers.

Justement alors il se présenta deux femmes qui firent diversion à l'entretien. Elles se disputaient un enfant. L'histoire en est connue ; et l'on sait qu'alors les hommes vivant mieux entre eux, il n'y avait pas assez de causes pour empêcher les rois de les juger eux-mêmes.

La vraie mère se serait fait reconnaître rien qu'à la crainte qu'on voyait imprimée sur son visage, aux regards qu'elle attachait constamment sur l'enfant en litige ; tandis que sa rivale déployait toute son éloquence.

Le Roi dit :

— Qu'on apporte un coutelas, et qu'on donne à chacune de ces femmes la moitié de cet enfant.

— Non, non, seigneur, s'écria la mère ; qu'elle le garde tout entier.

Alors Salomon prononça :

— C'est à vous l'enfant ; reprenez-le, et l'instruisez dans la loi.

Et Marcol dit au Roi :

— Comment reconnaissez-vous que vous êtes juste ?

— Hélas ! dit Salomon, à l'exclamation subite de cette femme, au changement de son visage, aux larmes que tu lui vois répandre encore.

— Vous croyez donc aux larmes des femmes? dit grossièrement Marcol.

— Rustre ! s'écria le Roi en bondissant de son siége, penses-tu ce que tu dis ?

— Oui, sire. Les femmes sont faibles. On dit en vain que l'éducation corrige la nature ; le jour de demain ne se passera pas sans que le roi Salomon ne soit de mon avis.

— Va-t'en, dit le Roi furieux ; que l'on chasse cet abominable homme ; et qu'on lâche sur lui les chiens de mon palais, s'il ose s'y représenter.

Néanmoins Marcol, qui voulait convaincre le Roi, reparut le lendemain matin.

En voyant accourir à lui six grands chiens qui paraissaient disposés à l'étrangler, il ne se troubla pas ; — il déploya sa robe, et lâcha un lièvre vivant, — que tous les chiens se mirent à poursuivre.

Le Roi ne put s'empêcher de sourire :

— Viens-tu, dit-il ensuite, me prouver ce que tu as soutenu hier ?

— Si vous le permettez, répliqua le paysan, je commencerai, ce soir, à votre souper.

Le Roi avait un chat si bien instruit, qu'il tenait tous les soirs au souper la bougie qui l'éclairait. Rien ne pouvait le détourner de sa gravité dans cette occupation officielle ; et il suffisait d'un signe de Salomon pour réprimer la gourmandise que les courtisans excitaient chez le pauvre animal, en lui présentant les meilleurs morceaux.

Marcol annonça qu'il choisissait le chat du Roi, pour prouver que l'éducation ne corrige pas la nature. En même temps il ouvrit le pli de sa robe et laissa échapper une souris, qui courut sur la table. Le chat fut ému ; mais le Roi contint son avidité par un signe, et cette première tentative manqua.

Marcol, qui avait tout prévu, lança une autre souris ; le chat fit un mouvement, et le Roi fut obligé d'employer la voix pour fixer l'animal à son poste.

Mais à la troisième souris, le chat n'y tenant plus jeta la bougie et se précipita sur sa petite victime.

— Eh bien, seigneur, dit le paysan, les chiens de ce matin et le chat de ce soir ne vous prouvent-ils pas que toute précaution est inutile contre le naturel ?

Le Roi, un peu vexé, renvoya Marcol sans rien lui dire. Mais celui-ci, tenant à montrer qu'il avait raison, alla trouver sa sœur.

— Le Roi est un scélérat, lui dit-il, je viens d'aiguiser ce couteau, pour le poignarder demain matin. Tu me promets le silence ?

La sœur le jura.

— Quand on me tuerait, dit-elle, je ne dirai rien.

Le paysan revint au palais le lendemain matin; il pria le Roi de lui faire justice.

— J'ai une sœur, dit-il; elle a perdu son droit à l'héritage paternel. Elle le réclame; et moi je réclame les lois.

Salomon dit :

— Fais-nous venir ta sœur.

Lorsque la sœur parut, Marcol parla ainsi :

— Seigneur, je vous supplie d'ordonner que ma sœur ne reçoive rien de l'héritage paternel.

La sœur, entendant ces paroles, entra en fureur:

— Brigand, s'écria-t-elle, et pourquoi n'aurais-je rien ? mon père ne fut-il pas ton père ? et ma mère ne fut-elle pas la tienne ? Mais je t'empêcherai, voleur, de profiter toi-même de l'héritage; et le Roi que tu implores me le donnera tout entier, quand il saura que tu songes à l'assassiner en ce moment, et que tu as sur toi le couteau que j'ai vu pour lui percer le cœur.

Les courtisans s'emparèrent de Marcol et le fouillèrent; on ne trouva pas une aiguille sur son corps.

— Eh bien, seigneur, dit-il, croirez-vous aux femmes, lorsque ma propre sœur me calomnie?

— Ce villain, dit Salomon, voudrait me faire passer pour un sot. Je le tiens quitte de son épreuve. Et il lui tourna le dos.

Mais Marcol, qui était fort têtu, s'en alla trouver alors la femme même à qui le Roi avait restitué son enfant.

— Vous ne savez pas, lui dit-il, ce qui s'est fait au conseil du Roi; on vous a rendu votre enfant; mais c'est pour vous le reprendre bientôt avec beaucoup d'autres; on en fera un bain de sang que les médecins ont ordonné au Roi.

La femme ne manqua pas d'aller promptement dans toutes les rues divulguer ces fatales nouvelles. Des groupes se formèrent et vinrent en tumulte assiéger le palais. Le Roi demanda, sans pouvoir se faire entendre, quel était le sujet de l'émeute? Il distingua enfin des voix qui criaient:

— Malheur au trône sur lequel on prononce avec tyrannie!

— Eh quoi! s'écria Salomon, on m'a sacré roi d'Israël, et je ne pourrai faire mes volontés!

— Nous l'entendons, hurlèrent toutes les femmes ; ce qu'on nous a dit n'est que trop vrai. Nous sommes comme lui enfants d'Abraham ; nous ne souffrirons pas l'injustice.

Les voix se partageaient en exclamations diverses.

— Il lui faut le sang de nos enfants pour le guérir de ses infirmités, le tigre !

Et comme Salomon vint à sourire, des voix de femmes crièrent :

— A la tyrannie il joint la dérision.

— Non, dit le Roi, la tête de la vipère n'est pas à comparer à la tête d'une femme.

— Seigneur, répliqua Marcol en s'approchant, c'est vous-même qui outragez ce que vous voulez que je respecte.

— Et n'entends-tu pas tout ce qu'elles vomissent d'injures contre moi ?

— Il faut, seigneur, que le Roi qui veut vivre en paix avec ses sujets soit aveugle, sourd, muet, selon les conjonctures. Mais il faut en tout temps avoir de la mémoire.

Le Roi comprit que tout ce tumulte était l'ouvrage du paysan ; et se tournant vers les femmes, il leur dit :

— Filles d'Abraham, je suis innocent des projets dont on m'accuse ; vos alarmes ne reposent que sur des mensonges imaginés par ce drôle, dont la malice démonterait une modération plus grande encore que la mienne. Que chaque mère retourne donc consoler son enfant par son sourire.

Quant à toi, reprit-il en chassant Marcol, ton stratagème ne prouve rien ; car si par les suppositions et les mensonges on altère la mansuétude des femmes, on ne troublerait pas moins les sages les plus graves.

II.

UN JUGEMENT DE SALOMON.

La première année que le sage Salomon monta sur le trône, mourut un de ses vassaux, prince de Soissonne, seigneur d'une grande terre et de trois châteaux. Il laissait deux fils, d'un caractère bien différent, l'un dur, inhumain et féroce, l'autre aussi vertueux et aussi doux que le premier l'était peu : c'était le cadet. A peine le père eut-il les yeux fermés, que l'aîné des deux fils, assemblant ses barons, leur demanda de régler le partage entre son frère et lui.

— Eh ! mon frère, s'écria le plus jeune tout en larmes, oublions ces discussions odieuses que nous serons toujours les maîtres de reprendre un jour. Vous voyez devant vous celui que nous venons de perdre ; ne songeons en ce moment qu'à le pleurer et à prier pour lui.

L'autre ne voulut rien écouter. Les barons eurent beau le conjurer d'attendre au moins que le corps fût inhumé, leurs représentations furent inutiles : il exigea qu'on procédât sans délai au partage [1].

Dans ce moment entra le Roi. Plein d'estime pour la mémoire et les vertus du mort, il venait honorer de sa présence ses funérailles. On l'instruisit de la demande du fils aîné. Il se chargea d'y satisfaire, et faisant placer le corps debout entre deux poteaux :

— L'héritage de ce brave chevalier, dit-il aux deux frères, demande, pour être défendu après lui, un courage égal au sien. Voyons qui de vous deux se montrera le plus digne de le posséder....

Il leur fait alors donner à chacun une lance, leur assigne un but pour qu'on puisse apprécier leur adresse, et ce but est le corps mort de leur père. La récompense de celui qui aura porté le coup le plus ferme sera le don de la terre entière.

---

[1] Si l'on est surpris de ces tournures de style, il ne faut pas oublier que les conteurs, les poètes et les artistes du moyen âge habillaient l'antiquité sacrée et profane des costumes, des dignités et des mœurs qu'ils avaient sous les yeux.

Imprimé par PLON frères.

LE MÉDECIN DE BRAY.

L'aîné accepte sans répugnance cette abominable condition, et il ose frapper celui dont il a reçu la vie.

On propose au cadet de prendre à son tour la lance.

— Moi, s'écrie-t-il en reculant d'effroi, moi, que je porte les mains sur mon père! Ah! jamais! Et que le ciel pardonne à celui qui vient de l'outrager!

Salomon ne voulait qu'éprouver les deux enfants. Quand il eut connu leurs sentiments, il prononça en ces termes :

— Le chevalier mort ne doit avoir pour héritier que son fils, et celui-là seul est son fils qui a su le respecter et le chérir. L'autre est un monstre dénaturé, avide de son bien et indigne de lui.

Il ordonna aussitôt à celui-ci de sortir de ses états, en lui déclarant que si le lendemain il l'y retrouvait encore, il le ferait pendre.

III.

LE FABLIAU DU MÉDECIN DE BRAI.

Jadis fut un villain qui, à force d'avarice, avait amassé quelque bien. Outre du blé et du vin en abondance, outre de bon argent, il avait encore dans son écurie quatre chevaux et huit bœufs. Malgré cette fortune cependant, il ne songeait point à se marier. Ses amis et ses voisins lui en faisaient souvent des reproches; il s'excusait en disant que, s'il rencontrait une bonne femme, il la prendrait. Eux se chargèrent de lui choisir la meilleure qu'on pourrait trouver, et en conséquence ils firent des recherches.

A quelques lieues de là vivait retiré un vieux chevalier veuf et pauvre, qui avait une fille très-bien élevée et d'une figure charmante. La demoiselle était en âge d'être mariée; mais comme le père n'avait rien à lui donner, personne ne songeait à elle. Les amis du villain étant venus en son nom en faire la demande, elle lui fut accordée; et cette jeune fille, qui était sage et qui n'osait désobliger son père, se vit forcée d'obéir. Le villain, enchanté de cette alliance, se pressa bien vite de conclure et fit ses noces à la hâte.

Mais elles ne furent pas plutôt faites, que des inquiétudes lui vinrent. Il songea que, dans sa profession, rien ne lui convenait moins qu'une fille de chevalier. Elle est élevée à ne rien faire, pensa-t-il; et de plus elle me va mépriser, moi qui suis fils de villain.

De telles idées fermentant avec l'orgueil, il crut

qu'il resterait le maître chez lui en s'y faisant redouter ; et son parti étant pris, il se mit tous les jours, de sa lourde main, à battre sa femme.

La pauvre demoiselle, depuis un mois, pleurait continuellement, lorsqu'un matin que son mari était allé labourer ; elle vit entrer chez elle deux messagers du Roi, montés sur des chevaux blancs. Ils la saluèrent au nom du monarque, et lui demandèrent un morceau à manger : ils mouraient de faim. Elle leur apprêta aussitôt ce qu'elle avait, et, pendant le repas, les pria de lui dire où ils allaient ainsi :

— Nous ne savons trop, répondirent-ils ; mais nous cherchons quelque physicien habile [1], et nous passerons s'il faut jusqu'en Angleterre. Demoiselle Ade, la fille du Roi, est malade. Il y a huit jours qu'en mangeant du poisson, une arête lui est restée dans le gosier. Tout ce qu'on a imaginé depuis ce temps pour l'en délivrer a été sans succès. Elle ne peut ni manger ni dormir, et souffre des douleurs incroyables. Le Roi qui se désespère nous a dépêchés pour lui amener quelqu'un capable de guérir sa fille : s'il la perd il en mourra.

— N'allez pas plus loin, reprit la dame en s'avisant, j'ai l'homme qu'il vous faut, grand physicien et *plus expert en urines qu'Hippocrate.*

[1] Physicien, — médecin.

— Oh! ciel! se pourrait-il! et ne nous trompez-vous pas?

— Non, je vous dis la pure vérité. Mais le médecin dont je vous parle est un fantasque, qui a particulièrement le travers de ne vouloir point exercer son talent; et je vous préviens que, si vous ne le battez fortement, vous n'en tirerez aucun parti.

— Oh! s'il ne s'agit que de battre, nous battrons; il est en bonnes mains. Dites-nous seulement où il demeure.

La dame alors leur enseigna le champ où labourait son mari, leur recommandant surtout de ne point oublier le point important dont elle les avait prévenus. Ils la remercièrent, s'armèrent chacun d'un bâton, et piquant vers le villain, le saluèrent de la part du Roi, et le prièrent de les suivre.

— Pourquoi faire? dit-il.

— Pour guérir sa fille. Nous savons quelle est votre science, et nous venons exprès vous chercher en son nom.

Le manant répondit qu'il savait labourer, et que si le Roi avait besoin de ses services en ce genre il les lui offrait, mais pour la médecine, il protesta sur sa conscience qu'il n'y entendait absolument rien.

— Je vois bien, dit l'un des cavaliers à son camarade, que nous ne réussirons point avec des compliments, et qu'en effet il veut être battu.

Aussitôt ils mirent tous deux pied à terre et frappèrent sur lui à qui mieux mieux.

D'abord il essaya de leur représenter l'injustice de leur procédé. Mais comme il n'était pas le plus fort, il lui fallut filer doux, et, en demandant grâce bien humblement, promettre d'obéir en tout ce qu'ils exigeraient.

On lui fit donc monter une des juments de sa charrue, et on le conduisit ainsi au Roi.

Le monarque était dans la plus grande inquiétude sur l'état de sa fille. Le retour des deux messagers lui rendit l'espérance ; il les fit entrer aussitôt pour savoir quel était le succès de leurs recherches. Ceux-ci, après beaucoup d'éloges de l'homme merveilleux et bizarre qu'ils amenaient, racontèrent leur aventure.

— Je n'ai jamais vu de médecin comme celui-là, dit le prince ; mais, au reste, puisqu'il aime le bâton et qu'il faut cela pour guérir ma fille, soit, qu'on le bâtonne.

Il ordonna dans l'instant qu'on descendît la princesse ; et, faisant approcher le villain :

— Maître, lui dit-il, voici celle qu'il faut guérir.

Le pauvre diable se jeta à genoux en criant

merci, et jura qu'il ne savait pas un mot, pas un seul mot de *physique*.

Pour toute réponse, le monarque fit un signe, et à l'instant deux grands sergents qui étaient là tout prêts, armés de bâtons, firent pleuvoir sur ses épaules une grêle de coups.

— Grâce, grâce, s'écria-t-il, je la guérirai, sire, je la guérirai.

La jeune fille était devant lui, pâle et mourante; et, la bouche ouverte, elle lui montrait du doigt le siége et la cause du mal. Il songeait en lui-même comment il pourrait s'y prendre pour opérer cette cure; car il voyait bien qu'il n'y avait plus à reculer et qu'il fallait en venir à bout ou périr sous le bâton.

— Le mal n'est que dans le gosier, se disait-il: si je pouvais réussir à la faire rire, peut-être l'arête sortirait-elle.

Cette idée lui parut avoir quelque vraisemblance : il demanda donc au monarque qu'on allumât un grand feu dans la salle, et qu'on le laissât un instant seul avec la princesse.

Tout le monde retiré, il la fait asseoir, s'étend le long du feu, et de ses ongles noirs et crochus commence à se gratter et à s'étriller la peau avec des contorsions et des grimaces si plaisantes, que la jeune princesse, malgré sa douleur, n'y peut tenir. Elle part tout à coup d'un éclat de rire, et de l'effort qu'elle fait l'arête lui vole hors de la bouche.

Il la ramasse, court à la porte.

— Sire, la voici, la voici.

— Vous me rendez la vie, s'écria le monarque transporté.

Et il promit de lui donner en récompense de riches habits. Le villain le remercia. Il ne demandait que la permission de s'en retourner, prétendant avoir beaucoup à faire dans son ménage. En vain le Roi lui proposa de devenir son médecin en titre ; il répondit toujours qu'il était pressé, qu'il n'y avait point de pain chez lui quand il était parti, et qu'il lui fallait absolument porter du blé au moulin.

Mais lorsqu'à un nouveau signal du prince les deux sergents recommencèrent à jouer du bâton, il cria miséricorde, et promit de rester non-seulement un jour, mais toute sa vie, si l'on voulait.

On le conduisit alors dans une chambre voisine où, après lui avoir ôté ses habits, après l'avoir tondu et rasé, on le revêtit d'une robe d'écarlate. Il ne s'occupait, pendant tout ce temps, que des moyens de s'échapper, et comptait que, ne pouvant toujours être gardé à vue, il en trouverait bientôt l'occasion.

Mais la guérison qu'il venait d'opérer avait fait du bruit. Plus de quatre-vingts malades de la ville, dans l'espérance du même succès pour eux, étaient venus au château le consulter, et ils avaient prié le monarque de lui dire un mot en leur faveur. Le Roi le fit appeler.

— Maître, lui dit-il, je vous recommande ces gens-là ; guérissez-les tout de suite, et que je les renvoie chez eux.

— Sire, répondit le villain, à moins que Dieu ne s'en charge avec moi, cela ne m'est pas possible, il y en a trop.

— Qu'on fasse venir les deux sergents, reprit le prince.

A l'approche des exécuteurs, le malheureux, tremblant de tous ses membres, demanda de nouveau pardon, et promit de guérir tout le monde, jusqu'à la dernière servante.

Il pria donc le Roi de vouloir bien encore une fois sortir de la salle, ainsi que tous ceux qui se portaient bien. Resté avec les seuls malades, il les arrangea tous autour de la cheminée, dans laquelle il fit faire un feu d'enfer [1], et leur parla ainsi :

— Mes amis, ce n'est pas une petite besogne que de rendre la santé à tant de monde, et surtout

[1] La cure qu'on va lire rappellera un des meilleurs chapitres de Tyl l'Espiègle.

aussi promptement que vous le désirez. Je sais pourtant un sûr moyen : c'est de choisir le plus malade d'entre vous, de le jeter dans le feu, et quand il sera consumé, de prendre ses cendres pour les faire avaler aux autres. Le remède est violent, j'en conviens, mais il est infaillible, et je réponds après cela de votre guérison sur ma tête.

A ces mots, les malades se regardèrent les uns les autres, comme pour examiner leur état respectif. Mais dans toute la bande il n'y avait personne étique ou enflé qui, pour la Normandie entière, eût voulu convenir alors que sa maladie était grave.

Le guérisseur s'adressant au premier du cercle :

— Tu me parais pâle et faible, lui dit-il ; je crois que c'est toi qui es le plus mal.

— Moi, sire ! point du tout, répondit l'autre ; je me sens beaucoup soulagé dans ce moment, et ne me suis jamais si bien porté.

— Comment, coquin, tu te portes bien ! eh ! que fais-tu donc ici ?

Et mon homme aussitôt d'ouvrir la porte et de se sauver.

Le Roi était en dehors, attendant l'événement, et prêt à faire bâtonner le villain, s'il fallait encore en venir là. Il voit sortir un malade :

— Es-tu guéri ? lui dit-il.

— Oui, sire.

L'instant d'après, un second paraît :

— Et toi?

— Je le suis aussi.

Enfin, que vous dirai-je ! il n'y eut personne, jeune ou vieux, qui voulût consentir à faire des cendres, et tous sortirent se prétendant guéris.

Le prince, enchanté, rentra dans la salle pour féliciter le médecin. Il ne pouvait assez admirer comment, en aussi peu de temps, il avait pu opérer tant de miracles.

— Sire, répondit le villain, je possède un charme d'une vertu sans pareille, et c'est avec cela que je guéris.

Le monarque le combla de présents ; il lui donna de l'argent et des chevaux, l'assura de son amitié, et lui permit de retourner auprès de sa femme, à condition cependant que quand on aurait besoin de son secours, il viendrait sans se faire bâtonner.

Le manant prit ainsi congé du Roi. Il n'eut plus besoin de labourer, ne battit plus sa femme, l'aima et en fut aimé; mais, par le tour qu'elle lui avait joué, elle le rendit médecin malgré lui.

(Page 307.)   Imprimé par PLON frères

LA FEMME DU BOYARD.

LE BOYARD MÉDECIN.   317

IV.

LE BOYARD MÉDECIN.

Une anecdote attribuée au grand-père de Pierre-le-Grand offre encore toute l'histoire de la première partie du fabliau intitulée *Le Médecin de Brai.*

Le Czar était cruellement tourmenté de la goutte. Il avait promis de grandes récompenses à quiconque lui indiquerait un remède propre à le guérir ; mais personne ne le soulageait.

Sur ces entrefaites, la femme d'un boyard, outrée des mauvais traitements que lui faisait endurer son mari, résolut de s'en venger. Elle publia qu'il avait un spécifique infaillible contre la goutte, mais qu'il n'était pas assez dévoué au Czar pour le lui révéler.

Le Czar, instruit par la voix publique, fit venir le boyard et lui demanda son remède.

— Sans doute, répondit le boyard, Votre Majesté me prend pour un autre ; je n'ai jamais été médecin, et je n'ai de secrets ni pour la goutte, ni pour aucune autre maladie.

Mais le Czar prit mal ces protestations; il fit administrer au boyard quarante coups de fouet, et l'envoya coucher en prison. Là, le pauvre homme apprit ce que sa femme avait dit; et les imprécations qu'il fit entendre contre elle ne servirent qu'à le faire maltraiter davantage. On lui annonça qu'il recevrait le knout tous les matins, jusqu'à ce qu'il eût guéri le souverain, par le moyen du secret dont sa femme assurait toujours qu'il était possesseur.

Le boyard, pendant plus de quinze jours, reçut des coups de fouet sans pouvoir se décider à s'avouer médecin. Il s'opiniâtrait; on lui vint dire qu'il se préparât à la mort, comme coupable par son refus du crime de lèse-majesté.

Le bon homme, épouvanté, ne voyant plus d'autre ressource, se risqua et dit, quoiqu'il n'en sût rien, qu'il possédait en effet quelques recettes, mais qu'il n'avait pas osé les essayer sur le Czar, parce qu'il ne les croyait pas assez certaines. Il demanda huit jours pour les préparer.

Ayant obtenu ce délai, il fit recueillir dans les environs de Moscou toutes sortes d'herbes qu'on amena dans plusieurs chariots, et il en prépara un bain pour le Czar. Alors, soit que le mal fût à son déclin, soit que parmi une si grande quantité de plantes il s'en trouvât d'efficaces contre la goutte, le prince se sentit beaucoup mieux. On se confirma donc dans l'idée que les premiers refus du boyard n'étaient qu'un effet de sa mauvaise volonté ; on crut qu'on ne l'avait pas assez puni ; on lui décocha encore quelques bons coups de knout. Après quoi le prince lui envoya quatre sacs d'argent ; il le nomma son médecin ; il lui donna vingt-cinq paysans, une petite terre, mais en lui faisant intimer les plus rigoureuses défenses d'exercer contre sa femme la moindre vengeance.

On ajoute que le boyard se soumit à ces injonctions. On assure même que les deux époux vécurent depuis dans une parfaite union, et que le mari, considérant que la malice de sa femme, secondée d'un bon hasard, l'avait honnêtement enrichi, se consola facilement du mauvais côté de l'aventure.

Il vivait en un pays où les coups de knout se reçoivent.

V.

LES TROIS AVEUGLES DE COMPIÈGNE [1].

Trois aveugles de Compiègne allaient quêter dans le voisinage. Ils suivaient le chemin de Senlis et marchaient à grands pas, chacun tenant une tasse et un bâton à la main. Un jeune bachelier bien monté, qui se rendait à Compiègne, suivi d'un écuyer à cheval, et qui venait de Paris où il avait appris quelque malice, fut frappé de loin de leur pas ferme et allongé.

— Ces drôles-là, se dit-il à lui-même, pour des gens qui ne voient goutte, ont une marche bien assurée. Je veux savoir s'ils trompent, et les attraper.

Dès qu'il fut arrivé près d'eux, et que les aveugles, au bruit des chevaux, se furent rangés de côté pour lui demander l'aumône, il les appela, faisant semblant de leur donner quelque chose, mais ne leur donnant réellement rien :

[1] C'est la même histoire, sauf les détails, que dans le chapitre de Tyl l'Espiègle et des trois aveugles.

— Tenez, leur dit-il, voici un besant [1]; vous vous le partagerez; car il est pour vous trois.

— Oui, mon noble seigneur, répondirent les aveugles, et que Dieu vous récompense!

Quoique aucun d'eux n'eût le besant, chacun cependant crut de bonne foi que son camarade l'avait reçu. Ainsi, après beaucoup de remercîments adressés au cavalier, ils se remirent en route, bien joyeux, ralentissant néamoins leur pas.

Le bachelier, de son côté, feignit aussi de continuer son chemin. Mais à quelque distance il mit pied à terre, donna son cheval à son écuyer, en lui ordonnant d'aller l'attendre à la porte de Compiègne; puis il se rapprocha sans bruit des aveugles, et les suivit pour voir ce que deviendrait cette aventure.

Quand ils n'entendirent plus le bruit des chevaux, le chef de la petite troupe s'arrêta :

— Camarades, dit-il, nous avons fait là une bonne journée. Je suis d'avis de nous y tenir et de retourner à Compiègne, manger le besant de ce brave chrétien. Il y a long-temps que nous ne nous sommes divertis : voici aujourd'hui de quoi faire bombance; donnons-nous du plaisir.

La proposition fut reçue avec éloges, et nos

[1] Monnaie qui valait alors environ cinquante francs d'aujourd'hui.

trois mendiants aussitôt, toujours suivis du clerc, retournèrent sur leurs pas.

Arrivés dans la ville, ils entendirent crier : *Excellent vin, vin de Soissons, vin d'Auxerre, poisson, bonne chère à tout prix : entrez, messieurs* [1]. Ils ne voulurent pas aller plus loin ; ils entrèrent ; et après avoir prévenu qu'on n'appréciât pas leurs facultés sur leur mise, du ton de l'homme qui porte dans sa bourse le droit de commander, ils crièrent qu'on les servît bien et promptement.

Nicole, c'était le nom de l'hôtelier, accoutumé à voir des gens de cette espèce faire quelquefois dans une partie de plaisir plus de dépense que d'autres en apparence bien plus aisés, les reçut avec respect. Il les conduisit dans sa belle salle, les pria de s'asseoir et d'ordonner, assurant qu'il était en état de leur procurer tout ce qu'il y avait de meilleur dans Compiègne, et de le leur apprêter de manière qu'ils seraient contents. Ils demandèrent qu'on leur fît faire grande chère ; et aussitôt maître, valet, servante, tout le monde dans la maison se mit à l'œuvre. Un voisin même fut prié de venir aider. Enfin, à force de mains et de secours, on parvint à leur servir un dîner composé

---

[1] Les cabaretiers alors, n'ayant pas d'enseigne, annonçaient ainsi ce qui pouvait leur attirer pratique.

de cinq plats ; et voilà nos trois mendiants à table, riant, chantant, buvant à la santé l'un de l'autre, et faisant de joviales plaisanteries sur le bon cavalier qui leur procurait tout cela.

Celui-ci les avait suivis à l'auberge avec son écuyer ; il était là qui écoutait leurs propos. Il voulut même, afin de ne rien perdre de cette scène divertissante, dîner et souper modestement avec l'hôte. Les aveugles, pendant ce temps, occupaient la salle d'honneur, où ils se faisaient servir comme des chevaliers. La joie ainsi fut poussée jusque bien avant dans la nuit : pour terminer dignement une si belle journée, ils demandèrent chacun un lit et se couchèrent.

Le lendemain matin, l'hôte, qui voulait se débarrasser d'eux, les envoya réveiller par son valet. Quand ils furent descendus, il fit le compte de leur dépense, et demanda dix sous[1].

C'était là le moment que le malicieux bachelier attendait. Afin d'en jouir à son aise, il vint se placer dans un coin, sans néanmoins vouloir se montrer, de peur de gêner par sa présence.

— Sire, dirent à l'hôte les aveugles, nous avons un besant, rendez-nous notre reste.

Celui-ci tend la main pour recevoir le besant :

[1] Dix sous d'argent, qui valaient presque le besant.

et comme personne ne le lui donne, il demande qui l'a des trois. Aucun d'eux ne répond d'abord; il les interroge, et chacun dit : ce n'est pas moi. Alors il se fâche.

— Çà, messieurs les truands, croyez-vous que je sois ici pour vous servir de risée? Ayez un peu la bonté d'en finir, s'il vous plaît, et de me payer tout à l'heure mes dix sous; sinon je vous étrille.

Ils recommencent donc à se demander l'un à l'autre le besant; ils se traitent mutuellement de fripons, finissent par se quereller et font un tel vacarme, que l'hôte furieux, leur distribuant à chacun quelques paires de soufflets, crie à son valet de descendre avec deux bâtons.

Le bachelier, pendant ce débat, riait dans son coin. Cependant, quand il vit que l'affaire devenait sérieuse, et qu'on parlait de bâtons, il se montra, et d'un air étonné vint demander ce qui causait un pareil tapage.

— Sire, ce sont ces trois marauds qui sont venus hier ici pour manger mon bien; et aujourd'hui que je leur demande ce qui m'est dû, ils ont l'insolence de me bafouer. Mais il n'en sera pas ainsi, et avant qu'ils sortent.....

— Doucement, doucement, sire Nicole, reprit le cavalier, les bonnes gens n'ont peut-être pas de quoi payer; et dans ce cas vous devriez moins les blâmer que les plaindre. A combien se monte leur dépense ?

— A dix sous.

— Quoi ! c'est pour une pareille misère que vous faites tant de bruit ! Eh bien ! apaisez-vous ; j'en fais mon affaire. Et pour ce qui me regarde, moi, combien vous dois-je ?

— Cinq sous, beau sire.

— Cela suffit, ce sera quinze sous que je vous payerai ; laissez sortir ces malheureux, et sachez qu'affliger les pauvres c'est vilaine action.

Les aveugles, qui craignaient la bastonnade, se sauvèrent bien vite, sans se faire prier. Nicole, d'un autre côté, qui s'attendait à perdre ses dix sous, enchanté de trouver quelqu'un pour les lui payer, se répandit en grands éloges sur la générosité du bachelier.

— L'honnête homme ! disait-il ; une si belle charité ne restera pas sans récompense : vous prospérerez, c'est moi qui vous l'annonce.

Tout ce que venait de dire le voyageur n'était qu'une nouvelle malice de sa part ; et, tout en leurrant l'hôtelier par cette ostentation de générosité, il ne songeait qu'à lui jouer un tour, comme il en avait déjà joué un aux aveugles.

Dans ce moment passait un homme noir sur sa mule. L'hôtelier le salua.

— Vous connaissez ce digne bourgeois? demanda le bachelier.

— Assurément. C'est maître David, le plus grand médecin de Compiègne.

— J'en suis bien aise, car il est mon parent; et dans ce cas, s'il voulait se charger des quinze sous que je vous dois, ne m'en tiendriez vous pas quitte ?

— Oui, certes, et de trente livres même, si vous me les deviez.

— Eh bien! suivez-moi, et allons lui parler.

Ils sortirent ensemble ; mais auparavant le voyageur commanda à son valet de seller les chevaux et de les tenir tout prêts.

Le médecin, quand ils entrèrent, était déjà entouré de malades qui le consultaient.

— Voilà qui va être fort long, dit le bachelier à son hôte; je n'ai pas le temps d'attendre, il faut que je parte. Laissez-moi le prévenir. Il vous suffit, n'est-ce pas, que vous ayez sa parole ?

D'après l'aveu de Nicole, il s'approche du docteur, et tirant douze deniers, qu'il lui glisse adroitement dans sa main :

— Sire, dit-il, vous me pardonnerez de venir vous parler si brusquement. Je suis un voyageur qui passe par votre ville. J'ai logé cette nuit chez un de vos bourgeois, que vous connaissez, et que voici dans le vestibule. C'est un bon homme, fort honnête et sans la moindre malice ; mais son cerveau est malheureusement un peu faible, et il lui a pris hier au soir un accès de folie qui nous a tous empêché de dormir. Il se trouve un peu mieux ce matin ; mais, cependant, comme il se sent encore mal à la tête, il a voulu qu'on le conduisit à vous et qu'on vous priât de lui tirer un doigt de sang.

— Très-volontiers, répondit le médecin.

Alors se tournant vers l'hôte :

— Mon ami, lui dit-il, attendez que j'aie fini avec ces bonnes gens, je vous satisferai ensuite sur ce que vous désirez.

Nicole, qui crut trouver dans cette réponse la promesse qu'il venait chercher, n'en demanda pas davantage ; il reconduisit le bachelier jusqu'à l'auberge, lui souhaitant un bon voyage, et retourna chez le docteur attendre qu'il le payât.

Celui-ci, ayant expédié ses malades, vint la lancette en main au devant de l'hôtelier :

— Mon ami, lui dit-il, défaites votre pourpoint.

L'autre, fort étonné de ce préambule, répondit que pour recevoir quinze sous il n'avait pas besoin de cette cérémonie.

— Vraiment on a eu raison, se dit le médecin à lui-même, cet homme à un grain de folie.

Puis prenant un ton de douceur :

— Allons, mon cher ami, reprit-il, ayez confiance ; je ne vous en tirerai qu'un doigt.

— Il s'agit bien de cela, s'écria Nicole. On m'attend chez moi ; il me faut quinze sous, et je n'ai que faire de saignée.

Le médecin irrité appelle ses valets et leur dit de saisir cet homme qui est fou.

— Non, non, je ne le suis point, vous ne me jouerez pas ainsi : vous avez promis de me payer ; je ne sortirai d'ici que quand j'aurai mon argent.

— Liez-le, criait le docteur.

On saisit aussitôt le pauvre diable : les uns lui tiennent les mains, les autres les jambes, celui-ci le serre par le milieu du corps, celui-là l'exhorte à la patience. Il fait des efforts terribles pour leur échapper ; il jure comme un possédé ; mais il a beau faire, le médecin lui retire sa manche et le saigne sans s'émouvoir.

Le malheureux vit bien qu'il avait été dupé. Il se retira, honteux et calmé, ayant perdu ses quinze sous ; mais en récompense il avait eu une saignée.

VI.

LE FABLIAU DE BOIVIN DE PROVINS.

Qui veut ouïr l'aventure de Boivin ? qu'il approche et m'écoute. Il pourra se vanter de la savoir au vrai, à moins qu'il ne se bouche les oreilles pour ne pas m'entendre.

C'était un coquin bien adroit que ce Boivin. Provins n'en avait pas deux comme lui. Un jour il lui prit envie, pendant le temps de la foire, de jouer un tour de son métier. Depuis un mois il avait exprès laissé croître sa barbe. Il prit une cotte, un surcot et une chape de bure grise, une coiffe de burat, de gros souliers bien épais, avec une grande bourse de cuir dans laquelle il mit douze deniers qui composaient tout son avoir ; et pour mieux ressembler à un villain, il s'arma d'un aiguillon.

Ainsi équipé, le drôle alla dans une rue détournée, vis-à-vis de la maison d'une certaine Mabile, riche couturière fort renommée, et qui avait chez elle plusieurs ouvrières. Le long du mur était une souche d'arbre; Boivin s'y assit,

mit son aiguillon par terre, et, le dos un peu
tourné aux fenêtres de Mabile, sans paraître s'occuper d'elle, il commença, d'un air fort affairé, à
se parler ainsi :

— Çà, puisque nous voilà hors de la foire et
dans un endroit tranquille, faisons un peu notre
compte.

D'abord, j'ai reçu pour un de mes bœufs
trente-neuf sous ; j'en ai reçu dix-neuf pour un
autre ; sur quoi il faut défalquer douze deniers
que j'ai donnés à Giraut, qui me les a fait vendre.
Dix-neuf et trente-neuf, ça fait... ça fait... ; si
j'avais ici des fèves ou des pois pour compter, je
le saurais bien vite. Dix-neuf et trente-neuf...
Oh! je me rappelle que Sirou m'a dit que c'était
cinquante.

Item, pour deux setiers de blé, pour ma jument, mes cochons et la laine de mes agneaux,
cinquante autres sous. Cinquante et puis cinquante, et puis dix-neuf, et puis trente-neuf, ça
fait bien tout justement cent. Cent sous, c'est
comme qui dirait cinq livres... n'est-ce pas? Une,
deux, trois...

Et tout en parlant ainsi, Boivin faisait sonner
ses douze deniers ; il les prenait à plein poing,
les tirait de sa bourse, les y remettait ; on eût dit
qu'il avait à compter un trésor.

Les ouvrières, au bruit, étaient accourues à la fenêtre, et elles avaient appelé Mabile, leur maîtresse.

— Chut! leur dit celle-ci; ne l'interrompez pas. Il faut nous amuser du villain et nous régaler aujourd'hui à ses dépens : laissez-moi faire.

Mabile était une des commères les plus fines et les plus adroites dont vous ayez jamais ouï parler; c'était une voleuse aussi. Mais elle ne savait pas avoir affaire à un matois bien autrement rusé qu'elle encore. Le pendard, feignant toujours de n'être occupé que de son compte, qu'il embrouillait exprès à chaque moment, répétait sur ses doigts d'un air imbécile dix-neuf, et puis trente-neuf, et puis cent, et puis cinquante. Enfin, au bout de quelque temps, comme s'il n'eût pu se dépêtrer d'un compte aussi embarrassant, il s'écria avec un soupir :

— Ah! si j'avais ici ma nièce Mabile, la fille de Tiéce ma sœur! elle avait de l'esprit, celle-là! Quelle consolation ce serait pour moi, à présent que j'ai perdu ma femme et mes enfants! Elle m'aiderait dans mon ménage; je lui aurais donné un bon mari, et, après moi, tout mon bien. Mais elle s'est enfuie, la mauvaise, et m'a planté là.

En parlant ainsi, Boivin sanglotait douloureusement, et il s'écriait de nouveau :

— Ah! Mabile! ma chère nièce Mabile!

Mabile, qui n'avait pas perdu un mot de tout ce soliloque, crut qu'il était temps de profiter de la confidence. Elle descendit dans la rue.

— Prud'homme, dit-elle, excusez-moi si je vous interromps; mais vous ressemblez si fort à un oncle que j'ai, qu'il ne m'a pas été possible d'y tenir. Dites-moi un peu quel est votre nom et votre village, s'il vous plaît.

Boivin répondit qu'il s'appelait Foucher de la Brousse; puis, regardant la couturière avec un air d'étonnement, il ajouta :

— Mais vous-même, damoiselle, je suis bien trompé si vous n'êtes pas Mabile, ma nièce.

A ces mots, Mabile feint de se pâmer et tombe assise sur la souche. Un moment après elle se relève et s'écrie :

— Le ciel m'a donc accordé enfin tout ce que je demandais!

Alors elle se jette au cou de Boivin, le serre dans ses bras, et semble ne pouvoir jamais se lasser de l'embrasser.

— Chère enfant, reprend le filou, c'est donc véritablement toi!

— Oui, sire, c'est la fille de votre sœur Tiéce.

— Ah! ma nièce, tu es cause que j'ai eu pendant long-temps bien du chagrin ; mais je te pardonne, puisque te voilà retrouvée.

Et mes deux hypocrites de s'embrasser de nouveau en larmoyant chacun de son côté.

Les ouvrières admiraient de la fenêtre l'adresse avec laquelle leur maîtresse jouait son personnage. Elles voulurent la seconder et descendirent dans la rue pour lui demander si l'honnête homme à qui elle témoignait tant d'amitié était de sa connaissance.

— De ma connaissance ! damoiselles. Eh ! c'est mon oncle Foucher, le propre frère de ma mère Tiéce.

— Quoi ! dame, votre oncle Foucher dont vous nous avez tant de fois parlé ?

— Oui vraiment, lui-même.

— Certes, vous devez être bien glorieuse ; car si une nièce comme vous lui fait honneur, entre nous il est bien dans le cas de vous en faire aussi.

Alors les donzelles vinrent l'une après l'autre faire la révérence à Boivin.

— Mais ne restez donc pas plus long-temps dans la rue, cher oncle, lui dirent-elles, entrez ; nous vous recevrons comme vous le méritez.

En même temps elles le prirent par-dessous les bras pour le conduire dans la maison.

Au milieu de tout ceci, il affectait un air niais

qui vous eût fait pâmer de rire. Les ouvrières malicieuses avaient beaucoup de peine à s'en empêcher; elles lui tiraient la langue par derrière en se moquant de lui; mais, encore une fois, le plus sot dans cette aventure n'était pas celui qui le paraissait.

Aussitôt qu'il fut entré, Mabile appela Ysanne, l'une de ses filles, pour lui commander un bon dîner.

— Avez-vous de l'argent à me donner? répliqua celle-ci : je ne possède pas une maille.

— Va toujours, reprit Mabile, et mets en gage, s'il le faut, nos surcots et nos couvertures. C'est aux dépens de ce villain que nous nous régalons; avant le soir il aura tout payé.

Ysanne courut donc chez l'usurier chercher de l'argent, et revint avec deux oies et deux chapons gras. Toute la maison aussitôt se met en œuvre pour les apprêter. L'une les plume, l'autre fait du feu; celle-ci tourne la broche, celle-là met la table, tandis qu'une autre va querir du vin.

Mabile, pendant ce temps, tâchait d'amuser son hôte.

— Cher oncle, comment se porte ma tante? Et mes petits cousins, ils doivent être bien grandis depuis que je ne les ai vus?

— Ah! ma nièce, j'ai manqué de mourir de

chagrin. La mort les a tous pris. Je suis tout seul à présent, et ce n'est plus que de toi que je peux attendre ma consolation.

— Que m'avez-vous dit là, mon bon oncle? Hélas! je m'en doutais, qu'il devait m'arriver malheur; j'ai rêvé de morts cette nuit.

Et alors elle se mit à pleurer.

— Bon, bon, les morts sont morts, lui dit Ysanne; il faut les laisser et vivre avec les vivants. Allons, dame, mettez-vous à table; le dîner est prêt : quand vous aurez bu, vous aurez de quoi faire des larmes.

Boivin feint de s'extasier lorsqu'il voit le repas qu'on lui a servi. Il déclare que ce n'est pas son intention de causer à sa nièce une pareille dépense ; et, comme s'il voulait s'en charger, il feint de porter la main à sa bourse pour en tirer douze deniers. La nièce l'arrête en protestant que c'est lui faire insulte. Elle avait pour projet de l'enivrer et de lui escamoter alors la bourse entière : dans ce dessein, elle le fait boire copieusement. Mais le filou possédait une tête à l'épreuve ; il avale gaiement toutes les rasades que lui versent les ouvrières, sans seulement en paraître moins altéré.

Quand Mabile voit qu'elle ne peut réussir par cette voie à le voler, elle charge Ysanne, qui a la main légère, de lui couper adroitement les cordons de sa bourse. Celui-ci, plus fin qu'elle, les coupe lui-même, sans qu'il y paraisse, par-dessous sa chape, et il cache la bourse dans son sein.

Mabile, qui voit les deux cordons pendants et qui croit la bourse escamotée, la demande mystérieusement à Ysanne. Ysanne proteste qu'elle n'a rien ; sa maîtresse l'accuse de friponnerie ; elles se disent des injures et se battent. Boivin, de son côté, se plaint qu'on l'a volé. Tout ce qu'il y a de gens dans la maison prend parti pour ou contre Mabile ; le combat devient général ; on crie, on jure, on s'arrache les cheveux ; les tisons et les meubles volent à la tête ; c'est un vacarme si effroyable que les voisins et les passants accourent au bruit. Après avoir joui de ce spectacle, qui ne nous plairait guère aujourd'hui, l'escroc va conter son aventure au prévôt, qui, le soir, en divertit à table ses amis et lui donne dix sous [1].

---

[1] Ces récits du vieux temps ne brillent pas trop par une morale délicate. Mais ils ne peignent pas des usages moins raffinés que les nôtres ; car les héros des fabliaux qu'on vient de lire sont des types que nous retrouvons encore dans certaines classes.

VII.

LES DEUX JOUEURS.

J'ai connu deux ménétriers qui étaient les plus déterminés joueurs que jamais on ait vus. L'un ne gagnait pas une obole qu'il ne la risquât ; l'autre y serait venu apporter, je crois, le seul pain qu'il aurait eu à manger pour toute sa semaine. En un mot, c'était chez eux une telle rage, que si en plein hiver ils eussent rencontré quelqu'un sur le grand chemin, Français ou Allemand, n'importe, ils l'eussent arrêté pour le faire jouer.

A ce goût pour les dés, ils joignaient encore l'adresse de les manier ; mais ils n'en étaient pas plus riches ; et en les voyant mal nippés, montrer aux passants les coudes, on se disait : — Voilà de quoi faire deux beaux soldats pour le service de notre prince.

Tels étaient en somme nos deux escrocs. Si vous voulez maintenant savoir leurs noms, je vous dirai que l'un s'appelait Thibaut et l'autre Rénier.

Un jour qu'ils se rendaient ensemble à je ne sais quelle ville pour y faire des dupes, ils virent venir à eux, sur un bon cheval bai, un bachelier qui avait l'air joyeux et content. Mes gens aussitôt de l'accoster et de lui proposer une partie. Vous savez que c'était là tout ce qui les occupait.

— Certes, l'offre est séduisante, répondit d'un ton de mépris le bachelier. Eh que diable joue-rais-je, s'il vous plaît ? Je gage qu'entre vous deux vous ne feriez seulement pas dix tournois[1].

— Sire, sire ! reprit Thibaut, il ne faut pas toujours juger les gens d'après leur habit.

En disant cela, il montra sa chemise qu'il avait tortillée en forme de ceinture autour de ses reins, et qui paraissait contenir beaucoup d'argent ; mais ce n'était que du sable. Tout au plus y avait-il au premier nœud, pour en imposer, quelque petite monnaie. Le bachelier s'y laissa prendre. Trompé par cet appât, il accepta la partie et descendit de cheval. On se mit sur l'herbe. Thibaut, dénouant sa chemise, en tira cinq artésiens, deux cambré-siens et deux tournois. Le cavalier convoitait des yeux ce prétendu trésor : c'était tout ce que la chemise contenait.

Mais il perdit successivement tout son avoir.

---

[1] Un denier tournois, la douzième partie d'un sou.

Alors soupçonnant, un peu trop tard, qu'il avait affaire à des fripons, il les accusa de se servir de dés pipés. On lui en donna d'autres qui l'étaient aussi, et avec lesquels il perdit son cheval, qu'on avait apprécié cent sous[1]. Dans sa colère, il refusa de le leur livrer, les traitant de voleurs, et courut à sa monture pour s'en saisir et se sauver. Tout ce qu'il y gagna, ce fut d'être bien battu. Les deux joueurs se disputèrent ensuite à qui des deux monterait le cheval. Des injures ils en vinrent aux coups. Enfin Thibaut, s'étant trouvé le plus fort, s'en empara et se mit en selle. A son air triomphant, vous eussiez dit un chevalier qui vient de remporter le prix dans la lice.

C'était pourtant le premier cheval qu'il montait de sa vie. Pour le faire partir, il commence par lui allonger, de toute sa force, sept ou huit coups de talon dans le ventre. Le roussin à l'instant prend le galop, et voilà mon villain qui, se sentant sauter sur la selle, s'effraie, crie au secours, perd l'équilibre et tombe à vingt pas de là sur le dos, les jambes en l'air. Le hasard fit que dans sa chute il entraîna la bride qu'il tenait à plein poing : elle sortit de la bouche du cheval,

---

[1] Cent sous d'argent, qui pouvaient valoir quatre ou cinq cents francs d'aujourd'hui, ou du moins en représenter la valeur.

et ce mouvement avait suffi pour l'arrêter et donner à Rénier le temps d'accourir.

— Au diable soit la rosse qui ne peut pas marcher comme une autre ! dit Thibaut ; tiens, je te l'abandonne.

Rénier, avant de monter, voulut remettre la bride ; mais il n'était pas meilleur cavalier que son camarade, et ne savait par où s'y prendre ; tous deux l'essayèrent en vain l'un après l'autre. Ils la tournèrent et retournèrent cent fois dans tous les sens, et ne purent jamais en venir à bout. Enfin Thibaut jugea qu'au lieu de se tourmenter inutilement, il était bien plus court de faire venir le bachelier, et il alla le chercher.

Celui-ci était encore à la même place, tout occupé de sa triste aventure. La proposition qu'on lui fit de venir brider son cheval n'était pas faite pour lui plaire. Il la rejeta brusquement ; mais quelques coups de poing bien appliqués qu'y ajouta Thibaut l'eurent bientôt adouci si efficacement, qu'il suivit sans souffler.

En marchant néanmoins il s'avisa d'un moyen pour attraper les deux filous.

— Messieurs, leur dit-il, je vous préviens que ma bête est capricieuse, et que jamais elle ne se laissera brider, à moins que l'un de vous ne monte dessus.

Il s'attendait bien qu'on allait lui dire d'y monter lui-même, et c'est ce qui arriva. Il monta, passa lestement la bride, et piquant des deux :

— J'avais oublié, ajouta-t-il, de vous parler d'un autre caprice qu'a aussi mon cheval, c'est de ne point aimer les fripons.

En disant cela, il disparut ; et nous devons en conclure qu'il est utile quelquefois d'avoir dans l'esprit un peu de ruse et d'adresse.

VIII.

DU MARCHAND

QUI ALLA VOIR SON FRÈRE.

Un roi libéral et magnifique, mais plus que ne le comportait le rapport de sa terre, avait choisi pour son bailli un homme sage et prudent, auquel il avait confié non-seulement la perception de ses revenus et l'administration de sa justice, mais encore le gouvernement de toute sa maison. Celui-ci avait un frère marchand, bourgeois de sa ville et fort à son aise. La renommée ayant appris au marchand la fortune du bailli, il se proposa de l'aller voir. L'autre le reçut en vrai frère, lui témoigna toute la tendresse possible, et parla même de lui au monarque, qui, par amitié pour son officier, voulut faire éprouver à l'étranger ses bienfaits.

— S'il veut comme vous se fixer chez moi, dit le prince, associez-le à tous vos emplois, je vous le permets. S'il préfère des maisons et des terres, je lui en offre que j'aurai soin d'affranchir de toutes charges, redevances et droits coutumiers. Enfin, s'il est déterminé à retourner dans sa patrie, donnez-lui en mon nom de l'or, de l'argent, des étoffes et des chevaux.

Le bailli étant venu faire part de ces propositions à son frère, le marchand, avant de se déterminer, voulut savoir quels étaient les revenus et la dépense du roi. On lui dit que la recette égalait la dépense.

— Mais puisqu'en temps de paix il consomme tous ses revenus, ajouta le bourgeois, que fera-t-il donc s'il lui survient une guerre ?

— Dans ce cas, il aurait recours aux impositions ; nous contribuerions tous.

— J'entends ; mes voisins seraient taxés. A raison du voisinage, il faudrait bien que je le fusse aussi, et alors adieu pour toujours les exemptions et les franchises. Frère, remerciez-le de ses présents. Puisqu'on n'est pas en sûreté ici plus qu'ailleurs, autant vaut rester dans le nid où je suis né.

Il prit congé de son frère et s'en retourna.

IX.

LE FABLIAU DES TROIS BOSSUS.

A Douai vivait un bourgeois, sage et prud'homme, estimé de tout le monde pour sa probité. Il n'était pas riche ; mais il avait une fille parfaitement belle, et aussi sage que belle. Le maître d'un château voisin n'était pas tout à fait sur le même patron. Bossu et bête, à défaut d'esprit, il avait une grosse tête qui venait se perdre entre deux hautes épaules, armée d'une crinière épaisse, d'un cou court, d'un visage à faire reculer.

Malgré sa difformité, il demanda la belle jeune fille en mariage ; et, comme il était le plus riche du canton, car il avait passé sa vie à entasser denier sur denier, la pauvrette, qui était pieuse et bonne, l'accueillit pour enrichir son père. Mais le bossu n'avait de repos ni le jour ni la nuit. Il allait et venait sans cesse, ayant toujours peur d'être

volé, et ne laissant entrer chez lui que les personnes qui apportaient quelque chose.

Une des fêtes de Noël qu'il était à sa porte, il
se vit abordé tout à coup par trois ménétriers
bossus. Les chanteurs avaient fait la partie de se
réunir tous les trois pour lui faire niche et s'a-
muser à ses dépens. Ils le saluèrent comme con-
frère, lui demandèrent en cette qualité de les régaler, et en même temps, pour constater la
confraternité, tous trois présentèrent leur bosse.
Cette plaisanterie qui devait, selon toutes les apparences, être mal reçue du sire, par événement
le fut pourtant assez bien. Il conduisit les ménétriers à sa cuisine, leur servit des pois au lard et
un chapon, et leur donna même en sortant vingt
sous parisis. Mais quand ils furent à la porte, il
leur dit :

— Regardez bien cette maison, et, de votre vie,
ne vous avisez d'y mettre le pied ; car si jamais je
vous y attrape, voyez cette rivière, c'est là que je
vous ferai boire.

Les musiciens rirent beaucoup de ce propos du
châtelain ; et ils reprirent le chemin de la ville,
sautant d'une manière burlesque et chantant à
tue-tête pour le narguer. Quant à lui, sans faire à
leurs singeries la moindre attention, il alla se promener dans la campagne.

La dame, qui le vit passer le pont et qui avait entendu les ménétriers, les rappela, dans le dessein de se distraire un moment, car elle aimait la musique. Ils entrèrent pour égayer la châtelaine : ils se mirent à chanter tout ce qu'ils savaient de mieux.

La dame entrait en gaieté, quand tout à coup on entend frapper : c'était le maître qui revenait. Les bossus alors se croient perdus ; la femme est saisie de peur ; et en effet tous quatre avaient à craindre une mauvaise colère. — Il y avait heureusement, dans une pièce voisine, trois coffres vides. La dame place dans chacun de ces coffres un bossu, ferme sur eux les couvercles, et va ouvrir à son mari.

Il ne rentrait que pour voir, à l'ordinaire, si quelqu'un était venu. Aussi, dès qu'il fut resté un peu de temps à la maison, il sortit de nouveau, et à l'instant la pauvre dame courut délivrer ses prisonniers, car la nuit approchait. Mais quelle fut sa douleur quand elle les trouva tous trois morts étouffés. Les lamentations n'eussent remédié à rien. Il fallait au plus tôt se débarrasser des trois morts ; il n'y avait pas un moment à perdre.

Elle courut donc à la porte ; voyant passer un robuste paysan qu'elle connaissait :

— Ami, lui dit-elle, veux-tu être bien riche ?

— Oui-dà, douce dame. Essayez un peu ; vous verrez si je l'endurerai.

— Eh bien ! je ne te demande pour cela qu'un service d'un moment, et te promets trente livres en belles et bonnes pièces. Mais il faut auparavant jurer de me garder le secret.

Le paysan, que tenta la somme, fit le serment qu'on voulut. La châtelaine alors le conduisit à la chambre, et, ouvrant le premier des coffres, elle lui dit qu'il s'agissait de porter ce mort à la rivière. Il demande un sac, y met le bossu, va le précipiter du haut du pont, puis revient tout essouflé chercher son payement.

— Je ne demande pas mieux que de vous satisfaire, repartit la dame ; mais au moins vous conviendrez qu'il faut avoir rempli nos conditions. Vous êtes convenu, n'est-ce pas, de me débarrasser de ce mort ? Le voici encore cependant ; regardez vous-même.

En même temps, elle lui montre le second coffre, où était un autre bossu.

A cette vue, le manant est stupéfait.

— Comment donc est-il revenu ? dit-il, je l'avais bien jeté pourtant. C'est sûrement quelque sorcier ; mais il en aura le démenti et fera encore une fois le saut périlleux.

Il fourre aussitôt dans le sac le second bossu,

et va le jeter, comme l'autre, à la rivière, ayant grand soin de lui mettre la tête en bas et de bien regarder s'il tombe.

Pendant ce temps, la dame dérangeait les coffres vides et les changeait encore de place, de façon que le troisième, qui était plein, se trouva ainsi être le premier. Quand le villageois rentra, elle le prit par la main, et, le conduisant vers le mort qui restait, lui dit :

— Vous aviez raison, mon cher, il faut que ce soit un sorcier, et l'on n'a jamais rien vu de semblable. Tenez, ne le voilà-t-il pas derechef?

Le villain grince les dents :

— Eh quoi! je ne ferai donc, dit-il, que porter tout le jour ce maudit bossu, et le coquin ne voudra pas en finir! Oh! c'est ce que nous verrons.

Il l'enlève alors avec colère, et, après lui avoir attaché une pierre au cou, va le lancer au beau milieu du courant, en le menaçant sérieusement, s'il le retrouve une troisième fois, de l'échiner à coups de bâton.

Le premier objet qu'il rencontre en s'en retournant est le maître du logis, qui rentrait chez lui. A cet aspect, le villain ne se possède plus de fureur.

— Chien de bossu, te voilà encore, dit-il; car

il faisait presque nuit, et il le prenait pour le même qu'il avait déjà noyé trois fois ; il ne sera donc pas possible de se dépêtrer de toi ? Allons, je vois qu'il faut t'expédier tout de bon.

Il court aussitôt sur le châtelain, qu'il assomme ; et, pour l'empêcher définitivement de revenir, il le jette à la rivière enfermé dans le sac.

— Je gage que vous ne l'avez pas revu ce voyage-ci, dit le manant à la dame quand il fut remonté.

Elle répondit que non.

— Il ne s'est guère fallu, ajouta-t-il, et déjà le sorcier était à la porte. Mais j'y ai mis bon ordre : soyez tranquille, dame ; je vous garantis qu'il ne viendra plus.

Il n'était pas difficile de deviner ce qu'annonçait ce propos. La dame, en effet, ne comprit que trop bien ; mais le malheur était fait.

Elle paya au villain ce qu'elle lui avait promis.

X.

MAIMON.

Maimon était le valet du comte de Mailly. Son maître, un jour, revenant chez lui après un tournoi, le rencontra sur le chemin et lui demanda où il allait.

— Je vais, répondit-il avec sang-froid, chercher un logement quelque part.

— Un logement! reprend le Comte : qu'est-il donc arrivé chez moi?

— Rien, monseigneur.

— Mais quoi encore?

— Pas grand'chose, vous dis-je. Seulement votre chienne que vous aimiez tant est morte.

— Comment cela?

— Votre beau palefroi, qu'on pansait dans la cour, s'est effarouché; il l'a écrasée en courant, et il est allé se jeter dans le puits.

— Eh! qui l'a effarouché, le cheval?

— C'est notre damoiseau, votre fils, qui est tombé à ses pieds du haut d'une fenêtre.

— Mon fils! grand Dieu! Où étaient donc sa bonne et sa mère? Est-il blessé?

— Oui, sire, il a été tué roide; et quand on est venu l'apporter à madame, elle s'est tellement saisie qu'elle est tombée morte aussi sans parler.

— Coquin! au lieu de t'enfuir, que n'es-tu allé chercher du secours? ou que ne restais-tu au château?

— Il n'en est plus besoin, sire. Marotte, en gardant madame, s'est endormie, une lumière a mis le feu : et il n'en reste plus rien.

Ainsi le Comte perdait à la fois tout ce qui lui était cher; il se trouvait sans asile; et, à entendre le butor, il n'y avait dans tout cela presque rien.

XI.

DU PRUD'HOMME

QUI RETIRA DE L'EAU SON COMPÈRE [1].

Un pêcheur, jetant ses filets en mer, vit quelqu'un tomber dans l'eau. Il vola à son secours, chercha à l'accrocher par ses habits avec sa per-

[1] Ce fabliau rappellera le procès de l'Homme et du Serpent, cité dans le plaidoyer de la Guenon, chapitre 14 du *Roman du Renard*.

che, et vint à bout de le retirer; mais par malheur il lui creva un œil avec le croc. Le noyé était son compère, qu'il reconnut. Il l'emmena chez lui, le fit soigner, et le garda jusqu'à ce qu'il fût guéri.

Celui-ci n'est pas plus tôt sorti qu'il forme plainte contre le pêcheur pour l'avoir blessé. Le maire leur assigne un jour auquel ils doivent comparaître. Chacun expose ses raisons, et les juges, au moment de prononcer, se trouvent embarrassés, quand un fou qui était là élève la voix :

— Messieurs, dit-il, la chose est aisée à décider. Cet homme se plaint qu'on l'a privé d'un œil. Eh bien! faites-le jeter dans l'eau au même endroit. S'il s'en retire, il est juste qu'il obtienne des dédommagements contre le pêcheur; mais, s'il y reste, il faut l'y laisser, et récompenser l'autre du service qu'il a rendu.

Ce jugement fut trouvé très-équitable. Mais le noyé, qui eut peur qu'on ne l'exécutât, se retira bien vite et se désista de sa demande.

C'est temps perdu que d'obliger un ingrat, ajoute l'auteur; il ne vous en sait nul gré. Sauvez un larron de la potence, vous serez fort heureux si le lendemain il ne vous vole pas.

XII.

L'ESPIÈGLE IRLANDAIS.

En la ville de Dublin était un riche marchand, lequel un jour, s'en allant promener hors de la ville, rencontra dans la prairie Hudden (l'Espiègle de l'Irlande); il lui demanda qui il était. Hudden dit qu'il était cuisinier et qu'il cherchait un maître. Le marchand répliqua : .

— Si vous voulez être à moi et bien me servir, je vous donnerai des gages et vous entretiendrai d'habillements; car je n'ai jamais eu de bons cuisiniers.

Hudden promit d'être actif et loyal.

Le marchand lui demanda son nom.

— Je m'appelle, dit-il, Margehemi.

— Ce nom est trop long, répliqua le marchand; vous vous nommerez Dol.

— Je me nommerai comme il vous plaira, dit Hudden.

— Vous êtes un serviteur tel que je les aime, ajouta le bourgeois; venez donc avec moi, et allons en notre jardin cueillir des herbes pour remplir ces jeunes poulets que je viens d'acheter ; j'ai invité pour demain des gens auxquels j'ai délibéré de faire faire bonne chère.

Quand le marchand et son nouveau cuisinier arrivèrent au logis, la femme se mit à dire :

— Que comptez-vous faire de ce grand valet affamé, mon mari ? avez-vous peur que votre pain ne moisisse ?

— Vous parlerez autrement demain, dit le marchand. C'est un habile cuisinier. Dol, poursuivit-il, prenez le panier, et allons à la boucherie.

Le bourgeois acheta de la viande et dit à son valet :

— Voilà de la viande que demain vous mettrez rôtir ; mais vous aurez soin de la laisser rôtir fraîchement et proprement, loin du feu, de crainte qu'elle ne brûle. Celle-ci, vous la mettrez bouillir ; apprêtez-la de bonne heure.

Le lendemain, Hudden se leva de grand matin ; il apprêta la viande à bouillir et la mit auprès du feu. Il embrocha ensuite la viande à rôtir et la porta dans le cellier entre deux tonneaux de bière.

Quand les convives furent arrivés, le marchand vint faire un tour à la cuisine pour s'assurer si tout était prêt.

— Mais, dit-il, où est la broche ?

— Entre deux tonneaux au cellier, répondit

23

Hudden. Vous m'avez dit de la laisser rôtir fraîchement et loin du feu; je n'ai pas su trouver un
endroit plus frais dans toute la maison.

Le bourgeois conta le fait à ses hôtes, qui se
mirent à rire. Mais la dame ne fut pas contente;
et elle voulait que l'on mît Dol à la porte.

— Ma femme, dit le marchand, ne vous fâchez
pas; il faut que j'aille demain aux champs : quand
je serai de retour, il s'en ira.

Sur ce propos, le marchand et ses amis se mirent à table, et ils burent jusqu'au soir.

Avant de s'aller coucher, le bourgeois dit à son
valet :

— Dol, graissez le chariot pour demain; et
soyez prêt de bonne heure à nous conduire, moi
et mon ami; car nous allons aux champs.

Hudden prit le pot où l'on gardait la graisse
noire qui servait au chariot; il le graissa partout,
en dedans et en dehors. Et le lendemain matin,
à la petite pointe du jour, le marchand et son
ami montèrent dans le chariot. Hudden s'étant
placé sur un des deux chevaux qui tiraient, on se
mit en marche.

Au bout de quelques minutes, l'ami du bourgeois toucha les ridelles, et, les trouvant toutes
grasses, il s'écria :

— Quel diable est ceci ?

Le jour qui commençait à s'éclaircir leur fit voir qu'ils étaient tout gâtés de graisse.

— C'est Dol qui a fait cela, dit le marchand courroucé.

— Maître, répondit l'autre, ne m'avez-vous pas dit de graisser le chariot?

Au lieu de répliquer derechef, le bourgeois arrêta un paysan qui menait du foin à la ville, lui en acheta une botte et se mit à nettoyer le chariot. Quand ce fut à peu près fini :

— Faut-il aller? dit Hudden.

— Va au gibet, répliqua le marchand toujours en colère.

Le malin fouetta ses chevaux, tira jusqu'au gibet, qui n'était pas loin, et s'arrêta dessous.

— Eh bien! que fait-il encore? s'écria le maître.

— Vous m'avez commandé de charrier au gibet, nous y sommes; dois-je vous y décharger?

Le marchand et son ami se reprirent à rire; puis ils dirent au farceur d'aller son chemin sur la route, sans se retourner et sans s'occuper de ce qui se passait derrière lui.

Hudden, tout doucement, dénoua les cordes qui tenaient les chevaux au chariot, les piqua et se mit à courir, laissant au milieu du chemin le chariot où étaient le marchand et son compagnon.

Ceux-ci, courant de leur mieux, l'atteignirent à grande peine ; et, mécontents de ses explications sur ce qu'il n'avait fait qu'obéir, le renvoyèrent sur-le-champ.

Voilà.

XIII.

NOTICE SUR LE ROMAN D'ULENSPIEGEL,

PAR M. OCTAVE DELEPIERRE.

A côté de Jean de Nivelles et de Gribouille, parmi les célébrités populaires qui rappellent de joyeuses idées, il en est peu qui puissent se flatter d'une renommée aussi étendue que Tiel Ulenspiegel (en France Tyl l'Espiègle) ; si ce n'est peut-être le personnage allégorique du Juif-Errant, auquel on peut joindre deux fictions récentes, mais déjà en discrédit : Cadet-Roussel et Jocrisse.

Ce n'est pas seulement en France, en Allemagne et en Belgique, mais en Suisse, en Pologne, en Angleterre, en Italie même, que le souvenir de Tiel Ulenspiegel est réjouissant. Son nom a produit un mot piquant, *espiègle*, qui est devenu académique : honneur que les héros vulgaires n'ont pas souvent partagé.

On place généralement l'époque de la vie d'Ulenspiegel dans la seconde moitié du treizième siècle. Pourtant Karl Flogel le fait vivre dans la première moitié du quatorzième. Il s'appuie sur une pierre tumulaire, consacrée à la mémoire d'Ulenspiegel et placée au cimetière de Mollen, à quatre lieues de Lubeck, avec le millésime de 1350. On lisait jadis sur cette pierre une inscription allemande constatant le nom et la mémoire du défunt. Gesner ne la trouva plus en 1754 ; il n'en restait que la représentation gravée d'un chathuant et d'un miroir. Mais en recherchant les traces d'Ulenspiegel à Mollen, où plusieurs familles croient posséder son portrait, Gesner vit, dans une armoire de la chambre du conseil communal, une vieille cotte de mailles qu'on lui dit avoir été un des habits du farceur.

D'un autre côté, les Flamands savent presque tous qu'il y avait (et ce monument n'a disparu que depuis peu, si toutefois il n'existe plus) au pied de la tour de la grande église de Damme une pierre tumulaire également élevée à la commémoration d'Ulenspiegel ; sur cette pierre était sculpté un hibou posé sur un miroir. On y lisait une inscription, que Van Merlen a conservée au bas du

portrait, fantastique sans doute, qu'il a gravé de
notre héros : — « Arrête-toi, passant ; regarde ;
» Ulenspiegel repose ici ; prie Dieu pour le salut
» de ce joyeux bouffon, mort en l'année 1301 [1]. »

On a conclu, de cette différence de date entre
le monument de Damme et celui de Mollen, qu'il
y a eu probablement deux Ulenspiegel, le père né
en Flandre, le fils né en Saxe ; et que des aventures confondues de ces deux espiègles on a fait un
seul recueil. — La chose n'est pas impossible,
car nous ne pouvons admettre les systèmes de
quelques vieux doctes, qui ont discuté la question
de savoir s'il exista jamais un personnage du nom
d'Ulenspiegel [2]. Sans parler de la Flandre, où sa
mémoire est si vivace, plusieurs villes d'Allemagne ont conservé les vestiges de son séjour dans
leurs murs. On montre toujours à Aix-la-Chapelle,
auprès de la tour de Granus, la petite maison
qu'il occupa ; Nuremberg, Prague, Mollen, Lubeck, vingt autres cités du Nord ont des monuments aussi graves. Nous repousserons donc l'as-

---

[1] Sta, viator ; Thylium Ulenspiegel aspice sedentem, et pro
ludii et morologi salute Deum precare suppl. Obiit anno 1301.

[2] Dans une savante publication qui a paru en Allemagne en
1812, on résout négativement la question : « Vécut-il réellement
» un individu appelé Tiel Ulenspiegel ? » Dans les *Vaterl. Ar-
chiv.*, tome III, page 318, le conseiller Blumenbach combat, par
de bonnes preuves, cette opinion, qu'une foule de témoignages
renversent d'ailleurs.

sertion hasardée de Paquot, que la pierre de Damme pourrait bien être le tombeau du spirituel Jacques Van Maerland. Voici les propres paroles de ce savant : « Van Maerland était représenté sur sa tombe de marbre, en docteur de philosophie, lisant sur son pupitre. L'oiseau de Minerve, symbole de la vigilance, paraissait à ses côtés. Cette effigie ayant été usée, on prit le pupitre pour un miroir ; et en y joignant le nom de l'oiseau dont je viens de parler, on en forma l'heureux nom d'Ulenspiegel, c'est-à-dire miroir du hibou. Ensuite on bâtit sur ce fondement la merveilleuse histoire d'Ulenspiegel, qu'on a mise dans toutes les langues, et qui s'est répandue dans l'Europe. »

Mais il n'est pas permis de détruire aussi légèrement toutes les convictions du passé. Outre l'inscription que nous citions tout à l'heure, et qui ne nous paraît pas avoir été imaginée, est-il croyable qu'Ulenspiegel, dont tout le Nord connaissait l'histoire au commencement du quinzième siècle, ne doive son existence qu'à une espèce de quiproquo produit par le hasard dans un coin de la Flandre ? Non assurément. Ce qui a pu ranger Paquot dans le petit nombre de ceux qui ont mis en doute l'existence d'Ulenspiegel, c'est que Van Maerland est mort aussi en 1301 ; que le nom d'Ulenspiegel a toute la semblance d'une allégorie, et qu'on a surchargé son histoire de farces et de tours indécents ou stupides.

On a publié de la vie d'Ulenspiegel une multitude de variantes en toutes langues. La Flandre, qui le réclame, réclame aussi son premier historien. Il est certain que les plus anciens exemplaires de ce livre sont en vieux flamand, que quelques prétentions appellent saxon ou bas allemand. Jusqu'à la fin du quinzième siècle il n'y avait pas de différence entre ces idiomes. Albert Durer, dans le journal de son voyage, dit qu'il acheta deux exemplaires d'Ulenspiegel dans les Pays-Bas. La plus vieille traduction française est donnée comme *nouvellement revue et traduite du flameng.* On lit la même chose au titre de l'édition d'Anvers, 1579. Jean Nemius en 1558 à Bois-le-Duc, et Gilles Omma (OEgidius Periander) en 1567 à Bruxelles, traduisirent en vers latins les aventures d'Ulenspiegel; et l'on peut dire que c'est sur le principal théâtre de ses exploits qu'on s'est le plus escrimé à écrire son histoire [1].

---

[1] Nous détachons cette notice de dissertations plus étendues que M. Octave Delepierre a jointes à l'édition savante qu'il a donnée à Bruxelles des Aventures de Tiel Ulenspiegel (1840). C'est cette édition qui a fourni le texte qu'on a lu ci-devant.

XIV.

NOTICE SUR LE ROMAN DU RENARD,

PAR M. J. COLLIN DE PLANCY [1].

Depuis que le goût des fabliaux et de la littérature moyen-âge a commencé à renaître, c'est-à-dire, depuis près d'un siècle, toute une armée d'écrivains et de savants s'est occupée d'un singulier ouvrage, connu généralement sous ce nom : *Le Roman du Renard.* On lui a consacré des volumes, des dissertations, des thèses, des notices, des essais, des mémoires académiques. On a même divagué beaucoup à ce propos.

Le fonds de ce livre satirique a pour base quelque ancien apologue, qui a été mis en œuvre de toutes les manières et traité comme un thème favorable par des trouvères, des conteurs et des rimeurs. Quelques-uns de ces érudits, qui veulent

---

[1] Cette Notice est au-devant de l'édition que l'auteur a donnée à Malines de ce roman (1843), avec approbation de Son Éminence Monseigneur le Cardinal Archevêque de Malines, en date du 7 août 1843. Nous avons reproduit textuellement cette édition, qui se trouve complétée ici par la Notice qu'on va lire.

toujours deviner les allusions historiques, et sou-
lever le masque de l'histoire déguisée sous les
bizarreries les plus décousues de l'imagination,
se sont efforcés de donner des clefs au Roman du
Renard. On a bien découvert dans Rabelais l'histoire de Louis XII et de François Ier. Des doctes,
à la tête desquels se place Eccard, ont donc lu,
dans le Renard, les annales du règne de Zwentibold, qui était au neuvième siècle roi de Lotha-
ringie. Reinardus ou le Renard serait le duc Re-
ginarius ou Regnier au Long-Cou, que l'on insulte
gratuitement. Isengrimus[1] ou Isanricus serait un
certain Henri, comte de Louvain, que l'histoire
ne fournit guère. Comme ce personnage est le
Loup, d'autres aiment mieux voir en lui Roll ou
Rollon, l'un des farouches conducteurs des Normands avec qui Regnier fut en guerre[2].

---

[1] Le Loup est nommé Isengrim ou Isengrin, dans le *Roman
du Renard*, à cause de sa couleur gris de fer.

[2] « L'histoire parle d'un certain Réginald ou Reïnard, politique très-rusé, qui vivait dans le royaume d'Austrasie au neuvième siècle et fut conseiller de Zwentibold. Exilé par son souverain, il alla, au lieu d'obéir, se mettre à couvert dans un
château-fort dont il était le maître, et d'où il suscita au prince
toutes sortes d'affaires fâcheuses, armant contre lui, tantôt les
Français, tantôt le roi de Germanie. Cette conduite artificieuse
et fausse rendit son nom odieux. Son siècle fit sur lui différentes
chansons, dans lesquelles il est appelé *Vulpecula*; et les siècles
suivants composèrent de même en langue romane divers poèmes
allégoriques et satiriques qui depuis furent traduits en plusieurs
langues, et où il est toujours désigné sous l'emblème de l'animal

Une seconde série d'interprètes rencontra le Reinardus dans un vieux comte de Sens qui s'appelait Renard ; et voyant auprès de Sens un lieu nommé Maupertuis, ils ont enfanté là-dessus des élucubrations prodigieuses. Mais ces suppositions ne sont pas moins hasardées que les premières. On ne sait pas ; et peut-être le Roman du Renard n'est-il qu'une satire générale.

Toutefois, l'animal qui, dans les langues germaniques, est appelé *de Vos*, dans le latin *Vulpes*, dans le vieux français, *Voulpil*, a pris en France le nom de *Renard* depuis le treizième siècle. Saint-Foix reporte cette étymologie à un seigneur du temps passé qui était un grand fourbe, et que l'on croit aussi le héros du roman qui nous occupe. Mais quel est-il ?

Le Roman du Renard au treizième siècle devint si populaire, que ce fut un engouement incroyable [1]. Il est resté cher au peuple et fait toujours partie de la Bibliothèque Bleue.

auquel, dans la nôtre, il a donné son nom. Ces allégories, qui prêtaient à la malignité de nos vieux poètes, furent long-temps à la mode parmi eux. » (LEGRAND D'AUSSY.)

[1] « Le Roman du Renard eut au moyen âge un succès si général, que cette fable, après être sortie des pages des manuscrits pour déborder dans les vignettes dont elles s'encadraient, sortit des livres mêmes et inonda toutes choses. On la vit sculpter ses épisodes aux chapiteaux des colonnes, sur la poignée des épées, sur les dossiers des fauteuils ; les attacher en bas-reliefs aux

Les savants peuvent recueillir, dans les vieilles et nombreuses variantes de ce livre, d'utiles indications sur les usages et les mœurs des temps où vivait chacun des écrivains qui en ont agrandi le cadre. Il est bien de reconstruire; il est vain de supposer.

Ce qui paraît incontestable, c'est que l'œuf du Roman du Renard remonte assez haut. Selon Legrand d'Aussy et Roquefort, l'auteur original serait Pierre de Saint-Cloud, qui écrivait dans la première moitié du treizième siècle. Selon d'autres, ce serait Jacquemart Giélée, de Lille, venu plus tard, et qui n'a fait qu'une ou deux branches. L'opinion récente qui donne comme premier auteur le poète gantois Willem van Uttenhove, pourrait se tromper. Uttenhove nous semble aussi n'avoir fait qu'une traduction libre du roman français. Il en est de même du Hollandais [1], contemporain de Jean-sans-Peur, à qui Paquot l'attribue. Mais deux poèmes latins, écrits

façades des maisons, des palais, des châteaux; prendre la forme de gargouilles et s'asseoir sur les gouttières des édifices; établir même ses grotesques acteurs aux fenêtres des églises, sous les ogives des portails, sur les carreaux peints des verrières (A. VAN HASSELT, *Essai sur la poésie française en Belgique*). » On fit même à Paris une fête du Renard, comme on faisait la fête de l'Ane et la fête des Fous (CAPEFIGUE, *Histoire de Philippe-Auguste*). Enfin, à Paris et ailleurs, plusieurs rues prirent et ont conservé le nom de *rue du Renard*.

[1] Henri d'Alkmaar.

au douzième siècle par deux Flamands inconnus, ont au moins l'antériorité [1].

C'est plus tard que, — dans cette langue incorrecte qui se forma du latin, du gaulois-wallon, mêlés de flamand et de celtique, et qui est devenue, avec quelque addition de grec, la langue française, — la plupart des poètes de ces temps qu'on ne lit plus guère, se jetèrent sur le sujet traité par Pierre de Saint-Cloud et accueilli par tous les peuples. La licence le gâta. Les trouvères débauchés et les audacieux précurseurs de Luther se servirent de ce canevas, les uns pour y déposer leurs grossièretés ordurières, dissolutions qui peignent le poète plus encore que son époque; les autres pour y propager leurs sarcasmes contre l'Église, contre les Papes, contre les ordres religieux, malices odieuses où l'on voit percer continuellement le bout de la corne de la rébellion [2].

[1] Les Flamands, au commencement du treizième siècle, connaissaient le roman du Renard. On peut même dire qu'il était dès lors populaire chez eux. Lorsque Henri Ier, duc de Brabant, se trouva dans l'obligation, en 1213, de demander un armistice dans sa guerre contre Liége, et qu'à cette fin, conseillé par le comte de Flandre, il recourut avec une feinte humilité à un faux repentir, les Flamands s'écrièrent : Ah! ah! Renard est devenu ermite! *Reinardus factus est monachus!* C'est certainement une allusion à quelque circonstance du Roman. (Voyez Chapeauville, tome II, page 231 et 627, cité par M. Octave Delepierre, *prolégomènes du Renard*). Le fait que nous indiquons est antérieur d'une quinzaine d'années à Pierre de Saint-Cloud.

[2] Il y a même beaucoup de vieux monuments, comme le Re-

Aussi le Roman du Renard se divise-t-il en une foule de parties incohérentes que l'on est convenu d'appeler branches, et parmi lesquelles on se perd. Méon en a publié vingt-sept. Vous verrez des hommes, de ceux-là qui suivent les jugements tout faits et les idées toutes trouvées, s'extasier de convention devant tout ce fatras indistinctement. Avouons qu'il faut avoir de l'admiration à perdre, pour la prodiguer à de brutales indécences, à de sales aventures, à cet esprit qui ronge, qui n'est pas autre chose qu'un coup de dent ou un coup de sabot, et qui n'a manqué dans aucun temps aux écrivains avilis. Par exemple, on fait du Renard un ermite; puis on en fait un prélat qui mange des poulets. Est-ce bien spirituel? On le fait excommunier par l'âne : comme c'est ingénieux! On l'établit grand-maître des templiers et des hospitaliers, portant d'un côté la barbe rase et de l'autre la barbe pleine, avec l'ha-

nard prêchant les Poules, sur les stalles de la cathédrale d'Amiens, qui établiraient ce fait que le Roman primitif était dirigé contre les fourberies des divers sectaires de l'hérésie albigeoise. Les turlupins et les frères du libre-esprit s'en emparèrent pour le tourner contre le clergé romain, auquel ils imputèrent leurs vices et leurs désordres. C'est ainsi que le Tartufe de Molière avait pour type un janséniste, celui qui *ne voulait pas qu'on le jouât*, et que les expressions en étaient tirées toutes d'un factum des filles de Port-Royal. Mais les janséniste d'alors, qui étaient des hommes de tête, se hâtèrent de détourner adroitement l'application.

bit mi-parti. N'est-ce pas trivial ? Ce sont là les plus beaux traits de l'esprit que nous signalions.

Mais cet esprit d'allégories forcées gâte le vrai roman du Renard. C'est donc la conception originale, dans sa verdeur naïve, que nous avons donnée ici. Nous avons été guidés par les éditions faites en latin et en vieux français chez Plantin. Nous y joignons ce qu'il y a de bon dans les branches diverses. Nous croyons rendre service en procurant à tout le monde le plaisir de lire ce roman célèbre. Il est connu dans tous les pays et dans toutes les langues. Son succès populaire s'est maintenu, parce qu'il offre des leçons que tout le monde comprend et des allusions qui s'appliquent à beaucoup de circonstances. Gœthe n'a pas dédaigné de le rajeunir en Allemagne, OElenschæger en Danemark, le spirituel Willems tout récemment en langue flamande. Vingt autres s'en sont occupés. Casti a puisé dans cette source son poëme des Animaux Parlants, que nous sommes loin de citer comme une bonne lecture. Laurensbergh disait : La sagesse profane n'a pas produit de livre plus digne d'être loué que le Renard. Il l'entendait dégagé des immondices qui l'étouffent. Enfin on verra que La Fontaine et les fabulistes modernes ont fait à ce livre d'heureux emprunts ;

et nous espérons que les lecteurs honnêtes nous sauront gré de cette publication.

Si l'on trouve peut-être que le roman du Renard ne répond pas suffisamment au vacarme qu'on en a fait, nous ferons remarquer qu'il a été exalté par deux trompettes, celle des bonnes gens qui ont salué le bon livre, spirituel et naïf, et celle des ennemis de l'Église et des mœurs qui ont battu des mains, avec frénésie de fanfares, aux plates surcharges effrontées, conspuées aujourd'hui.

FIN.

TABLE

DES MATIÈRES.

LIVRE II.

LES AVENTURES DE TYL L'ESPIÈGLE.

LIVRE III.

LE ROMAN DU RENARD.

LIVRE IV.

COMPLÉMENTS ET APPENDICES.

FIN DE LA TABLE.

SOUS PRESSE.

La Vie de la sainte Vierge mère de Dieu, ensemble la *Vie de saint Joseph*, avec un choix des légendes qui éclairent cette biographie sacrée, par M. J. Collin de Plancy ; 1 vol. orné de planches.

Œuvres du comte Xavier de Maistre, nouvelle édition, avec notes et appendices, précédées d'une notice littéraire par M. Alexandre Aubert ; 1 vol. orné de planches.

Jacquemin-le-Franc-Maçon, légendes des sociétés secrètes, par Jean de Septchênes ; 1 vol. orné de planches.

Mes Prisons, Mémoires de Silvio Pellico. Traduction nouvelle, suivie d'un choix fait dans les autres ouvrages de l'auteur, et précédée d'une nouvelle notice par M. l'abbé Blion. 1 vol. orné de planches.

Le Pèlerinage de Christian, suivi du *Pasteur de la nuit de Noël*, par Jean de Palafox, voyages spirituels, avec notes et appendices : 1 vol.

Les Œuvres de Rabelais, édition épurée, texte original imprimé en orthographe moderne, avec une notice littéraire ; 1 vol.

Trésor de la Chanson, ou choix de chansons, de vaudevilles, de romances, de rondes, de chansons de table, de couplets, de ballades et de complaintes empruntés aux chansonniers célèbres de tous les temps ; 1 vol.

Les Confessions de saint Augustin, traduction de Philippe Dubois. Édition abrégée. 1 vol.

Dieu est l'amour le plus pur. Choix de prières pour toutes les âmes. Édition catholique, soigneusement revue et fort enrichie, publiée par M. l'abbé B. 1 vol.

Les Gloires de Marie, par saint Alphonse de Liguori ; traduction nouvelle, plus complète et plus fidèle que les précédentes : précédées d'une notice sur le saint auteur par M. l'abbé D. 1 vol.

Le Directeur spirituel, à l'usage de ceux qui n'en ont pas. Nouvelle édition, très-soigneusement revue et corrigée par M. l'abbé L. 1 vol.

La mort d'Abel, poème de Gessner, traduit en français, suivie d'un choix de morceaux fait dans les autres ouvrages de l'auteur ; 1 vol. orné de planches.

Paris. Typographie Plon frères, rue de Vaugirard, 36.